기린은 왜 목이 길까?

Der Hals der Giraffe by Judith Schalansky
© Suhrkamp Verlag Berlin 2011.

 C 피닉스문예 09

기린은 왜 목이 길까? Der Hals der Giraffe

지은이 유디트 샬란스키
옮긴이 권상희
펴낸이 조정환
책임운영 신은주
편집 김정연
표지 디자인 조문영
홍보 김하은
프리뷰 김아리 · 우연식 · 표광소

펴낸곳 도서출판 갈무리 등록일 1994. 3. 3. 등록번호 제17-0161호
초판인쇄 2017년 2월 22일 초판발행 2017년 2월 28일
종이 화인페이퍼 인쇄 예원프린팅 라미네이팅 금성산업 제본 은정제책

주소 서울 마포구 동교로18길 9-13 [서교동 464-56]
전화 02-325-1485 팩스 02-325-1407
website http://galmuri.co.kr e-mail galmuri94@gmail.com

ISBN 978-89-6195-157-9 03850
도서분류 1. 문학 2. 현대문학 3. 소설 4. 독일소설 5. 교육학 6. 생물학

값 16,000원

이 도서의 국립중앙도서관 출판예정도서목록(CIP)은 서지정보유통지원시스템 홈페이지(http://seoji.
nl.go.kr)와 국가자료공동목록시스템(http://www.nl.go.kr/kolisnet)에서 이용하실 수 있습니다.(CIP제어
번호 : CIP2017004541)

 GOETHE INSTITUT The translation of this work was supported by a grant from Goethe-Institut which is funded by German Ministry of Foreign Affairs. 이 책은 독일 외무부가 기금을 마련한 괴테 인스티투트의 번역지원 프로그램의 도움으로 출간되었습니다. ::이 책의 역자는 독일 보쉬재단의 지원으로, 베를린 문학 콜로키움의 '레지던스 프로그램'에 초청되어 번역 작업을 수행하였습니다.

기린은 왜 목이 길까?

짧은 목을 가진 기린들과 아이들 없는 학교
어느 생물 선생님의 3일간의 행적 —
마지막으로 남은 인간종人間種

Der Hals der Giraffe :
Bildungsroman
by Judith Schalansky

유디트 샬란스키 지음
권상희 옮김

갈무리

옮긴이 일러두기

1. 이 책은 Judith Schalansky, *Der Hals der Giraffe*, Suhrkamp Verlag, 2011을 완역한 것이다.
2. 모든 각주는 독자의 이해를 돕기 위해 옮긴이가 추가한 것이다.

　　나는 한국에 관해 잘 알지 못한다. 세계 다른 나라와 마
찬가지로 한국 사람들도 학창시절에 겪은 일은 사람들의 뇌
리에 평생 각인되어 있으리라고 확신한다. 특히 인간이 공유
하고 있는 경험 가운데 학창시절의 경험은 인간의 기본적인
경험에 속한다. 각 나라의 학교제도가 얼마나 다르든, 얼마
나 영감을 주고 혹은 거부감을 주든, 그리고 우리가 그 시절
에 얼마나 많은 격려를 받고 혹은 충격을 받는지 등에 상관
없이 말이다. 어쨌든 그 시절에 '많은 것'이 결정된다. — 설령,
사람들이 그런 결정이 얼마나 잘된 결정인지 잘못된 결정인
지 평가를 내리려 할지언정.

　　학창시절은 고립된 시간이고, 학교는 고립된 장소로 청
소년들이 '바깥세상'에서의 삶, '학창시절 이후'의 삶을 준비
하는 데 필요한 세계다. 그러므로 (학교에서 접하는) 칠판과
교과서는 사람들이 아무 준비 없이 맞이해서는 절대 안 되
는 세상의 상(像)으로 전달된다. 인간은 — 인류학의 가르침에
의하면 — 불완전한 존재로, 교육과 교사들의 지지가 필요하
다. 교사는 성인으로서 수업 시간에 특정한 학문 분야를 가

르친다. 그런데 해당 학문 분야의 대표자 격인 교사들이 가르치는 과목과 '합체'되어 자기 자신과 그 과목을 따로 떼어 구별 짓지 못하는 경우도 드물지 않게 나타난다.

지금도 ― 대대로 내려오는 희미한 옛 조상들처럼 ― 나의 수학, 독일어 혹은 생물 선생님들의 그림자가 줄줄이 내 눈앞에 어른거린다. 그리고 나는 그들의 인품, 능력 혹은 무능력의 영향으로 나의 취향이 돌이킬 수 없이 결정돼버린 데 대해 그들 탓을 한다. 그리고 우리는 모두 ― 내가 확언하는 데 ― 성별과 관계없이 교사의 역할에 몰두하고 있는 선생님을 한 명쯤은 알고 있을 것이다. 이런 선생님은 결점이라곤 없는 완벽한 존재이므로, 학생들은 이 선생님이 피와 살로 이루어진 사람이라는 생각은커녕, 이 선생님의 이름을 불러볼 엄두조차 내지 못한다.

이런 유형의 교사가 바로 이 소설의 주인공 잉에 로마르크이다. 그녀에게 학생들은 천적이나 다름없다. 그래서 그녀는 학생들에게 거리감을 둔다. 친근감 혹은 이해심은 약점을 드러내는 표시로, 그녀에게는 수용하기 힘든 감정들이다. 생물을 가르치는 잉에 로마르크는 오로지 자연법칙, 강자의 권리, '고정 행동 양식'의 자동성만을 신봉한다. 로마르크의 관점에서 이 세상을 문학적 혹은 예술적으로 이해하는 것은 불필요하며, 사랑이라는 감정은 가령, 꼭 필요한 자녀 양육을 위해 존재하는 자연의 속임수에 불과하다. 로마르크의 세계관에서 보면, 모든 것은 자기 자리가 있는 것처럼 보인다. 그리고 고정된 시스템, 그 시스템에 어울리지 않는 것은 어울리도록 만들어져야 한다. 그런데 하필 생물학은 적응, 변화와 같은 유연한 원칙에 근거하고 있다. 설령, 잉에 로마르크가 이런 사실을 인지하지 않으려 해도, 자연에는 수많은 것이 수수께끼로 남아 있다. 가령, 동물 세계에도 등장하는 동성애 욕망 혹은 기린의 긴 목과 같은 수수께끼들이.

기린이 진기하게 긴 목을 어떻게 갖게 됐는지는 진화론자마다 해석이 다르다. 이런 가르침을 배우는 수업시간이 이 소설에서는 중요한 순간이다. 그 이유는, 그 사이 잉에 로마르크 또한 "목까지 물이 차올라"있기 때문이다 ─ "목까지 물이 차오른다"는 말은 독일어에서 '(어떤 사람이) 곤궁에 처해 있다'는 의미의 관용구로 사용된다. 그리고 곤궁에 처해 있는 사람, 그 사람에게는 자신의 목 길이가 존재의 본질적인 질문이 되어버린다.

『기린은 왜 목이 길까?』는 교양소설이다. 18세기 말 독일에서 탄생한 문학 장르인 교양소설에 적합한 구성 요소를 포함하고 있기 때문이다. 그러나 나의 소설은 교양소설의 특징과는 정반대로 구성되어 있다. 자세히 말하자면, 고전적인 교양소설[1]에서는 항상 젊은 남자 주인공이 등장하며, 남자 주인공은 세상 밖으로 나와 갖은 경험을 한다. 반면, 이 소설의 주인공은 50대 중반의 여자로, 보잘것없는 낙후 지역인, 이농으로 주민들이 점점 줄어들고 있는 고향을 버리지 않고 그곳에 남는다. (보통교육에서 전문교육에 이르기까지) 광범위한 교육을 받은 여자 주인공은 박식하지만, 박식함은 내면 깊은 곳에서 몰아대는 위기감에 처한 그녀에게 아무런 도움이 못된다. 이 소설은 이미 실험적 구성 단계에서 교양소설이라는 개념의 배경에 관한 질문이 제기된 바 있는데, 성장이란 ─ 특히 생물학에서 가르치는 '진화'란 개념은 ─ '발전 혹은 향상'으로 잘못 이해되어서는 안 되기 때문이다. 또한, 소설이 진행되는 동안 잉에 로마르크가 (내적으로) 성장해 나가느냐에 대한 질문에 대한 답은 독자들 스스로 찾아야 한다.

이 소설에서 우리는 잉에 로마르크의 관점으로 세상을 경험하게 된다. 주인공 로마르크라는 인물은 처음에는 독자에게 강한 거부감을 불러일으키는 캐릭터이지만, 결국에는 ─ 바라건대 ─ 독자를 매료시킬 것이다. 나는 나 자신이 어

---

1. 성장소설, 발전소설 또는 교육소설 등으로도 불리는 이 장르의 대표적인 독일 작품으로는, 헤르만 헤세의 『유리알 유희』(*Glasperlenspiel*, 1943), 토마스 만의 『마의 산』(*Der Zauaberberg*, 1924)과 『파우스트 박사』 (*Doktor Faustus*, 1947), 귄터 그라스의 『양철북』(*Die Blechtrommel*, 1959) 등이 있다.

떤 때는 잉에 로마르크의 삐딱한 관점에 동조하는 글을 쓰고 있다는 사실을 문득 깨달은 적도 있고, 어떤 때는 그녀에게 연민의 정을 느낀 적도 있다. 설령, 그녀 자신은 연민의 정을 느낄 수 없다 하더라도 말이다. 그리고 그녀 자신이 이러한 감정을 가질 수 없기 때문인지도 모른다. 나의 소설에 등장하는 로마르크처럼 아주 낯설고, 어쩌면 비호감으로 보일 수 있는 인물의 생각과 감정을 이해시키고 실제로 공감할 수 있게 하는 일이 가능하다면, 이 소설은 자연과학이라는 학문 그 자체보다 이 학문에 관한 해석이 선행되는 바로 그 지점에서 문학의 영향력이 시작된다는 걸 보여 줄 것이다.

그러므로 이 소설의 배경이 독일의 동쪽(구동독)에 있는, 몇 십 년 전만 하더라도 독재가 지배하던 보잘것없는 지역이라 할지라도, 이 소설은 그곳에 사는 한 인간에 관해 이야기하고 있다. 새로운 것을 배우기를 거부하고, 자신의 세계관을 뒤흔들 수 있는 일이라면 모두 피하려는 한 인간에 관해서. 그리고 이런 유형의 인간은 전 세계 곳곳에 존재한다.

2016년 8월 베를린에서
유디트 샬란스키

기린은
왜
목이
길까
?

차례

한국어판 지은이 서문 ———————— 5

자연세계 ———————————— 11
유전 과정 ———————————— 129
진화론 —————————————— 274

옮긴이의 말 ——————————— 352

자연세계

"앉으세요."

잉에 로마르크가 말했다. 학생들은 모두 자리에 앉았다.

"교과서 7쪽을 펴세요."

로마르크의 말에 모두 교과서 7쪽을 펼쳤다. 수업이 시작되었다. 이번 주제는 7쪽에 나와 있는 생태계와 자연계, 생물 종種 간의 종속 관계와 상호 작용, 생물과 환경 간의 종속 관계와 상호 작용, 그리고 생물 공동체와 서식지의 상호 작용에 관한 것이었다. 학생들은 혼합림의 먹이사슬을 시작으로 초원, 강, 바다, 사막, 갯벌의 먹이사슬에 이르기까지 눈으로 쭉 훑어 내려갔다.

"여러분은 동물이든 사람이든 혼자서는 살아갈 수 없다는 걸 봤어요. 생물들은 경쟁 관계에 있어요. 가끔은 협력하기도 하지만 그런 경우는 드물어요. 공생의 중요한 형태는 경쟁과 포식자-피식자 관계예요."

칠판 앞에 서서 잉에 로마르크는 이끼류, 지의류[1], 버섯류에서 지렁이, 하늘가재, 고슴도치, 뒤쥐[2]로 화살표를 긋더니 이어서 뒤쥐에서 박새로, 박새에서 노루로, 노루에서 매로, 매에서 늑대로 화살표를 계속 그어 나갔다. 그러자 차츰

---

1. 균류(菌類)와 조류(藻類)가 공생하는 식물군.
2. 땃쥐과의 포유류로, 등(갈색)과 배 부분(회색 혹은 갈색) 털 색깔이 다른 것이 특징이다.

피라미드가 완성되어 갔다. 완성된 피라미드 맨 꼭대기엔 사람과 육식동물 서너 종이 자리를 차지하고 있었다.

"독수리나 사자를 잡아먹는 동물은 없어요."

로마르크는 완성된 피라미드를 보려고 칠판에서 한 발짝 뒤로 물러섰다. 이 먹이 피라미드에서는 생산자를 우선 1, 2차 소비자와 한 층으로 묶어 분류한 다음, 이 생산자를 다시 1, 2, 3차 소비자와 한 층으로 묶어 놓았다. 그리고 나서 먹이 피라미드 질서를 파괴하는 가해자이자 피라미드에서 없어선 안 되는 몇몇 분해자를 호흡, 열 발산, 생물량의 증가와 관련된 생물들과 한 층으로 묶어 분류해 놓고 있었다. 이 모든 생물은 자연에서 각기 고유한 생태적 지위를 갖고 있다. 혹, 이 모든 생물이 저마다 고유한 지위를 갖고 있지 않더라도 적어도 저마다 천적만큼은 갖고 있다. 즉 모든 생물은 서로 먹고 먹히는 관계에 있다. 참으로 신비로운 세계이다.

"이 피라미드를 노트에 옮겨 적으세요."

로마르크의 말이 떨어지기 무섭게 학생들은 피라미드를 열심히 노트에 베꼈다.

올해는 이제부터 시작이었다.[3] 6월의 세찬 기류 변화, 짓

---

3. 일반적으로 독일 학교에서는 새 학년이 9월에 시작되어 이듬해 8월에 끝이 난다.

누르는 더위, 소매를 팔뚝까지 걷어 올리는 시기는 마침내 지나갔지만, 여전히 유리창을 통해 강하게 내리쬐는 햇볕 때문에 교실은 온실처럼 후덥지근하고, 아이들의 무의식 속에선 여름방학에 대한 기대감이 싹트고 있었다. 곧 있으면 매일매일 빈둥거리며 보낼 수 있다는 단순한 기대감에 부풀어 있는 아이들은 집중을 못하고 있었다. 얼굴이 온통 여드름 투성이인 그들은 몽롱한 눈으로 자유로운 휴가에 대한 열망을 안고 멍하니 의자에 앉아 방학을 맞이할 꿈에 부풀어 있었다. 어떤 아이들은 산만하고 불성실하고, 어떤 아이들은 조만간 받게 될 성적표 때문에 순종적인 체하면서 자신들의 생물 점수표를 교탁 위에 슬쩍 올려놓기도 했다. 마치 고양이가 죽은 쥐를 거실 양탄자 위에 갖다놓듯이. 그런 아이들은 다음 시간에 자신들의 점수가 맞는지 확인하려고, 곧바로 계산기를 꺼내 들고 소수점 셋째 자리를 반올림하여 평점을 올리는 데만 정신이 팔렸다.[4]

잉에 로마르크는 다른 선생들과 달랐다. 학기 말이 되면 선생들은 더할 나위 없이 너그러워졌다. 어차피 학생들에게 두 손 들게 될 거라는 생각을 그들은 했던 모양이다. 하지만 그녀는 자존심이 세고 자괴감에 빠져 있지 않았다.

---

4. 학교 성적이 유급, 월반, 대학 진학 등에 중요한 평가 자료로 활용되므로, 평점을 올리는 데 혈안이 되어 있는 아이들의 모습을 표현하고 있다.

여름방학이 다가오자 몇몇 동료 교사들은 수업 의욕을 상실했다. 그들의 수업은 학생과 교사가 함께 하는 내용 없는 연극 쯤으로 전락해버렸다. 공상에 빠져 멍한 눈으로 앞을 바라보고 있는 아이들이 있는가 하면 힘내라면서 아이들을 토닥거리는 교사들도 있는데, 이러한 모습은 마치 한심한 영화를 보는 듯한 착각이 들게 했다. 또 최고 점수를 과다하게 주는 현상도 나타나는데, 이러한 행동은 최고점을 모독하는 짓이었다. 더욱이 가망 없는 몇몇 학생을 다음 학년으로 끌어올리기 위해 학기 말 점수를 반올림하는 악습은 정말이지 가관이었다. 그들은 이렇게 하면 누군가에게 도움이 될 수 있다고 여기는 것 같았다. 학생들을 상대하는 일만으로도 자신들의 건강에 좋지 않다는 걸 그들은 전혀 모르는 모양이었다. 아이들이란 녹초가 된 교사들을 괴롭히고 그들에게서 삶의 에너지를 빼앗아가는 흡혈귀와 같은 존재였다. 아이들은 교사들이 매사에 실수나 하지 않는지 주의 깊게 살피고 시시한 질문과 하찮은 아이디어를 가지고 밥맛 떨어질 만큼 악착스럽게 한 사람에게 달려들곤 하는데, 그건 그야말로 흡혈귀 같은 짓거리였다.

잉에 로마르크는 더는 힘 빼지 않았다. 그녀는 노발대발 분통을 터뜨리지도 않고 학생들에게 열쇠 꾸러미를 던지지 않을 만큼 엄청난 자제력도 발휘하였다. 학생들 사이에서 그녀는 그들을 마음대로 조종할 수 있는 선생으로 유명하고, 그녀는 그것을 자랑스럽게 여겼다. 아이들이 원하는 대로 해 주는 건 마음만 먹으면 언제든 할 수 있는데도, 다른 교사들은 벌써 이 아이 저 아이 앞에서 사탕 발린 달콤한 말을 마구 쏟아냈다.

중요한 건 아이들에게 진로를 제시하고 그들이 집중력을 키울 수 있도록 눈가리개를 씌우는 일이다. 실제로, 교실이 떠들썩할 때 손톱으로 칠판을 긁거나 단방조충5 얘기를 끄집어내기만 해도 아이들을 집중시킬 수 있다. 아이들이 매 순간 불안감을 느끼도록 하는 건 두말할 필요 없이 가장 좋은 방법이다. 교사들은 아이들이 속삭이는 감언이설에 속지 말고 하고 싶은 말을 해야 한다. 공동결정권이니 선택권이니 하는 건 로마르크한테선 기대도 할 수 없다. 아무한테도 선택권은 없다. 도태 이외에는 별다른 방법이 없으니까.

올해도 벌써 한참 지나갔지만, 그녀한테는 오늘, 9월 1일 월요일이 새해 첫날인 셈이었다. 휘황찬란한 섣달 그믐날 밤이 아니라 늘 지금 늦여름에 로마르크는 새해 결심을 하며 학교 일정표를 기준으로 하여 무사히 새해를 맞이할 수 있는 게 늘 기뻤다. 초읽기를 하지 않고도, 사람들과 연달아

---

5. 조충 중 가장 작은 것으로 길이가 3~6mm 정도이다.

샴페인 잔을 맞부딪히지 않고도, 달력을 넘기기만 하면 새 해를 맞이할 수 있었으니까.

잉에 로마르크는 고개도 까닥하지 않고 반 전체를 쭉 훑 어보았다. 이는 몇 년에 걸쳐 터득해낸, 조금의 흔들림도 없 이 거침없는 눈길로 아이들의 일거수일투족을 살피는 그녀 만의 방식이었다. 통계적으로 보면, 생물 과목에 실제로 관 심을 두고 있는 학생이 한 학년에 2명 정도는 늘 있었다. 이 미 알려진 바대로, 가우스 분포[6]든 아니든 간에 통계라는 것은 위험스러웠다. 문득 로마르크는 이 아이들 모두 어떻 게 김나지움[7]까지 올라왔을까 하는 의문이 들었다.

6주간의 방학 동안 아이들은 빈둥거리며 지냈다. 그들 가운데 책을 들여다보며 지낸 아이는 아무도 없었다. 방학 이어서 좋긴 하지만, 예전만큼은 아니었다. 어쨌든 엄청나게 긴 방학이었다. 아이들을 다시 학교생활의 리듬에 적응시키 려면, 앞으로 적어도 한 달은 걸린다. 하지만 잉에 로마르크 가 아이들의 얘기에 귀 기울일 필요는 없었다. 아이들은 새 로 맡은 반 아이들과 항상 친해지기 놀이를 하는 슈바네케 선생에게 얘기 보따리를 풀어놓을 테니까. 슈바네케의 친해

---

6. 독일 수학자 칼 프리드리히 가우스의 이름을 따서 명명된, 도수 분포 곡선 이 평균을 중심으로 좌우대칭인 종 모양의 정규 분포이다.
7. "Gymnasium"은 독일의 인문계 중등교육기관으로 우리나라의 인문계 고등 학교에 해당한다.

지기 놀이를 시작하고 30분이 지나면, 빨간 털실에 뒤엉킨 아이들은 자기 짝꿍의 이름과 취미를 외워 말할 수 있을 만큼 친해져 있었다.

썰렁해 보이는 교실 책상에 아이들이 듬성듬성 앉아 있었다. 그래서인지 학생 수가 많지 않은 게 유독 두드러져 보였다. 그들은 로마르크 자연극장에 와 있는 몇 안 되는 관객으로, 모두 12명인데, 그중 5명이 남학생이고 7명이 여학생이었다. 13번째 학생은 슈바네케가 내내 보충수업을 시키고 가정방문을 다니며 심리검사를 받게 하는 등 열과 성을 다했지만, 결국 전에 다니던 실업학교인 레알슐레로 되돌아갔다. 그 아이는 일종의 주의력 결핍장애를 가지고 있었다. 맙소사! 주의력 결핍장애라니. 그것 말고도 정서장애를 가진 아이들이 수두룩하고 난독증과 수학 학습장애가 있는 아이들도 있었다. 또 어떤 장애 아이들이 있을까? 생물 알레르기가 있는 아이도 있을까? 예전엔 운동과 음악에 소질 없는 아이들도 함께 달리고 노래 불러야 했다. 그 모든 건 순전히 의지 문제였다.

낙오자들을 억지로 끌고 가는 건 보람 없는 짓이었다. 그들은 다른 학생들이 앞으로 나아가는 것을 방해하는 낙오자들일 뿐이고 천성적으로 유급을 밥 먹듯 하는 유급 상습범들이며, 건강한 학급의 몸통에 붙어사는 기생충이었으니까. 그들이 언젠가 포기해버릴 거라는 건 불을 보듯 뻔했다. 실패할 때마다 번번이 그들에게 새로운 기회를 주는 대신, 그들이 사회에 충분히 가치 있고 쓸모 있는 구성원이 될 수 있는 전제조건을 전혀 갖추고 있지 않다는 사실을, 가능한 빨리 알게 하는 게 최선이었다. 가식이란 게 대체 어디에 쓸모 있단 말인가? 누구나 다 해낼 수는 없다. 왜 또 누구나 다 해내야 하는가? 기대에 못 미치는 학생은 학년마다 있고 그들 대부분이 서너 가지 기본적인 덕성, 예의범절, 시간 엄수, 청결함을 몸에 익히도록 하는 것만으로도 기뻐할 일이었다. 학생들의 학습과 생활태도에 필요한 질서, 근면, 협동 같은 이런 품행에 관한 점수 평가가 없어진 것은 애석한 일이었다. 우리의 교육체계에 필요한 지표인데.

교사가 낙오된 아이들을 포기하는 시기를 늦출수록 그 아이들은 점점 더 위험스러워졌다. 그런 아이들은 학우들을 괴롭히고 떳떳하게 내보일 만한 졸업 성적표나 우수한 수행 평가를 요구하며 심지어 보수가 좋은 직장과 행복한 삶을 달라는 부당한 요구까지 해대는 것이었다. 그들의 그런 행동은 교사들이 몇 해 동안 지지해 주고 눈먼 친절과 경솔한 관대함을 베푼 결과였다. 가망 없는 아이들에게 '너는 필요한 존재'라는 말로 믿음을 심어준 교사라면, 예의상 내뱉은 빈말에 복수하려고, 언젠가 그들이 시한폭탄과 소구경 총을 들고 학교로 쳐들어와도 놀라선 안 된다. 다음 번엔 전구 줄을 가져와 더 심하게 괴롭힐 게 뻔했으니까.

요즘 다들 자아실현에 집착하고 있는 모양새가 우스웠다. 그 어떤 것도, 그 누구도 자아실현과는 어울리지 않는데 말이다. 더욱이 사회도 그것과는 어울리지 않았다. 그러나 자연은 어쩜 어울릴지도 모르겠다. 어쨌든 도태의 원칙을 따르면, 현재 우리 인간은 인체 가장 깊숙한 곳에 울퉁불퉁한 뇌를 갖고 있는 생명체로, 아무 이유 없이 그저 세상에 태어나지는 않았을 것이다.

그러나 화합하는 데 미쳐 있는 슈바네케는 포기라는 것을 몰랐다. 책상 대열을 문자 모양으로 만들고 의자 대열을 반원 모양으로 만드는 사람한테서 무엇을 기대할 수 있겠는가. 대문자 U 모양으로 배치해놓은 책걸상들은 오랫동안 교탁을 둘러싸고 있었다. 최근에는 그 모양이 울퉁불퉁한 O자가 되어 아이들 모두 동그스름하게 이어져 있는데, 슈바네케는 이전에 한번 이 O자 배열, 즉 시작과 끝이 없는 둥근 O자에 관해 교무실에서 떠들어댄 적이 있었다. 또 그녀는 11학년 학생들에게 말을 놓게 했다. '우리는 슈바네케 선생님을 카롤라[8]라고 불러야 한다.'고 어느 여학생이 말하는 걸

---

8. 슈바네케 선생의 이름으로, 슈바네케는 학생들에게 '슈바네케 선생님' 대신 자신의 이름을 부르게 했다.

잉에 로마르크는 들은 적이 있었다. 카롤라! 맙소사! 그들이 미용실에 있는 건 아니지 않은가!

잉에 로마르크는 9학년 학생들에게도 존댓말을 썼다. 그건 그녀가 그들 나이 또래이던 청소년 시절, 우주, 지구, 인간, 사회주의 붉은 카네이션 다발에 푹 빠져 있었을 때 생긴 습관이었다. 그 당시 그런 주제를 파고들게 하는 건 청소년들에게 자신들의 미성숙함을 일깨워 주고 성적 호기심에서 그들의 관심을 돌리는 데 가장 효과적인 방법이었다.

프로 관계에서 친밀감과 이해심은 불필요하다. 학생들이 교사들의 총애를 얻으려고 애쓰는 것이나 권력자인 교사들 앞에서 기는 것이 가엾기도 하고 이해 못 할 바도 없었다. 하지만 반대로 교사들이 미성년자를 가까이하는 것은 용납될 수 없는 일이었다. 교탁에 엉덩이를 반쯤 걸치고 앉는 짓이나 학생들의 패션이나 말을 따라 하거나 알록달록한 스카프를 매거나 금발 브리지 염색을 하는 등, 이 모든 걸 하는 이유는 체면도 없이 오로지 학생들과 친해지려는 목적 때문이다. 교사들은 학생들에게 최소한의 예의를 갖춰야 했다. 하지만 우리는 공동체라는 쓸데없는 환상 때문에 그것마저 내팽개쳐버렸다. 특히 슈바네케는 마음에 드는 아이들이 있으면 예의를 무시하고 그들을 서슴없이 대했다. 쉬는 시간이면 속닥대는 여자 아이들과 잡담을 하고 변성기를 겪고 있는 남자 아이들 앞에서 딱부리 눈[9]과 새빨간 립스틱을 칠한 입술을 무기로 자신의 젊음과 매력을 뽐냈다. 그 꼴로 봐선 분명 오랫동안 거울도 안 들여다본 것 같았다. 반면, 잉에 로마르크는 예뻐하는 학생이 없고 앞으로도 누굴 예뻐하는 일은 없을 것이다. 사춘기 청소년들이 누군가에게 열광하는 것은 자신들을 잘못된 길로 이끄는 성숙하지 못한 과한 감정으로, 자신들을 덮치는 호르몬으로 인해 나타나는 일시적 흥분상태에 빠진 데 불과하다. 엄마의 치맛자락에서 벗어났으나 아직 이성異性의 유혹엔 미숙한 그들은, 힘없는 이성 친구나 가질 수 없는 어른을 대상으로 자신들의 끓어오르는 감정을 쏟아 붓곤 했다. 또 여드름투성이 볼, 끈적끈적한 시선, 불타오른 감각신경도 보통 생식선[10] 성장이 끝나면 자연스럽게 해결되는 고통스럽고 부도덕한 일시적인 징후였다. 그러나 이런 현상에 대해 전문지식이 없는 사람은 자그만 성적 신호만 받아도 수업내용에서 벗어나 샛길로 빠져버린다. 알랑대는 보조교사, 이른바 인기 있는 교사, 바로 슈바네케가 그랬다.

교사 회의에서 슈바네케는 8학년 멍청이들을 위해 자신이 얼마나 애썼는지 변명을 해댔다. 그녀는 이마를 찌푸려가

---

9. 크고 뚝 불거진 눈.
10. 성호르몬 등을 분비하는 기관으로 암컷의 난소와 수컷의 정소가 있다.

며 뻘건 립스틱을 칠한 입으로 '결국 우리에겐 몇몇 학생만 이 필요한 게 아니라 전부가 필요하다.'고 동료 교사들에 열 변을 토했다. 하필이면 얼마 전 남편한테서 버림받은, 자식 도 없는 슈바네케가 아이들이 우리의 미래라고 외치는 건 뭔가 잘못돼도 한참 잘못된 주장이었다.

미래를 위해서는 아이들이 필요하다지만 여기 이 아이 들은 미래가 아니었다. 정확히 말하자면 이 아이들은 과거 였다. 로마르크 앞에는 4년 후면 아비투어[11]를 치를, 찰스- 다윈 김나지움에 다니는 마지막 학년인 9학년 아이들이 앉 아 있고, 잉에 로마르크가 이 아이들의 담임을 맡아야 했다. 지금 이 아이들의 수는 9학년 반 하나를 겨우 만들 수 있는 정도여서, 예전처럼 9학년 A반에서 G반까지 분반할 만큼이 되지 않았다. 이 아이들은 전쟁터 한가운데 있는 한 중대中 隊에 소속된 대원들처럼 아주 강한 아이들이라고나 할까. 여 하튼 숫자 상으로 같은 해에 태어난 이 아이들을 긁어모아 반 하나를 만들었는데, 정말 기적 같은 일이었다. 그러니까 여기 9학년 반은 포어포메른 주에서 출생률이 가장 저조한 해에 태어난 아이들을 모아 만든 반이었다. 그러나 당시에는 같은 해에 태어난 아이들만 모아 한 학년을 만들어서는 학

---

11. "Abitur"는 독일의 대학입학시험을 말한다.

교를 계속 운영해나가기 힘든 시절이었다.

그때는 다윈의 이론이 쇠퇴했다는 소문이 퍼졌을 때도 아니고, 세 곳의 레기온알슐레[12] 동료 교사들이 김나지움 상급반에 올라갈 수 있도록 아이들에게 추천서를 너그럽게 써 주기로 합의했을 때도 아니었다. 하지만 결과적으로는 글자를 완전히 터득하지 못한 아이들도 모두 김나지움 학생이 되었다.

추천서는 아예 무시해버린 채, 자기 아이가 김나지움에 들어간다고 철석같이 믿고 있는 학부모는 늘 있었다. 하지만 그 사이 이 도시에는 그런 학부모들도 많이 줄어들었다.

로마르크는 여기 이 아이들이 진화의 정점에 서 있는 다이아몬드와 같은 존재라고는 생각하지 않았다. 어떤 점에서 진화는 성장과는 다른 것이었다. 성장이라는 양적, 질적 변화가 개인에 따라 아주 다양하고 폭넓게 일어난다는 사실이 여기 이 아이들을 통해 충격적이면서도 인상깊게 입증되었다.

유년기와 청년기 사이에 있는 미성숙한 중간 단계의 자연, 즉 사춘기의 아이들은 전혀 아름답지 않고, 일종의 진화

---

12. "Regionalschule"는 하우프트슐레와 레알슐레를 통합한 학교 형태. 9학년 이후에는 직업교육수료증을, 10학년 이후에는 중등교육수료증을 받는다.

과정에서 진화가 한창 이루어지고 있는 네 발로 기는 척추동물과 다를 바가 없었다.

학교는 하나의 울타리였다. 이제 힘든 날들이 시작된 것이다. 이 나이 또래 아이들한테서 나는 냄새 때문에 교실을 수시로 환기해야 했다. 여기저기서 사향 냄새가 나고 페로몬이 방출되었다. 그리고 교실은 점점 더 비좁아졌다. 아이들의 몸은 서서히 어른의 몸으로 변해갔다. 또 오금은 땀에 젖어 있고 피부에는 지방질이 꽉 차 있으며 눈은 흐리멍덩한데, 그야말로 그들은 폭풍 성장기를 보내고 있었다. 사춘기에 있는 이런 아이들보다 사춘기 이전의 아이들에게 뭔가를 가르치는 게 훨씬 더 쉬웠다. 사춘기 아이들의 무표정한 낯짝 뒤로 무슨 일이 벌어지고 있는지 캐내는 일은 정말이지 일종의 도전이었다. 또 따라잡을 수 없을 정도로 학습 진도가 앞서 나가 있는지 혹은 파격적인 학교구조 개편 때문에 학습 진도가 얼마나 많이 뒤처져 있는지 파악하기 역시 어려운 일이었다.

아이들은 자신들이 처해 있는 상황을 극복해낼 수 있는 자신감도 없었을 뿐 아니라 그런 상황을 극복해내는 훈련도 되어 있지 않았다. 부담감에 빠져서 오직 자신에만 몰두한 채 무감각하게 앞만 뚫어져라 응시하고 있는 그들을 보면 별 저항 없이 게으름에 굴복해버린 것 같았다. 중력의 힘이 그들에게 세 배는 더 가해진 듯도 보였다. 만사가 너무나 힘들었던 것이다. 그들은 육체에 필요한 모든 에너지를 고통스러운 사춘기에다 소진해 버렸다. 이러한 사춘기는 애벌레가 오랜 시간을 들여 고치를 뚫고 나오는 것만큼 힘든 시기였다. 물론 모든 애벌레가 다 나비가 되는 건 아니었다.

어쨌든 어른이 되는 데는 미완의 중간 형태가 필요한데, 그 중간 형태에서는 고름집[13]과 같은 2차 성징이 두드러지게 나타났다. 그것은 인간으로 성장하는 것이 고통스러운 과정이라는 걸 로마르크에게 아주 느리게, 그러나 분명하게 보여 주고 있었다. 보통 개체발생[14]은 계통발생[15]을 반복했는데, 사춘기도 그러했다. 아이들은 나날이 성장해갔다. 발작을 겪으면서 여름을 보낸 그들을 다시 알아보는 데 머리가 아플 지경이었다. 고분고분한 여자 아이들은 신경질적인 괴물로 변해 있고, 영리한 남자 아이들은 무신경하고 버릇없는 인간으로 변해 있었다. 게다가 그들은 이성 친구를 찾으려고 서툰 노력도 마다치 않았다. 자연은 단순하지만 공정해서 이러한 사춘기의 모든 아이에게 똑같은 질병이라도 앓게 하는 것 같았다. 사람들은 그저 이 시기가 지나가기만을

---

13. 세균의 침입으로 신체조직 속에 고름이 고이는 증세.
14. 어떤 생물 개체가 수정란이나 포자에서 시작하여 성체(成體)에 이르기까지의 과정.
15. 각각의 생물의 시작과 소멸에 이르는 형태 변화의 과정.

바랄 뿐이었다. 동물은 더 빨리 성장하고, 또 일단 성숙하고 나면 그만큼 더 긴 청년기를 보낸다. 반면, 인간은 성숙해지는 데 인생의 약 3분의 1이 필요했다. 청년이 되어 자기 자신을 돌볼 수 있는 데에 평균 18년이나 걸렸다. 볼프강[16]은 그보다 더 오래, 그러니까 첫 번째 결혼에서 얻은 아이가 27살이 될 때까지 양육비를 냈다.

여기 이곳에 이제 막 삶을 시작한 인생 초보자들이 앉아 있다. 연필을 깎는 아이가 있는가 하면, 5초 간격으로 머리를 아래 위로 올렸다 내렸다 하면서 칠판에 그려놓은 피라미드를 공책에다 베껴 쓰고 있는 아이도 있었다. 그들은 아직 공부하는 학생들이지만 뻔뻔할 정도로 독선적이고 거만한 태도로 오만 가지 요구를 해대는데, 그들을 더는 어린 아이로 보기는 어려웠다. 이제 더는 의존적이지도 않고 뻔한 구실을 갖다 붙이면서 사람들 사이에 생기는 거리감을 깔보지도 않으며 접촉을 강요하지도 않고 시외버스 안에서 건들거리는 불량 청소년들처럼 한 사람을 노골적으로 쳐다보지도 않았다. 이미 생식능력이 생긴 아이 어른 같은 그들은 그러나 아직은 너무 이른 시기에 수확한 풋과일 같은 풋내기에 불과했다. 반면, 아이들에게 잉에 로마르크는 그저 나이

16. 주인공 로마르크의 남편.

든 사람으로, 더는 변화를 겪지 않는 존재로 보였다. 마치 한때 젊은 시절을 보내고 늙어버린 후 늙은 모습으로 계속 머물러 있는 사람처럼 말이다. 다행히 그녀는 오래전에 반감기[17]를 겪었기 때문에 적어도 아이들 눈앞에서 눈에 띄게 변화하는 모습을 보여 주지 않아도 되어서 다행이라 생각했다. 그러나 다른 사람들이 그녀가 성장하는 모습을 지켜봤던 것처럼 그녀는 이 아이들이 성장하는 걸 지켜보게 될 것이다. 이런 사실을 알고 있다는 생각이 그녀를 강하게 만들었다. 여전히 착각할 정도로 서로 엇비슷해 보이는 그들은 아직 상급반으로 올라갈 하급반 학생들이긴 하지만 곧 믿기 힘들 정도로 독립적이 되어 스스로 자신의 인생 진로를 세우고 자기와 어울릴 패거리를 찾게 될 것이다. 로마르크도 형편없이 굼뜬 말 같은 아이들은 무시해버리고, 아이들 가운데서 순수혈통 종의 종마 같은 한 아이에게 남몰래 기대를 걸기 시작할 것이다. 그녀의 직감이 서너 차례 적중한 적도 있었다. 비행기 조종사가 된 남자 아이와 해양 생물학자가 된 여자 아이가 로마르크 반 아이들 속에 섞여 있던 적도 있었으니까. 한 지방 도시에 있는 학교가 낸 성과 치고는 그리 나쁘진 않았다.

---

17. 생물체 내 특정 조직에 존재하는 방사성동위원소의 최초 양에서 절반이 줄어드는 데 걸리는 시간.

교실 맨 앞자리에 토끼 눈을 한 목사 아들이 웅크리고 앉아 있었다. 그는 어려서부터 나무로 만든 천사 인형과 왁스 얼룩을 달고 자랐으며, 블록 플루트[18] 수업을 받고 자랐다. 맨 끝자리에는 요란하게 치장한 계집아이 두 명이 앉아 있었다. 그중 한 아이는 껌을 씹고 있고, 다른 한 아이는 검은 종마의 털 같이 반들반들한 머리카락을 쉴 새 없이 빗질하고는 한 다발 한 다발 매만지고 있었다. 그 옆에는 초등학생 키 정도 되는 밝은 금발 머리의 한 꼬마가 앉아 있었다. 비극이었다. 그것은 마치 자연의 법칙에 따라 남자 아이와 여자 아이가 서로 다르게 성장하는 모습을 보여주고 있는 것만 같았다.

　　교실 오른쪽에 있는 창문 바깥에서 영장류에 속하는 작은 동물 한 마리가 입을 쩍 벌린 채 뒷다리만 땅바닥에 붙이고 앉아 앞뒤로 몸을 흔들어대며 상스러운 소리를 내면서 영역 표시할 때를 기다리고 있었다. 그 동물이 자기 가슴을 북처럼 치는 모습은 볼 수 없지만, 뭔가에 몰두해 있는 것만은 분명해 보였다. 그녀 앞에 학생들 이름이 적힌 종이가 놓여 있었다. 그 종이 위에 법률적으로 유효한 서명이라고 하기에 아직 뭔가 부족해 보이는, 어린아이처럼 서

---

18. 옆으로 부는 플루트와 달리, 세로로 부는 플루트를 말한다.

틀게 쓴 이름이 적혀 있었다. 늘 그렇듯 케빈이 쓴 게 틀림
없었다.

"케빈."

그가 놀라 일어섰다.

"우리 지역의 생태계 서너 가지를 말해보세요."

케빈 앞에 앉아 있는 학생이 히죽히죽 웃었다.

'두고 봐, 다음은 네 차례니까.'

"파울, 저기 밖에 있는 게 무슨 나무인가요?"

파울은 창밖을 내다보았다.

"흠."

애처롭게 헛기침하는 모습이 동정심을 불러일으키기에
충분했다.

"고마워요."

봐 줬다.

"우리 지역에 생태계라는 건 없었습니다."

케빈이 주장했다. 그 아이는 더 나은 생각은 떠오르지
않았던 모양이다. 그가 달고 다니는 뇌는 텅 비어 있는 기관
器官과도 같은 것이었다.

"아, 그래요?"

이제는 반 아이들 전체를 보고 말했다.

"모두 한번 생각해 보세요."

침묵이 흘렀다. 마침내 맨 앞줄에 앉은 머리를 하나로 묶은 여자 아이가 손을 들고, 로마르크는 그 아이에게 대답하도록 했다. 당연히 그 아이는 답을 알고 있고, 반에 그런 학생 한 명쯤은 늘 있기 마련이었다. 질문의 답이 무엇인지 아주 잘 알고 있는, 망아지 꼬리라는 별명을 가진 아이였다. 교과서는 이런 아이들을 위해 쓰인 것이었다. 그들은 포장된 지식에 학구열을 불태우고 꼭 알아두어야 할 문장들을 형광펜으로 노트에 메모해 놓는 부류였다. 그런 아이들은 교사의 빨간 펜에 늘 겁을 내는데, 하찮아 보이는 이 빨간 펜은 어마어마한 힘을 갖고 있었다.

누가 그런 아이들인지 로마르크는 다 알고 있고, 또 그런 아이들을 금방 알아보았다. 그녀는 해마다 그런 아이들을 학년 별로 많이 맡아본 경험이 있었다. 그런 아이들은 잘난 체하지 않는데도 뭔가 특별해 보였다. 이번에도 특별히 새로운 건 없고, 반 구성도 해마다 배역진만 바뀌었을 뿐이다. 이번엔 어떤 아이들과 같은 반이 되었을까? 좌석 배치도를 한번 쭉 훑어만 봐도 충분히 알 수 있고, 이름만 한번 불러 봐도 다 알 수 있었다. 모든 생물엔 이름과 성, 즉 종, 속, 목, 강[19]이 있

---

19. 생물을 분류하는 기본적인 단위로서, 단위는 하위에서 상위로 올라가는 종(species), 속(genus), 과(family), 목(order), 강(class), 문(phylum), 계(kingdom)로 분류된다.

었으니까. 우선 그녀는 아이들 이름을 기억해둘 작정이었다.

이 아이들이 다였다. 여느 때와 마찬가지로 눈에 띄게 새로운 아이는 없었다. 머리를 하나로 묶은 아이는 이미 과제를 다 해놓고 책상 위에 손을 펴 올려놓은 채 멍하니 칠판을 보고 있었다.

잉에 로마르크는 오전의 엷은 햇살이 쏟아지고 있는 창가로 갔다. 정말 황홀했다. 나뭇잎들이 벌써 알록달록 물들어가기 시작하는 것으로 봐서 파괴된 엽록소가 형형한 나뭇잎 속에 있는 카로티노이드와 크산토필 색소에 자리를 내주고 있는 모양이었다. 입나방 벌레에 좀 먹힌 가느다란 줄기가 달린 밤나무 잎사귀의 테두리는 노란 빛을 발하고 있었다. 이 밤나무는 곧 떨어질 잎사귀 가장자리를 노랗게 물들이느라 안간힘을 쓰고 있었다. 교사인 그녀 역시 이 밤나무와 처지가 같은 것이었다. 해마다 똑같은 놀이를 30년 넘게, 늘 처음부터 다시 하고 있었으니.

아이들은, 함께 배운 지식의 가치를 알기에는 너무 어렸다. 고마움은 기대하지도 않았다. 아이들과 함께하는 이곳에서는 되도록 화내는 횟수를 줄이는 것만이 최선이었다. 아이들은 기억력이라곤 도통 없는 존재였으니까. 그들 모두 언젠가 여길 떠날 것이다. 분필 가루에 손이 건조해져버린 그녀만이 교실 유리 진열장 사이에 홀로 남겨지게 되

제니퍼

금발 염색 머리. 립스틱 바른 입술. 조숙하다. 태어날 때부터 이기적인 성격. 나아질 가망이 없다. 가슴 대회에 나가도 될 만큼 풍만한 가슴 소유자.

사스키아

생얼굴 미인. 또렷한 이목구비. 튀어나온 이마. 정리된 눈썹. 멍청한 표정.

라우라

장애인. 감겨 있는 눈꺼풀 위로 푸석푸석한 앞머리를 낸 머리 모양. 생기 없는 시선. 여드름투성이 피부. 꿈도 없고 아무것에도 관심이 없다. 잡초처럼 눈에 띄지 않는 아이.

타베아

닳은 바지와 구멍 난 스웨터를 입고 다니는 늑대 소녀. 귀여운 얼굴. 사나운 눈. 왼손잡이. 굽은 등. 앞으로 좋아질 가망이 없다.

에리카

히스[진달랫과에 속하는 2m 이내의 키 작은 나무]같은 아이. 집착적인 행동을 할 때 습관적으로 우울증 증세를 보인다. 우윳빛 피부에 주근깨투성이. 손톱 물어뜯는 버릇. 브리지 섞인 갈색 머리. 튀어나온 눈. 사팔뜨기. 감정 기복이 심하다.

엘렌

둔하지만, 마음이 넓은 아이. 둥근 이마. 토끼 눈. 쉬는 시간 놀림을 받고 울먹이곤 한다. 노처녀같이 불필요한 존재. 죽을 때까지 괴롭힘을 당할 피해자.

페르디난트

친절하지만 주의가 산만한 아이. 움푹 팬 눈. 로제트 기니피그[애완용으로 기르는 동물]같이 소란스럽다. 조기 입학. 성장이 매우 느리다.

케빈

불결한 허풍쟁이. 짙은 콧수염. 피지투성이 얼굴. 멍청하지만 요구 사항은 많은 최악의 조합. 끊임없이 군것질을 해대며, 먹을 때만 조용하다. 주위 인물에 집착한다. 약간 정신병 기질이 있다. 짜증 나는 아이.

파울

케빈과 틀어진 사이. 굵고 튼실한 목. 발육이 좋다. 근육질 체격. 인상이 깊이 남는 아이. 더부룩한 빨강 머리. 늘 히죽거리는 웃음기를 머금고 있는 새빨간 입술. 총명하지만 게으른 인간의 전형적인 예. 반항심이 있고 모험을 좋아한다.

톰

짜증 날 정도로 굼뜬 타입. 통통한 얼굴에 단춧구멍 같은 눈. 얼 빠진 표정. 밤의 몽정으로 얼이 빠져 있다. 동굴 도룡농보다 못생겼다. 균형 잡히지 않은 외모는 자라면서 좋아질 가망이 거의 없다.

아니카

땋은 갈색 머리. 지루한 얼굴. 야망이 과하다. 친구가 없다. 매우 부지런하다. 발표 광. 태어날 때부터 반장인 아이. 피곤한 타입.

야콥

목사 아들. 항상 맨 앞 줄에 앉는 아이. 좁은 가슴. 안경쟁이. 사팔뜨기 눈. 안절부절못하는 손. 두더지 털 같이 촘촘한 머리카락. 음탕할 정도로 투명한 피부. 형제 자매가 적어도 세 명은 된다. 못되지는 않다.

리라. 유리 진열장 안에는 둥글게 말린 도표 더미와 시청각 교재로 쓰였던 조립용 뼈대가 있다. 또, 표면에 찢긴 상처 자국이 있는 지방질 덩어리처럼 보이는 회반죽으로 만든 모조 기관과 피부 표면에 방화 구멍이 나 있는 박제 오소리도 들어 있다. 생기 없는 눈으로 멍하니 유리 너머를 내다보고 있는 채로. 죽어서도 자신이 다닌 대학을 떠나고 싶어 하지 않았던 영국의 어떤 학자처럼 아이들은 조만간 그녀를 유리 진열장에 집어넣으려고 할지도 모른다. 미라의 모습으로 매주 주간 회의에 참석하고 싶어 했던 그 영국 학자의 마지막 소원을 이루어주었듯이. 사람들은 그의 뼈대에다 옷을 입힌 다음, 그 옷 속에 짚을 가득 채워 넣었다. 그리고 해골은 방부제 처리를 했는데, 그만 방부제 처리가 잘못되어 결국 해골이 있던 자리에 밀랍으로 만든 두상을 끼워 넣을 수밖에 없었다. 예전에 런던에서 공부하고 있던 클라우디아[20]를 방문한 적이 있는데, 그때 로마르크는 거기 유리 너머 커다란 나무상자 안에 앉아 있는 그를 보았다. 그는 산책용 지팡이를 짚고 밀짚 모자를 쓰고 녹색 가죽 장갑을 끼고 있었다. 그런데 그가 낀 녹색 장갑은 그녀가 1987년 봄에 '엑스퀴지트' 상점에서 산 장갑과 똑같

---

20. 주인공 잉에 로마르크의 딸 이름.

은 것이었다. 공산주의자 블라디미르 일리치[21]는 잠이라도 잤으므로 공산주의를 꿈꿀 수 있었다. 그러나 이 영국인은 지금까지도 쉬지 않고 일을 하고 있었다. 날마다 그는 강의실로 오는 학생들을 주시하고 있었다. 그렇게 그가 늘 앉아 지내고 있는 유리 진열장은 그의 무덤이고 동시에 그의 기념비인 셈이다. 그것은 영원히 사는 삶으로 장기를 기증하는 것보다 나은 삶이었다.

"나이 든 사람들은"

로마르크가 불쑥 말하기 시작했다.

"나이 든 사람들은 다른 건 다 잊어도 학창시절은 기억하고 있어요."

그녀는 자신의 학창시절, 특히 아비투어 시험을 치던 때를 늘 기억하고 있었다. 거기 교실 창가에 서서 어떻게 아무것도 떠올리지 않을 수 있었겠는가. 그녀가 추억에서 깨어나, 현실을 두려워할 필요가 없다는 사실을 분명히 느낄 때까진 늘 시간이 좀 걸렸다. 이제 그녀는 다른 쪽, 즉 안전한 쪽에 있었다.

그녀는 멍한 눈으로 돌아섰다.

조심해야 했다. 수업시간인데도 아이들은 느닷없이 아침

---

21. 러시아의 혁명가로 볼셰비키의 지도자이자 소비에트 연방의 초대 서기장 블라디미르 레닌을 일컫는다.

식사 취향이 어떤지, 실업 원인이 뭔지, 애완동물 장례를 어떻게 치르는지 등 온갖 잡다한 것을 토론하기 시작하고, 그런 그들의 모습이 갑자기 아주 즐거워 보였기 때문이다. 하지만 즐거운 시간을 끝내야 했다. 아이들을 또다시 무관심한 표정으로 만들어버리는 생태계에 관한 주제로 그녀는 과감하게 되돌아와야 했다.

날씨 얘기를 하는 건 가장 위험했다. 날씨와 개인적인 얘기는 엎어지면 코 닿을 거리에 있었기 때문이다. 아이들은 그녀의 개인적인 일에 관해선 아무것도 몰라야 했다. 실마리를 놓친 바로 그 자리에서 다시 실마리를 잡는 것만이 도움이 되었다. 그녀는 알록달록한 잎사귀들을 뒤로하고 느릿느릿 교탁으로 되돌아왔다. 피할 수 없는 날씨 얘기에서 벗어나 앞쪽에 있는 교탁으로 도망쳐온 셈이었다.

"알츠하이머 환자와 치매 환자는 자식과 배우자의 이름은 기억 못 하지만, 자신의 생물 선생님 이름은 기억하는 경우가 있어요."

나쁜 경험은 좋은 경험보다 훨씬 더 잘 기억에 남는 법이니까.

"출생이나 결혼은 중요한 사건이긴 하지만 그걸 꼭 기억하리라는 보장은 없어요."

뇌는 여과기와 같다.

"아무것도 확실하지 않고, 확실한 것은 아무것도 없다는 것을 기억해두세요."

그렇게 말하면서 그녀는 집게 손가락으로 머리를 톡톡 두드리기 시작했다.

반 아이들은 눈을 동그랗게 뜨고 쳐다보았다.

그녀는 말을 이어나갔다.

"지구 위에는 약 2백만 개의 종이 있어요. 그리고 환경 조건이 변한다는 말은 환경이 나빠진다는 말이기도 해요."

아이들은 그런 것에 관심이 아예 없었다.

"이미 멸종된 종을 알고 있나요?"

몇몇 아이들이 손을 들었다.

"공룡을 제외하고."

아이들은 바로 손을 내렸다. 이런 전염병 현상이 교실 안에 쫙 퍼져 있었다. 아이들은 지빠귀와 찌르레기는 구분조차 못 하면서 멸종된 거대 파충류의 분류에 관해서는 외워 줄줄 읊어대는데, 심지어 브라키오사우루스[22]를 외워 묘사하기도 했다. 이는 무시무시한 것에 열광하는 초기 단계였다. 머잖아 그들은 자살에 관해 생각하게 되고 유령처럼 밤에 공동묘지를 어슬렁거리리라. 그리고 죽음의 세계와 교묘

---

22. 아프리카 탄자니아에서 발견된 공룡 화석. 앞다리가 뒷다리보다 길며 50톤가량의 몸무게에 12~16m에 이르는 긴 목이 특징이다.

한 농간질을 벌이리라. 하지만 죽고 싶은 충동을 느끼는 아이들보다는 실제로 죽는 아이들이 더 많았다.

"예를 들면 들소, 야생말, 머리와 갓이 흰 수리, 태즈메이니아 주머니늑대[23], 큰 바다쇠오리[24], 도도[25]와 스텔러 바다소[26]가 있어요."

그들은 그것들을 전혀 알지 못했다.

"베링 해에는 1톤이 넘는 몸통, 작은 머리, 그리고 제대로 자라지 못한 발을 가진 거대한 동물 바다소가 서식했어요. 2~3센티미터 두께나 되는 피부 촉감은 오래된 작은 알 껍데기 같았어요. 바다소는 조용한 동물이라 어떤 소리도 내지 않았어요. 다만, 상처 입었을 때만 짧은 신음을 냈어요. 선천적으로 온순하며 항상 물가에 있는 걸 좋아한 바다소는 사람들이 쉽게 쓰다듬을 수도 있고 죽일 수도 있었어요."

"그걸 어떻게 그리 정확히 알고 계십니까?"

에리카가 손도 안 들고 물었다.

적절한 질문이었다.

"독일 자연 탐험가 게오르크 슈텔러가 말한 거예요. 내

---

23. 포유류에 속하는, 호주의 남쪽 지역에 서식했던 동물이다.
24. 북반구에 서식했던 대형바닷새. 조류이지만 날개가 퇴화했고 절멸하였다.
25. 현재는 멸종한, 마다가스카르에 서식했던 조류이다.
26. 현재 멸종한, 북태평양 북부의 베링 해에 서식했던 포유류의 일종인 바다소.

가 생전에 봤던 자연 탐험가 중 한 사람이에요."

에리카는 알겠다는 듯 진지하게 고개를 끄덕였다.

그녀 부모의 직업이 뭐였더라? 예전에는 학생기록부를 들여다보기만 하면 다 알 수 있었는데. 지식인, 회사원, 노동자, 농부, 노조 대표, 아니면 목사였나?

엘렌이 손을 들었다.

"뭐죠?"

"자연 탐험가들은 바다소를 어떻게 했습니까?"

엘렌은 동병상련의 아픔을 느낀 게 분명했다.

"잡아먹었어요. 분명 소고기처럼 맛있었던 것 같아요."

소는 소일 뿐이었다.

이제 살아 있는 동물에 대한 주제로 되돌아갈 때다.

"그럼 어떤 종이 멸종 위기에 처해 있지요?"

다섯 학생이 손을 들었다.

"판다, 코알라, 그리고 고래가 있습니다."

하나둘씩 손이 내려갔다. 방금 말한 것들은, 봉제 인형으로 만들어 보호동물이라는 걸 알려야 하는 동물들이자 밤비 효과에도 포함되는 동물들로, 플러시[27] 동물 인형 산업의 마스코트로 이용되었다.

---

27. 밤비 효과는 애완동물을 죽이고 그 고기를 먹는 것을 거부하는 행위이며, 플러시는 직물의 한 종류이다.

"우리 지역에 서식했던 종 하나만 예로 들어 볼 수 있나 요?"

아이들은 영 자신 없어 했다.

"독일에는 약 100쌍의 작은 얼룩 독수리가 있었어요. 몇 몇 농부는 이들을 위해 밭을 경작하지 않는 대가로 돈까지 받았어요. 그렇게 해서 작은 얼룩 독수리는 먹잇감을 쉽게 잡을 수 있었어요. 주로 도마뱀과 명금류[28]를 먹고 살았어 요. 그리고 알은 두 개를 낳았는데, 그중 새끼 하나만 살아 남았어요."

적절히 강조하면서 말하자 그제야 아이들은 귀를 기울 이는 것이었다.

"맨 먼저 알에서 나온 새끼가 뒤이어 나온 새끼를 죽였어 요. 첫 번째 새끼는 두 번째 새끼가 죽을 때까지 며칠이고 공 격을 해댔고, 부모 독수리는 죽은 이 둘째 새끼를 먹어 치워 버렸어요. 이걸 '선천적 형제 살해'라고들 했어요."

맨 앞 줄을 바라보았다. 목사 아들은 꿈쩍도 않고 있었 다. 이 아인 벌써 아이처럼 곧이곧대로 믿지 않는 걸까? 살 아남기 위해서는 성서에 나오는, 노아의 방주로 '산책'나간

---

28. 참새목에 속하는 조류의 총칭으로, 전 세계에 서식하며 5천 종이 넘는 것으로 알려져 있다. 대표적으로 까마귀과, 참새과, 딱새과, 꾀꼬리과 등 이 있다.

노아와 그의 아내 외에 더 많은 것이 필요했다. 자, 다시 한 번 더.

"한 형제가 다른 형제를 죽이는 거예요."

소리 없는 공포가 감돌았다.

"이건 잔인한 게 아니라 아주 자연스러운 일이에요."

상황에 따라 새끼를 죽이는 것은 새끼 양육의 일부이기도 했다.

이제 다시 활기를 되찾은 아이들이 격론을 벌이기 시작했다.

"부모 얼룩 독수리는 대체 왜 알을 두 개 낳습니까?"

파울이 물었다. 그는 정말 알고 싶어 하는 것 같았다.

"아, 비상용으로 그러지요."

아주 단순했다.

"그럼 부모 얼룩독수리는 뭘 하나요?"

타베아가 눈을 동그랗게 뜨고 물었다.

"그들은 새끼들을 지켜보죠."

수업을 마치는 종소리가 났다. 이제 겨우 첫 장을 시작했는데.

끝이 나쁘지 않았다. 정확하게 핵심을 건드렸다. 그런데 벨 소리가 나지 않고 딸랑딸랑 소리가 난 것으로 봐서 벨은 여전히 고장 나 있는 모양이었다. 그 때문에 방학이 시작되기 전에 로마르크는 처음으로 낡은 보일러실에 있는 사무실로 칼코브스키를 찾아간 적이 있었다. 사무실 벽은 동물 포스터로 도배되어 있고, 책상은 꼼꼼하게 정리되어 있었다. 몇 해 전에 지역 난방 시설로 바꾸었는데도, 그곳에는 여전히 석탄 냄새가 났다. 로마르크는 13학년 학생들이 아비투어를 치른 다음에 장난으로 벨 뒤에 꽂아둔 마분지 조각을 빨리 제거해 달라고 부탁했다. 하지만 그는 둥근 사무용 의자에 기대 앉아 아이들이 친 장난에 대해 이러쿵저러쿵 지껄여댔는데, 김나지움 졸업반 학생들이 학교에서 허비한 세월에 대한 복수로 장난을 쳤다는 것이었다. 매우 진지하게 말하는 그의 목소리가 마치 카트너 선생 목소리처럼 들렸다. 사무실 벽에 걸려 있는 많은 풍경 사진들 틈에 가슴을 드러낸 여자 사진도 있었다. 많은 동물 틈에 벌거벗은 동물 하나가 섞여 있었다. 건물 관리인은 별수 없는 건물 관리인일 뿐이었다. 그래도, 주의회와 교육부가 시도 때도 없이 커리큘럼을 바꾸는 결의안과 규정을 내놓는다는 둥, 온갖 예술 잡동사니 같은 불필요한 것을 모조리 다 빼버리면 12년 안에, 아니 10년 안에도 학교를 마칠 수 있다는 둥, 그가 한 말이 틀리지는 않았다. 그렇다 하더라도 그는 진작에 벨을 고쳐 놨어야 했다.

학생들은 책가방을 이미 싸놓고 문을 바라보고 있었다.

그러나 잉에 로마르크는 수업을 끝내지 않고 질질 끌었다. 첫 시간부터 학생과 선생의 관계를 명확하게 해야 했으니까.

"일어나세요."

로마르크의 말을 좇아 학생들은 일어섰다. 수업을 시작하고 마칠 때 아이들을 일어서게 하는 것은 그녀가 오랜 경험을 통해 얻은 일종의 시작과 끝을 알리는 신호로 벨 소리와는 별도로 행하는 의식이었다. 그러니까 로마르크는 교사 생활을 하면서 체득한 교육 방법, 전공 과목과 관련된 교수법을 사용해왔다. 또 언젠가부터 그녀의 경험이 모든 지식을 대신하게 되고, 교육 현장에서 입증된 것만이 그녀에겐 진짜로 여겨졌다.

"목요일까지 …"

이 순간을 좀 더 끌기 위해 그녀는 숨을 들이켰다.

"문제 5번과 6번을 해 오세요."

잠시 말을 끊었다.

"이제 가도 됩니다."

자비롭게 들렸다. 아니 자비롭게 들려야만 했다. 학생들은 황급히 우르르 교실 밖으로 뛰쳐나갔다.

창문을 열자 신선한 공기가 몰려들었다. 나뭇잎들은 살랑살랑 춤을 추고, 모닥불 냄새가 나는 것으로 봐서 벌써 누군가 낙엽을 태운 모양이다. 숨을 깊이 들이켜니 좋았다.

가을 냄새가 났다.

더는 아무것도 변하지 않을 것이고, 모든 것이 쭉 계속될 것이라고 믿고 있을 때면 늘 계절은 어느덧 바뀌어 있었다. 변화는 사물의 자연스러운 흐름이다. 반사적으로 옛 기억들도 되살아났다. 작년에는 어땠나? 카트너가 학교계획을 발표하고, 이에 동료 교사들은 흥분했지. 그들은 무슨 생각을 했던 걸까? 연말에는 슬하에 많은 자녀를 둔 대학물 먹은 부부 한 쌍이 이곳으로 이사를 왔지? 그 부부가 모르몬교도인 건 분명해 보였다. 그래서 근친 결혼으로 태어난 그들의 아이들이 김나지움에 못 들어간 것도 어찌 보면 당연한 일이었다. 그러면 재작년에는 무슨 일이 있었지? 처음으로 타조 아홉 마리가 태어났지. 볼프강은 타조 아홉 마리에게 알록달록한 양말 대님을 신기고, 그 덕분에 그는 타조 아홉 마리 하나하나를 구분할 수 있었다. 목장을 뛰어다니는, 알록달록한 양말 대님을 신은 타조 아홉 마리는 그 일대에 소문이 퍼져, 매일같이 호기심 많은 사람들이 보러왔다. 그리고 암탉 여덟 마리와 수탉 한 마리가 있었는데, 그 사이 모두 합해 서른두 마리로 늘어나 한 학급의 학생 수 정도되었다. 여하튼 예전에는 학생 수가 그쯤 되었다.

그녀는 교실을 자물쇠로 잠갔다.

"조금 더 위로."

젠장! 복도에 슈바네케가 11학년 학생 두 명과 함께 있었다. 두 남학생은 벽에 액자 하나를 꽉 대고 있고, 슈바네케는 창가에 발 끝으로 서서 팔을 휘저으며 감독하고 있었다. 청바지 위로 짧은 원피스를 입고 있는 그녀의 몸짓이 '날 잡아 봐, 난 봄이야.'하는 것만 같았다.

"그래, 그게 좋아."

그녀가 허공을 향해 손가락을 뻗었다.

"아, 로마르크 선생님!"

그녀는 반갑게 외쳤다.

"복도를 좀 더 꾸미는 게 좋겠다고 생각했어요. 새 학년 때 인상주의에 관해 다루려고 하는데 어디서부터 시작해야 좋을지…"

실제로 지금 복도 벽에는 가로 판형으로 제작된, 진창 같은 졸작이 하나 걸려 있었다.

"저는… 모네의 수련이 선생님의 해파리에 잘 어울린다고 생각했어요."

그녀는 손뼉을 쳤다.

"선생님의 해파리는 친구가 필요하다고 생각했어요."

정말로 슈바네케가 잡초 같은 수초를 화려한 해파리가 걸려 있는 벽에서 세 뼘 정도 떨어진 데 걸었다는 게, 그녀는 믿기지 않았다. 미술실이 그녀의 실험실과 같은 층에 있어 학생들이 늘 복도에 물감을 줄줄 흘리고 다니는 일만으로도 충분히 언짢았다. 지금까지 슈바네케는 영역을 잘 지켜왔다. 화장실을 기준으로 카롤라 슈바네케의 벽은 저쪽이고, 잉에 로마르크의 벽은 이쪽이었다. 정말이지 이건 너무 나갔군. 하지만 흉한 그림 몇 점 때문에 당장 새 학년 첫날에 전쟁을 일으켜야 할까? 평정심만은 유지해야 한다. 영리한 동물은 기다릴 줄 아는 법이다.

"헤켈의 해파리에요. 친애하는 동료 선생님. 예나 지금이나 변함없는 헤켈의 해파리에요."

"그림의 인상이 중요하니까, 인상에 따라 제목도 중요하게 된 겁니다. 그러므로 인상주의가 중요하다는 말이죠. 아주 직접적으로요."

슈바네케는 거침없이 떠들어 댔다. 옆에 서서 멍청하게 고개를 끄덕이고 있는 11학년 남학생 두 명은 그 자리에서 뜰 엄두를 내지 못하고 있었다. 카롤라가 말을 하도록 내버려둔 게 잘못이었다. 지나치게 크고, 볼품없어 보이는 가로판형이 무시무시하게 눈앞에서 어른거리고 있었다. 지저분하게 발린 색 위로 곰팡이 얼룩이 져 있고, 모든 게 다 진흙 속에, 늪에, 소금기가 약간 있는 하천 밑바닥에 뿌리를 내리고 있었다. 썩어가는 단맛 냄새와 더러운 진흙탕 냄새가 진동하는 것 같았다. 현대적인 것이든 아니든, 자연미라는 것은 생소함과는 거리가 멀다. 자연미는 극도의 섬세함으로만 다가갈 수 있었다.

반면에 헤켈의 해파리는 인상에 깊이 남는 투명함, 활력이 넘치는 화려함을 갖고 있지 않은가. 라일락 빛이 감도는 소용돌이 모양의 발광체가 있는 주머니 해파리의 아래쪽 모습. 해파리의 보랏빛 나팔 한가운데에 자리 잡은 꽃받침 모양의 팔각형 입 구멍. 흘러내린 파란 속치마 같은 것에서 뻗어나와 나풀거리는 촉수. 투명한 반짝이 장식을 한 아주 작은 해파리 암컷 떼. 맨 오른쪽에 있는 꽃 해파리의 투명한 아름다움. 혹 같은 모양의 꽃 해파리 갓이 두 개의 돌기로 자라 이루어내는 대칭. 진주에서 나온 듯한 빨간 쐐기풀로 가득 찬, 불룩한 갓. 그리고 횡단면을 나타낸 두 개의 그림 액자, 하나는 렘브란트 튤립의 휘황찬란한 핑크빛 날개 그림이고 다른 하나는 백인의 뇌와 똑같은 그림이었다. 학교 문서 보관실에서 그녀는 양장본으로 나온 해파리 연구 논문집을 발견하고, 이 근사한 그림들은 그 논문집에서 오려낸 것이었다. 문서 보관실은 굉장했다. 지하에 있는 좁고 어두운 문서 보관실에다 학생들은 낡고 찢긴 벽 신문, 초상화 유리 액자, 얇은 그림 액자, 합판에 붙인 캔버스 인쇄 그림을 갖다 놓았는데, 그중에는 동물원에서 일하는 통통하고 발그스레한 볼의 청년 사육사 그림, 동해 바닷가 젊은 커플 그

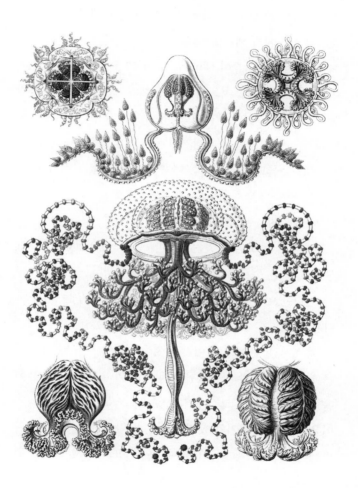

림, 그리고 한 낮의 햇볕에 색이 바랜 해바라기 그림도 섞여 있었다. 그런데 어느 날 갑자기 복도 벽이 휑해졌다. 칼코브스키가 그녀에게 해파리 그림들을 은색 진열장에다 집어넣게 할 때까지 매일같이 해파리들을 바라볼 수 있었던 건 축복이나 다름없었다. 처음에는 벽에 해파리만 걸다가 나중에는 다른 것도 걸었던 생각이 났다. 하지만 다른 어떤 것도 해파리가 지닌 완벽함을 따라가진 못하고 양면적인 면을 지닌 그 어떤 동물도 해파리처럼 아름답지 못했다. 그러니까 아무것도 방사 대칭 동물[29]을 뛰어넘진 못했다.

이제 입씨름은 충분히 했다.

"해파리는 소금기 있는 하천에 살고, 말미잘은 단물에 살아요. 좋은 하루 보내세요, 슈바네케 선생님."

진정한 미와 위대함을 비켜가는 사람과 싸우는 건 무의미했다.

휴식시간, 운동장에 어린 학생들 여럿이 모여 있었다. 최근에 와서 상급반 아이들은 교실에 남아 있어도 되는 특혜를 누렸다. 하지만 그것에 잉에 로마르크는 반대했는데, 그 이유는 신선한 공기와 햇볕은 젊은 사람에게나 나이 든 사람에게나 모두에게 이로웠기 때문이다. 또 에너지 전환을 위

---

29. 대표적으로 해파리가, 방사모양을 한 대칭 형태의 몸체를 지니고 있다.

해서라도 좋았으니까. 크레인, 기중기, 지구 수신기가 그려져 있는, 비바람에 씻겨 파손된 벽화 아래에 10학년 아이들이 쓰레기통 수거를 위해 서 있었다. 어설프게 담배를 감추려 애쓰는 아이들 모습에 마음이 짠해져 그녀는 감독하고 싶은 마음이 싹 가셨다. 심지어 그들은 공손하게 인사까지 했다. 물론 감독 임무는 줄담배를 피워대던 베른부르크 선생의 몫이었으나, 그녀는 오늘 학교 어디에서도 모습을 보이지 않았다. 학년이 시작되자 조심스럽게 또다시 병가를 낸 모양이다.

학교 본관은 70년대에 지은 2층짜리 건물로, 위에서 내려다보면 최근 교무실에 걸어놓은 공중 촬영 사진에서 본 듯한, 낡아 기울어진 H 모양이다. 본관 건물 아래에 있는 전공 교육관 건물은 이식해 놓은 충양돌기[30] 모양의 대문자 I와 유사해 보였다. 모래땅 위에 잿빛 타르[31]를 칠한 H와 I가 솟아 있는 모습이랄까. 그런데 질 나쁜 건축자재로 지은 탓에 이 건물의 빗물받이 뒤쪽 콘크리트는 여기저기가 부식되어 있고 벽면은 늘 축축하게 젖어 있었다. 그리고 커다랗고 펑퍼짐한 돌이 놓인 좁은 오솔길 서너 개가 네모난 붉은 벽돌색 체육관으로 나 있었다. 본관 입구 옆 벽에는 번쩍거리는 뻘건 글씨로 '다윈은 망했다!'라고 쓰여 있었다.

---

30. 맹장의 아래 끝에 늘어져 있으며, 충수라고도 한다.
31. 열분해 시 석탄, 나무 등에서 나오는 점성의 검은 액체이다.

릴로 헤르만[32]에 관해 더는 아무것도 생각나지 않았다. 그 당시 사람들은 모든 걸 청산하기로 하고 합판 그림들과 함께, 케케묵은 이름을 없애버렸을 뿐 아니라 확대 개편된 상급학교 명칭도 즉각 인민친선광장과 빌헬름-피크-거리에 모여 바꿔버렸다.

그리하여 릴로 헤르만은 사후에 완전히 잊혀졌다. 4년만 더 있으면 이곳도, 그리고 그녀도 끝이었다. 잉에 로마르크는 환상을 갖지 않았다. 어디서 다시 새로 시작하지? 그녀는 다시 새로 시작하지 않을 것이다. 고목은 옮겨 심지 않는 법이니까. 더군다나 그녀는 남자도 아닌 여자이고 나무도 아니었으니까. 카트너가 옛 여제자에게서 아이 하나를 더 낳았다는 소문이 돌았다. 그것도 그 여학생이 아비투어를 치고 난 후 곧바로. 형사상 문제 될 게 없었을 뿐 아니라 아무것도 걸릴 건 없었다. 어찌 됐든 상관없었다. 로마르크와 동갑인 그는 아직 한창 나이였으니 뭐. 몸 상태에 따라 그녀는 8~90살까지 살 수 있을 것이다. 통계학적으로 그럴 가능성이 매우 컸다. 출산율 감소와 위험 수준에 도달한 노년층 증가를 보여 주는 연간 인구 보고서에 따르면, 그녀는 연령 피라미드 상에서 툭 튀어나와 있는 장미 색깔 영역에 속해 있

---

32. 릴로 헤르만은 독일 공산주의자인 레지스탕스 리제로테 헤르만을 말한다.

었다. 모두가 무덤을 향해 올라가는 중이랄까. 이 모든 게 평화시대의 성적 자유와 활발한 생업활동, 전쟁으로 인한 분단과 피임약 복용으로 인한 출산율 저하가 가져온 결과였다. '발을 보여 줘. 평균 8~90살까지는 살겠군.' 이건 사람들이 살면서 바라는 것이기도 하다. 그리고 죽기 직전까지 남아 있는 소원도 많다. 그녀는 그 긴 시간 뭘 더 해야만 할까? 기다리면서 차를 마실까? 왜 안 되겠는가? 그녀는 기다리면서 차 마시는 것을 지루해 하지 않을 것이다. 지금까지도 전혀 지루해 하지 않았다. 그런데 다시 새로 시작해? 무엇을? 새롭게 무엇을? 하지만 그녀는 고목이나 다름없었다. 그러니까 성장조건의 변화에 따라 생겨난 춘재春材와 추재秋材 33를 합해 모두 55개의 다양한 나이테 폭을 가진 고목 말이다. 로마르크에겐 그 나이테 대신 주름이 생겨났다. 한 해 한 해가 다르게 느껴졌다. 그 많은 세월이 휙 지나가 버렸다. 암튼 이사한다는 건 말이 안 되는 소리였다. 볼프강, 타조들과 함께 이사 갈 수는 없었다. 더군다나 타조들이 부화하는 지금 이때, 이사한다는 건 꿈도 꿀 수 없었다. 오히려 클라우디아가 다시 이곳으로 돌아와야 한다. 충분히 오랫동안 이곳을

---

33. 춘재는 봄부터 초여름에 걸쳐 활동이 왕성한 시기에 생기는 엷고 무른 부분이며, 세포막이 얇고 잘 생장한 큰 세포가 모여 있다. 추재는 여름부터 생장이 중지되는 초가을까지 생기는 색깔이 짙고 굳은 부분이며, 세포막이 두껍고 모양이 작은 세포가 모여 있다. 이들이 모여 나이테가 형성된다.

떠나 있었고, 외국에서 경험도 쌓았으니까. 벌써 12년하고도 반년이 지났다. 이제 클라우디아는 어린 나이가 아니었다. 이제 서서히 진짜 삶을 시작할 때였다. 마구간 옆 남은 땅에다 집을 지을 수도 있을 것이다. 그 땅은 바닷가로 펼쳐진 목초지가 훤히 내려다보이는 꽤 넓은 곳이었다. 그러면 그녀는 매일같이 들러 클라우디아와 함께 테라스에서 커피를 마시며 바닷가 목초지를 바라볼 것이다. 근데 클라우디아가 커피를 마시기는 했나? 여하튼 이제는 집으로 돌아와야 할 때였다.

교무실에서는 틸레와 마인하르트가 도시락을 먹고 있었다. 로마르크가 들어가자 그들은 입에 음식물을 가득 넣은 채 인사를 했다. 안경 쓴 릴로 헤르만의 사진이 아직도 대체 수업 계획표 옆에 붙어 있었다. 용감한 여성 릴로는 공산주의 사상을 가진 화학자이면서 오래전 정의를 위해 투쟁한 순교자였다. 릴리 사진 외에, 어느 책에서 오려낸 적 있는 이탈리아의 한 도시 이름을 칠판에 써놓고 멍청하게 웃고 있는 한 아이의 사진이 실린 신문기사도 나란히 붙어 있었다. 그리고 기사 바로 옆에는 다른 동물의 보금자리에 기생하는 것과 다를 바 없는 이곳 지역 시민 학교[34]의 강좌프로그램 ─ 생존의 기본원리, 슬리퍼 곰팡이, 종이 접기, 연금 수령자

---

34. "Volkshochschule"는 일반시민들이 다양한 교양강좌를 수강할 수 있는 시민학교로, 지역마다 있다.

들과 함께 사색하기 — 이 붙어 있었다. 이러한 것들은 저승길을 코앞에 두고 있는 사람들을 위한 활동 치료 프로그램이었다.

그때 카트너가 교무실로 들어왔다. 그는 인사를 하고는 대체 수업 계획표를 들여다보았는데, 그의 손에는 알록달록한 삼각기 나무 깃대가 들려 있었다. 이상한 시스템, 그 이상한 시스템을 배우려고 그는 매주 두 시간씩 특별 교육을 받고 있었다.

"아, 잉에, 당신은 무슨 과목 수업을 할 거요? 가정용 생물 수업?"

그는 대체 수업 계획표의 수업시간을 살짝 조정하면서 물었다.

"버섯수집에 관한 수업? 아니면 정원 해충박멸에 관한 수업?"

"안녕하세요, 카트너 선생님."

지역 시민 학교에서나 하는 유머를 꼭 해야 하나? 그녀는 그리 쉽게 꼬임에 넘어가지 않을 것이다. 그래, 혹시 여기 남아 있을 수 있을지도 모르지. 조만간 이 건물은 지역 시민 학교가 인수할 것이다. 이미 건물 맨 아래 층에서는 몇몇 강좌가 열리고 있었다. 하지만 그녀는 거기 동참하지 않을 것이다. 그건 다른 교사들이 할 테니까. 자연과학은 취미로 배우기엔 적당하지 않았다. 아무도 세포 구조나 구연산 순환 주기에 몰두하고 싶어 하지 않았으니까. 사람들은 유명한 고전 속 인물이나 독일의 스타를 탐구하고 혹은 외국어 배우는 걸 더 좋아했다. 수업 시간에 극동에 관한 슬라이드를 보여주고 설명해 주면 사람들은 세상과 관련된 것을 더 많이 보려고 했는데, 그 세상은 다름 아닌 바로 이곳의 숲, 평지, 강, 늪지대에 있었으며, 수 없이 많은 종에게 훌륭한 생활 환경을 제공하고 있었다. 환경부는 수많은 종의 대부분을 자연 보호 하에 두고, 희귀한 서너 종의 표본에 관해서는 자세하게 파악하고 있었다. 가끔 새로운 종, 즉 불청객과 불법 이주자도 등장했다. 시베리아에 서식하는, 먹이라면 모조리 먹어치우는 청소동물[35] 너구리는 북아메리카에 사는 작은 곰처럼 생긴 동물이었다. 그 동물은 오소리와 여우의 보금자리인 동굴을 빼앗고 질병을 옮겼으며 토착종이 서식하는 생태 지역에서 토착종을 내쫓고 그 지역을 차지했다. 양쪽 부모가 함께 새끼들을 돌보는 너구리의 번식력 또한 어마어마했다.

　　모든 종이 왕성하게 번식해나갔다. 하지만 오직 인간들만이 그러지 못했다. 대신 그들은 이곳에서 더는 아무것도

---

35. 사냥하지 않고 시체나 썩은 것을 먹는 육식동물. 너구리가 대표적이다.

얻을 게 없다는 듯이, 미래는 다른 곳, 즉 엘베 강 너머, 국경 너머, 대륙 너머 어딘가 바깥에 있다는 듯이 행동했다. 인간을 제외한 모든 생명체는 인간들이 결코 직시하고 싶지 않았던, 이곳에 드리우진 현실의 그림자를 받아들이는 걸 지켜보았다. 마치 이곳에는 어떤 생명체도 존재하지 않았다는 듯이 행동했지만, 온 사방에 생명체는 존재하고 있었다. 심지어 변질한 빗물 속에도 생명체는 있었다.

결국, 모든 게 날씨 탓이었다. 클라우디아가 먼 대륙 저편에 남아 있게 된 것도 날씨 탓이었다. 언젠가 딸 아이가 '태양에 한번 익숙해진 사람들은 중부 유럽의 우중충한 날씨에 만족하며 살기엔 이미 타락해버렸어요'하고 말한 적이 있었다. 중부 유럽, 그 말이 어떻게 들리든지 간에 사람들은 중부 유럽과는 다른 장소, 다른 공기, 다른 기후 환경을 지나치게 미화했다. 결핵에 걸린 것도 아니었으면서.

모두가 농토를 버리고 고향을 떠났다. 그들은 세상사가 뭔지도 모르는 사람들이었다. 세상을 알려는 사람들은 살 집이 있어야 했고 고향 캅아르코나[36]에서 피히텔베르크[37]에 이르는 땅 구석구석에서 농사를 시작해야 했다. 도망치는

---

36. "Kap Arkona"는 메클렌부르크(Mecklenburg) 주의 뤼겐(Rügen) 섬 북쪽에 있는 급경사 해안이다.
37. "Fichtelberg"는 작센(Sachsen) 주에서 가장 높은 산이다.

게 능사는 아니었다. 로마르크는 도망치는 건 늘 다른 사람들에게 양보했다. 아주 잠깐이나마 이것 저것 생각해본 적은 있었지만 그건 오래전 일이었다. 결국, 그녀는 이곳에 남았다. 알고 보면 자유도 지나치게 미화되었다. 또 지구에 존재하는 종의 대부분을 밝혀내는 세상도 등장했다. 그래서 마음 편히 집에 남아 있을 수 있었다.

"아니, 로마르크 선생은 딸이 있는 아미란트로 갈 게 분명해. 베란다 흔들 의자에 앉아 놀고 있는 손자들을 바라보겠지."

카트너는 여전히 대체 수업 계획표를 만지작거리고 있었다.

애쓰는군.

로마르크가 자리에 앉으려 하자 마인하르트와 틸레가 자리를 내주었다. 마인하르트가 어찌나 빨리 적응을 하던지 그저 놀라울 뿐이었다. 아줌마 몸집 같은 그는 수학 과목을 담당하고 있는 젊은 교생이다. 그의 바지 벨트는 다른 사람들보다 한 뼘 정도 더 위로 올라가 있었다. 불그스레한 뺨에 수염까지는 아니더라도 입술 위쪽에 솜털 같은 수염이 나 있는 그는 둔중한 낙천가였다. 맨 위 단추까지 채워져 있는 밝은 색 셔츠 아래로 그의 가슴이 불룩하게 솟아 있는 것이, 그런 건 남성 의학에서 찾아볼 수 있는 증상으로, 그에겐 뭔가 미성숙해 보이는 점이 있었다. 그리고 그것은 미성숙한 채로 남아 있을 것이다.

반면, 틸레는 이목구비가 뚜렷했다. 얼굴은 갸름하고 입 주위에는 잔주름이 패어 있었다. 백발 머리를 뒤로 빗어 넘 긴 그는 레닌처럼 너덜너덜한 수염을 길렀는데도 점잖고 대 부분의 공산주의자처럼 고상한 인상까지 풍겼다. 그는 고향 이 몰락할까 봐 늘 노심초사해 하면서도 정작 고향이 몰락 해갈 때는 그 모습을 태연하게 바라보기로 한 사람처럼 행 동했다. 그래서인지 틈만 나면 그는 개인 사무실로 독차지 하고 있는, 카드꽂이와 수업자료를 두는, 작은 보관실로 사 라져버리는 것이었다. 그 작은 사무실이 그의 정치국인 셈이 었다. 거기서 그는 수입 여송연을 피우며 세계혁명을 기다리 고 있었다. 사무실에 있는 내내 그는 부산스러웠고 배에서 꼬르륵거리는 소리를 내곤 했다. 하지만 그의 수척해 보이는 몸이 그가 하고자 하는 행동을 가로막고 있을 뿐 아니라 온 갖 근심을 더 돋우는 것 같았다.

"페스트군."

틸레다운 말이었다. 그는 세상사에 관한 자기 생각을 늘 혼잣말로 중얼거리곤 했다.

"뭐라고요?"

마인하르트는 어리둥절해 했다.

"오늘날의 페스트 말이요."

틸레는 책상을 응시했다. 지저분하고 가엾은 영감탱이.

"여자 70명에 남자 100명."

그는 시선을 들었다.

"알겠소? 여자들은 최고의 남자들을 고를 수 있는 거지."

틸레의 아내는 그를 버리고 떠났다. 동독 시절, 그의 아내는 서독으로 도망쳐버렸다. 그런데 지금 그는 자신이 인구 변화의 희생양인 것처럼 굴고 있었다. 어떤 여자도 얻지 못하는 30명의 남자 중 한 명인 양. 즉 독신남으로 낙인찍힌 사람들, 주로 통조림을 먹고 사는 사람들, 대체로 제멋대로인 사람들, 그리고 자신들의 더러운 세탁물을 어쩔 수 없이 직접 세탁기에 집어넣어야 하는 사람 중 한 명 말이다.

"나머진 동성애자가 될 수도 있지."

또다시 카트너가 끼어들었다. 그는 히죽거리며 그들 곁에 앉았는데 휴가의 여파로 좀 피곤해 보였다. 로마르크는 카트너를 직접 보지 않고는 짧은 머리를 한 그의 얼굴조차 떠올릴 수 없었다. 그가 소매를 걷어 올리자 구릿빛 맨 팔뚝이 눈에 확 들어왔다. 카트너는 전지전능하고 끈기 있는 냉혈 인간이었다. 아무도 나서서 그 일, 그러니까 사람들에게 민주주의를 가르치는 일을 하려고 하지 않았지만, 그는 사람들에게 연민의 정을 갖고 있었다. 그래서 그는 사회 교사로서 그 일을 하려고 이곳으로 옮겨왔다. 하지만 시간이 흐르면서 그는 알파[38]로 변해버렸다. 과도기 때에 임시 교장을 맡은 그는 이제 학교가 없어지지 않는 한 학교운영을 전담하게 된 즐거운 집행자가 되었다. 그는 15년 전부터 이끌어 온 학교를 서슴없이 문 닫으려 했고, 심지어 그 일을 즐기고 있는 듯이 보였다. 이 일이 모두를 위한 기회라고 그는 강조했다. 어쩜 그에게는 기회가 될 수 있겠지. 이것 저것 해볼 수 있는 장이 마련된 셈이니까. 카트너는 늘 비상수단으로 2개의 '플랜 B'를 갖고 있었다. 이혼남인 그는 작은 집 한 채와 비뚤어진 두 아이, 아니 소문대로라면 세 아이가 있었다. 그 아이들은 융통성이 좀 없긴 했지만 슬픔에 잠겨 있지는 않았다. 여하튼 이 학교를 누가 청산하든 상관없었다. 마지막 남은 사람이 불을 끄는 법이니까.

"3분의 1, 정확히 말해 1,565명이 페스트로 죽었소. 이건 요즘 나돌고 있는 신종 페스트지."

중요한 일이라도 얘기하는 말투였다. 암튼 틸레에게는 늘 가르침과 같은 말이었다.

"틸레, 실제로 지역 사회에 남길 만한 일을 해 볼 수도 있소."

---

38. 해당 동물이 속한 세계에서 가장 높은 계급과 서열에 있는 동물.

그가 그리 열 올릴 필요는 없었다. 그녀는 얼룩덜룩한 반점으로 뒤덮인 그의 손을 쓰다듬었다. 새털처럼 부드러웠다.

"30%. 그걸로 선거에서 이길 수 있지요."

마인하르트는 화제를 돌리려고 했다.

"자, 그럼 여러분."

카트너가 손을 비벼댔다. 그는 다시 얘기할 기분이 들었던 모양이다. 다른 사람들도 그걸 금방 알아차렸다.

"이 학교는 곧 없어질 것이오. 폐교되고 나면 우린 이곳을 관리만 할 게 아니라 미래 지향적으로 만들 거요."

당연한 말이었다. 죽음도 삶의 일부분이었으니까.

"죽어가는 환경은 그리 새로울 것도 없고 또 그리 극적이지도 않소. 다른 곳의 학교들도 문을 닫고 있소. 서독에서도, 루르지역[39]에서도 마찬가지요. 니더작센[40]의 반은 비어 있소. 이는 아주 일반적인 추세지. 이농에 관해 아직 아무것도 못 들어봤소?"

그는 그들이 보충 설명이 필요하다고 생각했던 모양이다.

"동쪽은[41] 아직 괜찮은 편이오. 이곳은 그나마 거리 가로

---

39. 독일 북서부에 있는 유럽 최대의 석탄 생산지대이자 공업지대이다.
40. "Niedersachsen"는 독일 16개 주 중 하나로, 북서부에 있으며 독일에서 두 번째로 면적이 크다.
41. 구동독 지역을 말한다.

등을 새로 달고 고속도로를 새로 내는 데 필요한 돈을 챙기고 있으니."

"근데 이곳은 교통량이 너무 적어 고속도로로 돈벌이하지 못하리란 건 예상했던 일이죠."

마인하르트는 신문도 읽는 모양이었다.

"그렇소. 이곳으로 오는 사람들은 없고, 있던 사람들도 떠나가니까. 차라리 기차 선로를 놓는 게 더 좋을 수도 있었어."

종착역 포어포메른[42]이란 이름으로. 지정된 생활공간.

"미쳤군."

틸레는 헛기침을 하고는 등을 쭉 폈다.

"예전엔 처벌로 자신이 살던 도시를 떠나야 했는데 말이오. 추방된다는 건 최악이었는데."

그는 시선을 들고 쳐다보았다.

"요즘엔 떠나가는 사람들이 승리자인 셈이니."

카트너는 당근을 물어 씹으며 몸을 뒤로 기댔다.

"마르텐 씨네는 좀 더 현명해야 했어. 그랬다면 우리 상황이 훨씬 더 좋았을 텐데 말이지."

"마르텐 씨네요?"

마인하르트가 어쩌나 멍청하게 쳐다보던지.

---

42. "Vorpommern"은 이 소설의 배경이 된 도시가 속해 있는 구동독 지역에 있는 주를 말한다.

"토끼처럼 …"

카트너는 당근 쥔 주먹에 힘을 주었다.

"해로울 게 아무것도 없지. 그 집 세 식구와 우린 구제될 수 있었는데. 우린 퇴직할 때까지 반을 맡을 수 있었는데 말이야. 아니! 아비투어 치는 인간은 불감증에 걸렸어."

"불임 말씀이시죠."

마인하르트도 교사 병에 걸려 수정하는 버릇이 있었다.

"아아, 같은 말이지."

"아, 선생님은 갖은 노력을 했고, 그것으로 충분해요. 하긴 좀 더 일찍 시작했으면 하는 아쉬움이 있지만요."

그 말은 아주 감동적이었다. 카트너는 공격적으로 다시 몸을 앞으로 내밀었다.

"잘 들으시오, 로마르크 선생. 우리가 모두 평가받고 있소. 당신뿐만 아니라 우리 모두에게 청강생이 있었던 거요."

그가 지금 다시 그 얘기를 꺼냈다. 주제넘게 참견하는 사람들의 시대, 즉 아는 체하는 사람들의 시대는 지나갔는데도.

그 사람들은 구석에 자리를 잡고 앉아 한 번만이라도 몰래 수업을 들어 보려고 했다. 맨 마지막 청강생은 교육청에서 나온 수염이 난 불쾌한 남자였는데, 그는 유쾌하게 웃으며 카트너와 같은 말을 했다. 근데 그 쥐새끼 같은 인간이 이제 감히 그들의 수업을 평가하는 커다란 쥐가 되어 있었다. 로마르크 씨는 '칠판 앞에서 수업한다.'[43]고 보고서에 쓰여 있었다. 당연하지, 그 외 수업을 달리 어떻게 하겠어, 이 잘난체하는 인간 같으니라고! 슈바네케처럼 서로 토론할 짝꿍들을 정해주는 건 어떨까? 아니면 그룹 숙제를 내줄까? 그러나 아이들은 허튼 수작만 해댔다. 그들은 양파 껍질 대신 코딱지를 현미경 위에 올려놓고 관찰하며, 썩은 건초 발효액을 변기에 쏟아버려야 할 때는 발효액 속에 들어 있는 짚신 벌레가 불쌍해 서글프게 울기도 했다. 어쨌든 결국엔 머리를 하나로 묶은 한 여자 아이의 실험 결과를 베껴 썼을 뿐이면서. 또 로마르크는 좀 더 현실과 관련 있는 수업을 해야 한다는 권고도 받았는데, 이 얼마나 멍청한가! 어차피 생물이란 과목은 현실과 밀접한 관계에 있었다. 즉 일정한 법칙에 따라 일어나는 생물의 현상과 형태에 관한, 그리고 시공간 별로 생물의 번식을 다루는 학문이었다. 결론적으로 생물의 온갖 의미를 다루는 관찰 학문이었다. 그런데 해부 시간에 동물을 죽이는 걸 금지해놓고는 좀 더 현실과 관련 있는 수업을 하라는 항상 똑같은 요구만 해대고 있으니!

동물 실험 금지 탓으로 지금은 허용되는 것이 별로 없었

---

43. 부정적인 의미로, 학생들 각각의 능력과 요구에 응하지 않고 칠판 앞에서, 학생들 앞에 서서만 수업하는 방식을 말한다.

다. 동물 실험이 뭐가 학대인가? 어차피 죽은 동물인데! 연구 목적을 위해 연구 대상을 실험할 뿐인데. 즉 수정된 난자를 적색 광선에서 부화시켜 심장이 박동하는 걸 보기 위해 난자를 절개하고, 그러고는 실험 램프를 끄고 증명할 뿐인데. 예를 들면, 아프리카 발톱개구리[44]의 임신 여부 식별과 임신한 여자 오줌에 들어가 산란하는 암컷들. 페트리접시[45] 속에 들어 있는 개구리 치석. 떨어져 나간 개구리 뒷다리의 실룩거리는 모습 등을. 아이들은 여전히 축축한 개구리 뒷다리, 그 뒷다리 근육을 은과 철제도구로 살짝 건드려 보았다. 그 결과, 은과 철, 즉 귀금속과 비귀금속이 갈바닉[46] 계열에 속하는 서로 멀리 떨어져 있는 종류가 다른 금속이라는 것을, 그리고 신경계가 자극관, 즉 회로인 것을 밝혀냈다. 이처럼 화학 에너지는 전기로 전환될 수 있고, 자연은 실험을 통해 명백히 밝혀질 수 있었다. 아니, 천만의 말씀! 이제 사람들은 죽은 물고기의 배만 가를 수 있었다. 청어는 금방 썩은 냄새가 나고, 송어는 값이 비쌌다. 소 눈은 실험대

---

44. 양서류에 속하는 동물로, 남아프리카 태생이다.
45. 둥글고 납작하며 뚜껑이 있는 유리접시로, 세균 배양 따위의 의학·약학·생화학 실험에 주로 사용된다.
46. 갈바닉은 이탈리아의 해부학자, 생리학자이인 루이지 알로이시오 갈바니의 이름에서 유래. 동물과 정전기에 관한 연구 중 1780년 해부한 개구리의 다리가 해부도에 닿아 일어나는 경련으로 생체전기를 발견하고 그 전류를 갈바닉이라고 부르게 되었다.

상으로 허용되지만, 광우병 때문에 사람들은 돼지 눈을 사용해야만 했다. 그제야 드디어 주위가 조용해졌다. 로마르크는 펼쳐놓은 신문 위에 돋보기 렌즈를 갖다 대고 기사를 읽을 수 있는 이 시간이 좋았다. 아이들은 메스꺼운 걸 잊고 놀란 토끼 눈을 하고서 망막의 현란한 빛을 주의 깊게 들여다보고 있었다. 당연히 그들 눈에 분명하게 보이는 것이 중요했다. 하지만 그녀는 매일 파악 반사[47]나 재생이 진행 중인 지렁이나 파블로프의 침 흘리는 개[48]와 같은 주제들로 아이들을 괴롭힐 수는 없었다. 그리고 디오라마[49]는 자연박물관에 있고, 그곳에는 피도 채 마르지 않은 박제, 형광을 뿜어내는 뼈대와 불이 깜박거리는 버튼이 설치되어 있을 뿐이었다. 그러니 그 어떤 것도 칠판 앞에서 하는 수업을 능가하지는 못했다. 그녀의 수업은 훌륭하고 학생들은 우수했다. 물론 몇몇 학생들이 그녀를 무서워하는 건 사실이었다. 그녀가 예고 없이 쪽지 시험을 시행했지만 이미 소문나 있는 터라 학생들 대부분은 시험에 늘 대비하고 있었다. 뭘 가르칠지는 그녀 스스로 정했다. 그녀는 이른바 '나선형 커리큘럼',

---

47. 파악 반사는 신생아가 자신의 손바닥을 건드리는 사람의 손가락을 꽉 붙잡는 반응으로, 일종의 원시 반사이다.
48. 구소련의 생리학자 이반 파블로프는 개가 주인의 발자국만 들어도 침을 분비하는 조건반사를 발견하여 대뇌 생리학의 길을 열었다.
49. 배경 위에 모형을 설치하여 하나의 장면을 만든 것 또는 그러한 배치.

정확히 말해 간단한 내용에서 점점 복잡한 내용으로 넘어가는 수업방식을 선택했다. 마치 나사 바이스를 천천히 돌려 잠그듯이 말이다. 중요한 건 성적이었는데, 아이들의 성적은 좋았다. 늘 주州의 평균을 웃돌았다. 생물과 체육을 맡은 그녀는 확실히 운이 좋았다. 생명의 흔적을 좇아가는 자연과학은 새로 쓰일 필요가 없었다. 자연과학에서는 말하고 생각하는 게 중요하진 않았다. 대신 관찰과 연구, 법칙과 설명이 중요했다! 가정을 세워 귀납법이나 연역법으로 증명해 내야 했다. 그리고 이렇게 증명해낸 자연법칙은 국제적으로 통용되었다. 틸레와 베른부르크는 데이터와 사실 때문에 고생깨나 했다. 제약을 좀 덜 받긴 했지만 말이다. 하지만 생물은 실재이고, 따라서 생물 수업은 실재에 대한 보고이다. 생물 수업시간에는 확인된 지식, 정권이 바뀌어도 변함없는 지식이 전달되었다. 그러한 생물의 세상은 저절로 그려지고 밝혀졌으며, 그러한 세상을 지배하는 자연법칙들은 제한 없는 힘을 지니게 되었다. 이에 대해 왈가왈부할 게 없었다. 그것이 바로 진정한 독재였던 것이다!

"마인하르트 선생, 마르텐 씨네 아이들을 어떻게 분간해 내는지 아시오?"

카트너는 몸을 앞으로 쑥 내밀었다.

"갉아 먹힌 얼굴로 분간해내지."

그의 얼굴에 즐거운 표정이 스쳐 지나갔다.

"아, 오싹한 동화는 집어치워요."

그러나 카트너는 쉽게 그만두지 않았다. 그 일은 그가 이 곳에 오기 훨씬 전에 일어난 일이었다. 빌어먹을 모사꾼 같으니.

"그들은 당시 농가에다 뒷간을 만들려고 파이프를 지하실 안으로 설치했지. 옥외 뒷간을 다 짓긴 했는데 여기저기서 쥐들이 나왔지. 맨 처음엔 지하에, 그 다음엔 계단과 아이들 방에. 아이들이라면 그 집에 아주 많긴 하지…"

번식에는 다양한 전략이 있었다. K-전략은 적은 새끼들을 낳아 그들에게 많은 시간과 노력을 투자하는 것이고, r-전략은 많은 새끼를 낳아 그들에게 시간과 노력을 거의 투자하지 않는 것이었다. 질적인 번식전략 대 양적인 번식전략, 아주 간단한 셈법이었다. 목표는 생존의 기회를 높이는 데 있는데, 그건 마치 내기 같은 것이었다. 즉, 한군데 모든 돈을 걸거나 혹은 여기저기 나누어 거는 내기 같은 것 말이다. 마르텐 씨네 두 아이에겐 아주 흉측한 반점 모양의 상처가 있었으나 어쨌든 아직 살아 있었다.

"그나마 특별 학교 동료들은 몇 년 더 일할 수 있는 자리가 있지."

카트너는 한숨지었다. 그는 로마르크의 신뢰를 얻으려고

경고와 은폐 전략을 번갈아 쓰곤 했다.

"아, 동료 선생들, 아직 기억하고 있소? 인접한 과목들을 한 과목으로 통합했을 때 …"

이제 그는 의형제 맺고 함께 샤워하자는 전략을 꺼내 들었다.

"함께 합시다. 창가에 닭소리 내는 예술독일어 선생, 그리고 우울한 지리학자와 역사가는 좀 더 앞쪽으로 나오시오. 고약한 냄새 나는 체육 선생과 점잖은 수학물리 그룹 선생은 여기 트로피 유리 진열장 앞으로 오시오." 그는 트로피를 가리키며 하던 말을 멈췄다. 무슨 쇼를 하는 건지.

"이거 우리가 다시 닦읍시다, 로마르크 선생."

"네, 그러지요."

그녀는 대꾸했다. 마치 방학 전에 같이 닦자는 말을 한 적이라곤 없었다는 듯이.

"좋아요. 이제 주위를 둘러보시오! 전부 비어 있소. 책상 두 개만 남았군. 이쪽은 사실적이고 현실적인 자연과학 분야, 저쪽은 허구적이고 해석 가능한 인문과학 분야."

이제 본격적인 행사 시작을 알리는 빠른 북소리와 함께 나팔 소리가 크게 울려대고 있었다.

"이 학교는 없어지지 않을 거요. 이 학교는 본질적인 것에 집중하게 될 거요!"

그는 책상을 꽝 내려치고는 이마를 찌푸렸다. 대단하군. 그는 자신이 한 말을 믿기는 할까. 근데 너무 말이 없군. 그들은 학교에 있는 것이지 전당대회에 있는 건 아니지 않은가.

"지금이 유일한 기회요."

그의 말이 끝나려면 아직 한참이나 남았다. 주간회의에서 하듯 그는 원칙에 대한 논쟁을 벌여놓고 그것이 민주주의 교양교육[50]인 것처럼 관심을 끌려고 애를 썼다. 누구나 아무 때나 발언할 수 있었다. 그리고 발언한 모두가 다 옳은 말을 했다. 평화, 기쁨, 태반[51], 이 모든 것은 서로 모순될 수도 있고 아무 의미가 없을 수도 있었다. 그러나 유일하게 확인할 수 있고 증명할 수 있는 현실 속 존재를 감당할 수 있는 사람은 아무도 없었다. 더더구나 현실 속 삶에 대한 불안으로 두말하지 않고 학교에 남아, 닫힌 문 뒤로 아이들 앞에선 거만하게 굴던 남자들은 이러한 현실 속 존재를 감당할 수 있는 인물들이 못 되었다. 또한, 그들은 영원한 낙제생들이 느끼는 위압감도 받고 있었다. 그들은 자신들이

---

50. "Wortbildung"은 직업 교육을 이수한 후, 직업 활동 중에 (전공 분야의) 새로운 지식을 학습·확대하고 새로운 기술에 적용하기 위해 참여하는 프로그램이다.

51. 임신 중 태아와 모체의 자궁을 연결하는 기관으로, 태아에게 영양분을 공급하고 배설물을 내보내는 기능을 한다. 이 소설에서는 지배자와 피지배자를 이어주는 연결고리의 의미로 사용된 것으로 추측된다.

원했던 세상이 아니라 있는 그대로의 세상을 받아들여야 했던 것이다.

"여러분께 약속하겠소. 우린 경쟁력을 갖게 될 거요. 우린 이 학교를 학생들과 함께 키워나갈 것이요. 우린 수업 밖에서도 참여를 많이 해야 하오. 그래서 난 매주 연설하기로 마음 먹었소. 학생들과 교사들을 더욱더 결속시키기 위한 동기 부여 차원에서 하는 훈련이오. 미래에 대해 연설을 할 거요. 여러분 생각은 어떻소? 일종의 호소 같은 거요. 무슨 말인지 잘 알 거요."

그는 완전히 미쳤다. 시간과 에너지가 남아도는 모양이었다. 이제 교훈과 학습 목표를 세워 학생들의 영혼을 인도하고 단련하는 데 공을 들이겠다는 생각을 한 것 같았다. 이 훈육자는 장례식 미사 때 하는 연설을 할 모양인데, 연설 계획도 이미 빈틈없이 짜놓은 듯했다.

"선생님이 정말로 매주 연설을 하신다면 특별하지 않을 겁니다. 그러면 모두가 금방 싫증 낼 거예요."

예전에는 이런 전술이 통했다.

"로마르크 선생, 당신 말이 맞소. 한 달에 한 번 월요일에, 아니 주중이 좋겠어. 수요일 중간 휴식 시간에 하겠소! 매달 첫째 주 수요일. 그렇게 하기로 합시다."

그는 만족스러운 표정으로 히죽 웃으며 안경 쓴 초상화

를 가리켰다.

"릴로 헤르만이 누구라고 했소?"

아주 신난 목소리로 물었다.

"독일의 여성 노동자이자 파시스트주의자죠."

틸레는 쳐다보지도 않고 아주 무미건조하게 대꾸했다. 틀림없이 20년 전에도 구두시험 때 틸레처럼 질문에 대답하는 여학생들이 있었을 것이다. 도발할 생각으로 그렇게 대답한 게 아니라 그저 멍청해서. 그런 식의 대꾸는 틸레가 가장 잘할 수 있는 유머이고, 그런 그를 카트너는 놀려대곤 했다. 틸레는 포어포메른 주에 얽힌 재미있는 일화를 얘기하는 걸 엄청나게 좋아했는데, 카트너가 동료 선생들에게 일화 얘길 하지 못하게 했다. 하지만 내심 카트너는 이 지역에 살지 않은 걸 아쉬워하고 있었다. 그래서인지 사람들이 자신이 이곳 출신일 것이라고 생각하는 걸 그는 자랑스럽게 생각했다.

카트너는 틸레를 살짝 쳤다.

"동료 선생, 우리 다음번엔 정치국 얘길 해야 해. 이대로는 안 돼."

틸레는 아무 말이 없었다. 카트너는 그를 놓아 주고 문가로 가서는 뒤돌아보았다.

"그럼, 슈포르트프라이[52]! 신선한 바깥 공기 쐬러 일어납시다, 로마르크 선생!"

그는 거수경례를 하고는 사라져버렸다. 정말이지 이 학교는 침몰한 배와 다를 바 없었다. 이미 오래전부터 노를 젓는 건 무의미한 짓이었다. 모두가 자신의 경력단절만을 피하고 싶어 했다. 우연처럼 보이는 필연적 사건들의 결과에 어떤 의미를 부여하는 것 말고 다른 어떤 선택이 있었을까? 결혼, 피할 수 없는 첫아이의 출산, 그리고 또다시 어쩔 수 없이 갖게 된 두 번째 아이의 출산. 불그스름하고 건강한 피부색의 틸레와 그의 아내는 힘들게 셋째 아이를 낳았다. 그 당시 공산주의자들은 셋, 목사는 네다섯, 사회 부적응자들은 여섯이 넘는 아이를 낳는 게 보통이었다. 그 사이 마르텐 씨네 아이가 몇이나 되는지 정확히 아는 사람은 없었다. 어느 날, 로마르크는 장애 학생들과 함께 버스를 타고 시내로 나간 적이 있었다. 버스 안에서 그녀는 마르텐 씨네 아이에게 형제 자매가 몇이냐고 물어본 적이 있었다. 그 아이는 집에 가서 알아보고 알려 주겠다는 약속을 했고 다음 번에 다시 만났을 땐 손가락으로 짚어 가면서 형제 자매를 세어 보였는데, 손이 세 개나 필요했다. 모두 열셋이었던 것이다. 어쨌든 그 당시엔 열셋이었다. 근데 첫째, 둘째 언니의 아기까지 합하면

---

52. "Sport frei"는 옛 독일 운동선수들의 인사말로, 구동독 학교 체육수업시간과 훈련, 그리고 각종 스포츠 종목 시합을 시작할 때 일종의 구령으로도 사용되었다.

모두 열다섯이라고 했다. 오르간 파이프 갯수만큼인 열다섯
은 지금 그녀 반에 앉아 있는 학생들보다 많은 숫자였다.

로마르크에게는 딸아이가 하나 있었다. 그 아이는 너무
멀리 떨어져 있어 실제로는 없는 것이나 다름없었다. 그녀는
K-전략가임이 틀림없었다. 출생률이 너무 낮으면 멸종 위기
가능성은 컸던 것이다. 지구 반대편에 있는 아이가 무슨 소
용인가? 반나절 넘게, 9시간의 시차 차이가 있는 곳에 떨어
져 있는 아이가 무슨 소용이란 말인가? 항상 한 사람은 다
른 사람보다 앞서 있는 것이었다. 누가 누구보다 앞서 있는지
는 알지도 못했다. 두 사람이 같은 시간대에 단 한 순간이라
도 함께 있을 수는 없었다. 마르텐 씨네 아이 하나가 차에 치
여 죽어도 남아 있는 아이들은 아주 많았다. 하지만 하나뿐
인 딸 아이는 전부이거나 아예 없는 것이나 다름없었다.

체육관 홀 안의 모든 건 그녀가 방학 전에 놓아둔 자리
에 그대로 있었다. 책상 위 호루라기와 스톱워치도 그대로였
다. 처져 있는 커튼 사이로 옅은 햇빛이 어슴푸레 비쳤다.

갑자기 피곤이 몰려와 그녀는 자리에 앉았다. '잠시만 앉
아 있어야지'하고 생각하면서. 그녀가 벽에 머리를 기대자 세
면대 위에 걸려 있는 거울에 머리 부분, 이마, 이마주름, 머
리 뿌리, 흰머리가 보였다. 흰머리는 20년 전부터 나기 시작

했는데 뭘. 그녀는 잠시 심호흡을 하고는 시선을 떨궜다. 무릎 위에는 청회색 체육복이 놓여 있었고 벌거벗은 발은 여름 구경이라고는 못한 마냥 하얬다. 허벅지 위에 놓인 손바닥은 차갑게 느껴졌고 머리 위론 열이 번져 올라왔으며, 눈 위로 희미한 빛이 가물가물거렸다. 그러다 갑자기 땀이 솟아났다. 교과서에서 배웠던 열감[53] 현상이 나타난 것이었다. 아니, 교과서에 열감 현상에 관한 건 실려 있지 않았다. 그래서 그들은 그것에 관해 배우지 못했다. 사람들은 신체의 두 번째 변화로 나타났다가 서서히 심해지는 노화 증상, 자궁 기능 쇠약, 폐경, 질 건조증, 축 처진 살을 숨기기에 바빴다. 늘 청춘만이 스포트라이트를 받았으니까. 벌써 가을이군. 맙소사. 그래, 나뭇잎들이 사각사각 소리 내는 가을이 왔군. 이제 어디서 두 번째 봄이 찾아올까? 화가 치밀었다. 이제 농작물과 그물을 거둬들이는 수확기, 즉 연금생활을 기다리는 노년기를 맞이하고 있었던 것이다. 주위엔 고요한 정적만이 감돌았다. 그런데 왜 이리 피곤하지? 날씨 탓인가 아니면 개학 첫날이라서?

지난밤 로마르크는 자다 문득 깨어나 시계를 보니 새벽 4시가 채 안 된, 밖은 아직 어두컴컴한 시각이었다. 잠결에

---

53. 폐경기 여성들이 느끼는 피부의 열감(熱感).

얼굴을 쓰다듬는 숨결을 한 번, 두 번 연거푸 느끼자 순식간에 맥박이 180까지 치솟아 올랐다. 뭔가 팔랑거렸다. 커다란 나비인가? 아니면 박각시[54]인가? 근데 박각시가 있을 시기는 이미 지났는데. 그러고는 조용해졌다. 어딘가 앉아 있는 게 분명했다. 아니, 어쩜 이 방에 없을지도 몰랐다. 그녀는 침대 탁자 위 램프 스위치를 잠시 더듬어 불을 켰다. 겁에 질린 곤충 한 마리가 천장에서 세 뼘 떨어진 곳에서 머릿속으로 숫자 8을 그리듯 크게 공중회전을 하며 이리저리 휙휙 날아다니고 있었는데, 마치 유령 열차를 타고 쏜살같이 달리는 듯이 보였다. 순간, 아, 박쥐였다! 길을 잃은 어린 난쟁이박쥐, 레이더 시스템이 고장 나 정확한 방향감각을 잃어버린 박쥐였다. 박쥐 주둥이가 벌어져 있는 걸 본 그녀는 비명을 질러댔지만 아무 소리도 들리지 않았다.

여기가 헛간 틈새도, 나무 구멍도, 변압기 벽 구멍도 아니라는 걸 알아챌 만큼 그 어린 박쥐는 똑똑했으나 비스듬하게 열린 창문 사이로 날아갈 만큼은, 그리고 그 창문 틈을 통해 다시 밖으로 나가는 길을 찾을 만큼은 똑똑하지 않았던 모양이다. 이 조그만 녀석은 늦여름인 이때, 사라졌던 암컷들이 다시 모여 알을 낳은 둥지 중 한군데서 날아든 게

---

54. 박각싯과 박각시속에 딸린 커다란 나방.

틀림없었다. 모든 동물이 혼자 힘으로 새로운 둥지를 찾아 나서곤 했으니까.

로마르크는 불을 끄고 살금살금 지하창고로 내려갔다. 몸을 보호하기 위해 머리 위로 이불을 뒤집어쓴 채로. 다행히 볼프강은 깊이 잠들어 있었다. 한밤중에 유령처럼 돌아다니는 그녀를 봤으면 그는 놀랐을 것이다. 그녀가 병조림용 유리병이 들어 있는 찬장 앞에 섰을 때 그의 코 고는 소리가 들려왔다.

그러고는 순식간에 모든 게 끝나버렸다. 어쩜 이 새끼박쥐는 로마르크가 탈출구라는 걸 알아차린 모양이었다. 유리병으로 자그마한 몸통을 덮으려 하자, 처음엔 몇 번이나 도망을 치는가 싶더니 거듭되는 시도에 몹시 불안해하면서도 더는 도망치지 않았다. 잠시 움찔하더니 날개를 접고 뚫어지게 쳐다보는 모습이 마치 죽은 것 마냥, 박제라도 된 것 마냥 몹시 연약해 보였다. 쥐 털 같은 갈색의 빽빽한 털, 휘어 있는 작은 발톱, 가죽 같은 날개의 가장자리, 정교한 날개막, 튀어나온 붉은 관절, 역갈고리 모양의 길게 뻗은 검은 엄지손가락, 납작한 머리, 반짝이는 젖은 부리, 미세한 흡혈귀 이빨, 갓난아기처럼 겁을 집어 먹은 듯한 입, 공포로 경직된 눈, 이런 모습의 어린 새끼박쥐는 몹시 불안해 보였다. 박쥐는 인간과 신체 구조적인 면에서 닮은 점이 많은데, 박쥐의 상팔, 요골, 척골, 손목의 뼈대, 깔때기 모양의 귀 연골은 쥐보다 오히려 인간의 것과 닮았고, 생식 기관도 해부학적으로 인간의 것과 비슷했다. 그것 말고도 가슴 젖꼭지, 축 늘어진 성기, 한 해에 한 두 마리 새끼를 낳는 것, 거의 벌거숭이인 채로 태어나는 것도 비슷했다.

로마르크는 수업시간에 박쥐를 활용할 수 있을까 하고 잠시 생각해 보았다. 새로 맡은 반 아이들에게 대표적인 진화의 산물인, 포유동물 중 제일 작은 동물을 보여 주는 건 어떨까. 하지만 이내 그녀는 이 자그마한 짐승으로부터 될 수 있으면 빨리 벗어나고 싶다는 생각이 들었다. 창문을 열어젖힌 후 유리병을 열자, 새끼 박쥐가 몸통 일부분을 유리병 밖으로 느릿느릿 내미는가 싶더니 바로 몸의 균형을 잡고 날개를 펼쳐 어둠 속 차고 쪽으로 사라져 버렸다.

로마르크는 재빨리 창문을 닫고 다시 자리에 누웠으나 날이 어슴푸레 밝아서야 겨우 다시 잠들 수 있었다.

복도에서 여자 아이들이 재잘거리는 소리가 들려오자, 그녀는 '아, 이제 일어나야지'하고 생각했다. 그러고는 운동장에 있는 아이들에게 빨리 달리기를 시킬 요량으로 힘겹게 일어나 옷을 입고 밖으로 나왔다.

"조용히 서 있어요!"

줄이 비뚤비뚤했다.

"가슴은 내밀고, 엉덩이는 집어넣어요!"

줄 가운데 푹 꺼져 있는 데를 키 순서대로 다시 맞추려고 그녀는 여학생 둘의 자리를 맞바꾸게 했다. 이제야 줄이 정돈돼 보였다. 한눈에 아이들 전체를 볼 수 있는 게 중요했다.

"슈포르트프라이! 몸풀기로 세 바퀴 뛰세요, 지름길로 말고! 사방에 내 눈이 있다는 걸 잊지 마세요."

바깥 공기를 쐬니 좋았다.

"뛰어요, 뛰어."

여자 아이들이 달리기 시작했다. 그들은 신선한, 그러나 굼뜬 몸을 끌고 거의 걷다시피 운동장으로 나가, 본관 뒤편에 있는 도시 성곽 쪽으로 사라져버렸다.

하필이면 이 아이들이 진화 경쟁에서 확고한 위치를 차지했다는 게, 그녀는 믿기지 않았다. 정말로 선택은 우연으로 이루어지는 모양이었다. 그녀는 이 겁쟁이들보다 나이가 세 배는 더 많았지만, 체력은 훨씬 더 좋았으므로 빨리 달리기를 해도 그들을 큰 차이로 이길 수 있었을 것이다. 그들한테선 도무지 긴장감이라곤 찾아볼 수가 없었다. 다만 어설픈 운동법과 출렁거리는 피하 지방 조직만 있을 뿐이다. 이런 그들과 함께 이루어 낼 수 있는 건 아무것도 없었다. 현재, 로마르크 마구간의 망아지 중에서 선수가 될 만한 망아

지는 한 두 마리도 없었다. 그러나 예전엔 달랐다. 아직도 체육관 출입구에 우승 기념패가 걸려 있는데, 바로 그곳에 기념패를 걸어둬야 한다고 그녀가 고집을 부렸기 때문이다. 그리하여 로마르크의 망아지들이 얼마나 대단한 기록을 세웠는지 누구나 볼 수 있었던 것이다. 그러나 이제 그 대단한 기록은 누렇게 변해 있었다. 당시 체육대회에서는 국경을 통해 암거래한 운동화 스파이크스[55]도, 붉은 석탄재를 깐 트랙 위의 새로 칠한 흰 라인도 볼 수 있었다. 확성기를 통해 '자기 위치로, 출발대로, 준비'하는 소리가 들리면, 그 순간 모든 근육이 팽팽하게 긴장했다. 그러고는 바로 땅 하는 소리가 났다. 무엇보다 출발이 중요했다. 빨간 선물 띠에 달린 금빛, 은빛, 동빛 마분지로 만든 메달들. 그런 메달이라면 그들은 집 서랍 한가득 갖고 있었다. 우승하기 위해 아이들은 텔레비전에서 본대로 단단한 근육질의 몸을 앞으로 뻗으면서 꼬꾸라지듯 결승점을 통과하는 흉내를 내기도 했다. 그 당시 지역 스파르타키아다[56]대회에서 우승한 선수들을 많이 길러낸 그녀는 스포츠에 정통했을 뿐 아니라, 어떤 학생이 어떤 종목을 잘할지 가려내는 안목도 있었다. 장대 높이

---

55. 스파이크가 부착된 야구나 육상용 신발.
56. "Spartakiade"는 구소련에서 근대 올림픽의 "자본주의적" 성격에 반대하여 창설되었다.

뛰기 선수와 체조 선수는 몸이 작은 반면 농구 선수는 키가 아주 커야 하고, 제대로 된 수영 선수는 팔이 돌출되고 발이 엄청나게 커야 했다. 하지만 선수를 선발하는 데 이런 신체적 특징은 전부가 아니라 부분적인 요소에 불과했다. 무엇보다 엄격하게 짜여 있는 훈련에 자신의 열정을 모두 쏟아 부을 수 있는 자세가 중요하고, 이런 자세가 된 아이를 그녀는 금방 알아보았다. 앞으로 언젠가 경기에서 이기려면 선발된 아이는 순종적이고 잘 훈련되어 있어야 했기 때문이다. 경기에서 이기는 데 몇 년이 걸릴 수도 있었으니까. 가려져 있는 소질을 이로운 방향으로 이끄는 것, 그러니까 재능 있는 아이를 승리자로 만드는 것이 중요했다. 그러나 요즘엔 여자 아이들이 생리 때문에 결석하는 습관을 고치게만 할 수 있어도 충분하다고들 했다. 어쨌든, 재능 발굴은 뒷전인 세계 대회가 지금도 열리고 있고, 그런 대회에서 중요한 건 잠재력을 키우는 것이 아니라 오로지 좋은 결과를 내는 것뿐이었다.

선두 그룹 아이들이 볼이 뻘게져서 다시 운동장으로 몰려왔다.

비가 부슬부슬 내리기 시작했다. 아이들은 당장에라도 항의하려는 듯한 표정을 지었으나 그녀는 왈가왈부할 틈을 주지 않았다. 잠시 그들은 이렇게 체력을 기를 수 있는 것도 축복이라는 생각이 들었던지 순순히 도움닫기를 해서 차갑고 축축한 모래 위를 펄쩍 뛰었다. 다만 우아함을 떨며 어린 아가씨처럼 행동하는 여학생 서너 명이 짧은 트랙 위에 나뭇잎이 몇 장 떨어져 있다고 불평을 해댔을 뿐이다. 그들은 올림픽 금메달이라도 따려는 사람처럼 굴었다. 결국, 트랙 위 나뭇잎들이 치워진 후에야 그들은 내키지 않는 모습으로 도움닫기를 했으나 잘 뛰어보겠다는 의지는 전혀 보이지 않았다. 그리고 젖은 부댓자루처럼 모래에 쿵 하고 넘어졌다. 이것이 미래다. 그들한테서 최상의 몸 상태라곤 찾아볼 수 없었다. 이론적으로 보면, 이 아이들이 다음 세대의 어머니들이 될 수 있었다. 아직 그들 앞에 모든 게 펼쳐져 있다는 이유만으로 그들은 그렇게 제멋대로일 수 있었던 것이다.

가을 방학까지는 아직 8주가 남아 있었다. 그녀는 꽂혀 있는 자동차 열쇠를 몇 번이나 돌려봤지만 부르렁 부르렁 하는 거친 소리만 났다. 차에서 내려 보닛을 열어 살펴봤으나 이상한 점은 없었다. 볼프강이 어차피 새 자동차로 바꿀 때가 됐다고 했지만, 그녀는 새 자동차 따윈 필요 없었다. 배터리에 문제가 있는 게 분명했다. 이런 일이 벌써 서너 번이나 있었다. 하필이면 새 학년 첫날에 이런 일이 일어나다니.

'좋아, 그럼 버스를 타지 뭐.' 그녀는 차를 세워두고 버스 정류장으로 갔다. 버스 시간표에는 세로 세 줄로 나란히 오후 1시, 오후 4시, 저녁 6시라고 쓰여 있는 게 전부였다. 1시 버스가 출발하려면 아직 한참이나 남았다.

로마르크는 체육관 뒤편, 담 높이까지 자란 잡초로 꽉 찬 잔디밭 길로 들어가, 헐린 성벽을 따라 밤나무 밑으로 걸어갔다. 세파에 시달려 이곳 저곳 균열이 생긴 축축한 성벽 벽돌들이 햇빛을 받아 반짝거렸고, 빗물을 먹고 통통해진 작은 깃털 모양의 나뭇잎들이 젖은 대지 위로 높이 뻗어있었다. 그리고 물웅덩이엔 가시투성이의 터진 열매들이 숨어있었다. 이처럼 가뭄에서 폭우로 자연 순환이 일어나고 있는 지금은 물이 바다로 흘러가고 있는 때였다.

원형 거리에 들어선 도시풍의 집들 가운데 아직도 사람이 살고 있는 집을 찾아내는 건 쉬운 일이 아니었다. 어느 집에서나 초원과 성곽, 시립묘지, 썩은 냄새가 나는 이름 없는 도랑이 보이고, 죽 늘어선 집들 사이로 절반만 페인트칠 된 어느 집 정면 바로 옆에 창설시대[57]의 낡고 더러운 건물들과 얇은 나무판을 박아 가려놓은 창문 구멍들도 눈에 들어

---

57. 일반적으로 1848년 독일 혁명을 창설시대의 시작으로 본다. 이 당시는 프로이센-프랑스 전쟁에서 승리하여 통일을 이룩한 독일에, 외부에서 많은 자본이 들어와 경기가 활성화된 시대였다.

왔다. 어느 화방벽[58] 내부에는 집이 붕괴한 흔적이 고스란히 남아 있었다. 벽에는 길게 여러 갈래로 갈라져 있는, 수없이 많은 균열이 생겨나 있었고 겉칠은 벗겨져 너덜거렸다. 벽여기저기에 '모두를 위한 부富. 베씨[59], 주둥이 닥쳐. 외국인추방.'이라고 쓰인 정치 구호들로 가득했다. 옛적에 만들어진고딕 양식의 문만이 쇠퇴에도 완강하게 버티고 서 있었다.30년 전쟁도 이겨냈던 문이었다. 그러나 여기 이곳은 전쟁이아닌 항복으로 인해 이렇게 쇠퇴한 것이다. 바로 그때 호엔슈트라세 거리 반대 편에서 한 여자가 로마르크에게 다가오고 있었다. 그녀보다 연배가 위인 그 여잔 불룩한 배에 얼굴은 창백하고, 담배 색깔의 노란 머리는 틀어 올려져 있었다.겨드랑이에는 엑스레이 사진이 든 커다란 사각 봉투를 끼고있었다. 그 여자는 갑작스럽게 병원으로 실려 가는 일이 생기지 않을까 하는 두려운 마음 때문에, 속옷을 갈아입는 부류의 인간이었다. 그 나이에 무슨 사고가 일어날지는 아무도 모르는 일이었으니. 그 여자는 로마르크를 날카롭게 위압하다시피 쳐다보았다. 거기에 말려들어선 안 된다는 생각에 그녀는 무표정하게 독수리처럼 날카로운 시선으로 되받

---

58. 불이 번지는 것을 막기 위하여 불에 타지 않는 재료로 만든 벽이다.
59. 베씨(Wessi)는 구동독 사람들이 구서독 사람들을 가리키는 말이며, 반대로 오씨(Ossie)는 구서독 사람들이 구동독 사람들을 부르는 말이다.

았다. 이 세상에 그들 둘만 남는다 해도 그녀는 그 여자에겐 인사조차 하지 않을 것이다. 낯선 사람의 불행이 그녀와 무슨 상관이란 말인가? 뭐, 그 할망구는 그녀가 아닌 다른 사람한테서 따뜻한 정을 듬뿍 받겠지.

시청 앞 광장에는 평소와 다름없이 술꾼 서너 명이 죽치고 있었다. 그들은 마지막 남은 이성까지 들이마셔 없애버려야만 하는 부류의 인간들이었다. 그들 중 한 남자가 조그만 잔디밭에 서서 덤불에 오줌을 누고 있었다. 그는 오래전부터 전해져 내려오는 '내게 안 보이는 사람한테는 나도 보이지 않는다.'는 어린 아이들이 하는 놀이를 하고 있었다. 자연스럽게 눈길은 오줌 줄기를 내뿜는 방향으로 향했다. 덜렁거리는 성기는 영장류 동물이 가진 것 중 으뜸이었다. 어쩌면 그리 아무 거리낌 없이 볼일을 볼 수 있는지, 참 인상적이었다. 동물처럼 거리낌 없고 부끄러움을 모르는 자연스러운 행동이었다. 뭐, 퇴화한 꼬리 대신 그보다 더 좋은 성기를 갖게 되었으니 그럴 만도 하겠지. 남자들은 개처럼 자신들의 성기를 핥을 수 없는 걸 슬퍼했다. 대신 성기를 양손으로 쥘 수는 있었다. X와 Y, 이 둘은 평생 한 쌍으로 붙어 다녔다. 그래서 두 번째 X-염색체가 없는 성의 불평등은 보상받을 길이 없었던가 보다. 오줌을 다 쏟아낸 남자는 주위 시선에 아랑곳없이 바지 단추를 일일이 잠그고는 마시다 만 술병이 있는 곳으로 비틀거리며 되돌아왔다. 그는 자신의 주량을 조절하며 술을 마시는 사람이 아니라 간헐적으로 폭음을 해대는 술고래였다. 인간의 희망이라는 것은 맨 마지막에 사라지는 법이니.

이 도시는 쇠퇴해가고 있었다. 남아 있는 모든 건 로마르크의 낮잠 속에서처럼 평화롭고 비현실적이었다. 예전엔 걸핏하면 과밀 인구의 위험성을 경고했다. 그러한 경고에도, 지구의 인구는 수십억 만 명 늘어났다. 그러나 이곳 사람들만 그런 일을 전혀 모르고 있었다.

캘리포니아의 몹시 더운 어느 여름 날, 로마르크와 볼프강은 뜨겁게 내리쬐는 햇볕을 뚫고 모하비 사막[60]에 있는 유령 도시를 찾아간 적이 있었다. 그 도시를 둘러보려고 입장권도 샀다. 클라우디아를 보러 딱 한 번 그곳에 갔던 그때가 지금으로부터 꼭 10년 전의 일이었다. 그 당시 클라우디아는 한 강좌만 수료하고 곧바로 집으로 돌아올 것이라면서 그전에 자신이 지난 1년간 생활하며 지낸 곳을 부모님께 보여주고 싶다고 했다. 그 말을 로마르크와 볼프강은 진심으로 믿었다.

유령 도시 입구에 이 사막 도시가 건설되어 쇠퇴할 때까

---

60. 미국 캘리포니아 주 동남부와 시에라네바다 산맥 남쪽으로 이어지는 건조 지역으로, 이곳에서는 금·은·텅스텐·철·칼륨·식염 등이 생산된다.

지 거주한 주민들 수가 적힌 표지판이 있었다. 지금은 단 한 사람도 살고 있지 않은 이 유령 도시에 한때는 수백 명이 살았던 것이다. 그때 사용했던 법랑 세수대야[61]는 메셀[62] 유적지에서 나온 발굴품과 함께 자그만 박물관에 보관되어 있었다. 이 유령 도시의 옛 주민들 이력이 기록되어 있는, 안내지 속 문장들은 엉터리 독일어로 쓰여 있어서, 일부만 겨우 추측할 수 있었다. 그 당시 유럽인들은 귀금속 몇 덩어리에 대한 희망을 품고, 고향을 떠나 피난 행렬 속에 섞여 무리 지어 혹은 홀로 이곳으로 왔다. 그러고는 이미 다른 사람들이 금, 은, 동 혹은 붕사를 캐낸 갱坑인 줄도 모르고 힘든 노동을 했다. 그러니까 고향을 떠나는 것만큼 위험한 짓은 없는 것이다. 아, 인간이 단 한 번도 사막에서 중도 포기 한 적이 없다고 하니, 이 얼마나 놀라운가! 정말이지 인간의 저항력이란 주목할 수밖에 없다. 다른 동물과 달리 인간은 어디서나 살아남을 수 있고, 또 그것을 어떻게든 늘 증명해 보여야만 했다. 이른바 '생태학적 적응력'을 뽐내야 했던 것이다. 전 세계로 퍼져나가 사는 데 개미는 수천 종이 있어야 했지만, 인간은 오직 몇 종으로도 충분히 전 세계로 퍼져나가 자리

---

61. 금속의 표면에 유리질의 세라믹스를 얇게 입혀 만든 세숫대야.
62. 헤센(Hessen) 주의 메셀(Messel)에 있는 화석 유적지로, 1995년 유네스코에서 세계문화유산으로 지정한 곳이다.

잡고 살 수 있었다.

학교는 도시 외곽 언저리에 있었다. 한 번은 학교에 원인 불명의 불이 난 일이 있고, 불이 난 후 새로 지은 목조木造 건물은 원래 건물의 절반 규모밖에 안 되었다. 그러나 건물 내부는 아주 널찍한 인형의 집 같았다. 교실 칠판 위엔 세계지도가 걸려 있는데, 지도 중앙에는 아메리카가 자리 잡고 있고 유라시아는 중앙에서 멀리 떨어진 양쪽 가장자리로 밀려나 있었다. 즉, 유라시아의 한쪽 부분은 지도 왼쪽에 다른 한쪽 부분은 오른쪽에 놓여 있었다. 또 그린란드는 아프리카만큼이나 넓은 순백의 땅이었다. 그리고 벽에는 교사들을 위한 방대한 규칙들 — 금연. 아이스크림 금지. 속치마 두 개 이상 착용 — 이 적힌 게시문들이 붙어 있었다. 로마르크가 다시 건물 밖으로 나오자 이리저리 급히 뛰어다니는 여러 무리의 아이들이 보였다. 그들은 텅 비어 있다시피한 가설 무대에 전기 장치를 설치하고 기념품 가게와 자그만 귀금속 가게들을 차리는 중이었다. 과거에 말들을 단단히 묶어두던 나무못이 그대로 남아 있다 한들, 유령 도시 너머에 있던 쥐구멍처럼 낡아빠진 은광銀鑛 입구가 돌 사막 속으로 빨려들어갔다 한들, 지금은 공동묘지 자갈 더미 아래 잠들어 있는 사람들이 예전에는 — 지금은 유령도시가 되어버린 — 이곳에 살았다는 사실을 그녀는 상상조차 할 수 없었다. 이 모든 게 사방이 산으로 둘러싸인, 먼지투성이 돌 사막 한가운데에 자리 잡고 있는 모조품 마을이라고밖에 생각되지 않았다. 그리고 이 모조품에 그녀는 돈을 썼던 것이다. 아니, 역사는 정말이지 그녀가 좋아하는 과목이 아니었다. 이곳에서 자연사는 그다지 중요한 역할을 하지 않는 것처럼 보였다. 사막은 지질학적으로 흥미롭고 몇몇 동식물들에 중요한 생활 공간일 수 있었다. 그러나 녹색 식물이라고는 하나도 찾아볼 수 없다는 것이 정말 당황스러웠다.

로마르크가 사는 여기 이 도시도 인구 변동의 영향으로 원래 상태로 되돌아가기는 어려울 것이다. 훗날 아무도 이 도시를 구경하려고 돈을 쓰지 않을 것이다. 이곳은 크라이스[63]행정 본부 이외에는 아무것도 없는 포어포메른의 오지에 있는 도시로, 폭이 좁은 강에 잡동사니와 쓰레기가 쌓인 항구, 설탕 공장과 박물관, 주차장으로 변모한 광장과 역사길 한두 코스 정도 있을 뿐이었다. 그나마 탑 없이 서 있는 교회 건물에서 고딕 양식으로 지은 벽돌 건물의 흔적을 곳곳에서 엿볼 수 있을 정도였다. 도심에는 신축 건물들, 특히 WBS-70[64] 주거 건물들이 꽉 들어서 있었다. 이 건물들

---

63. "Kreis"는 우리나라의 군(郡)에 해당하는 지방자치단체의 행정구역이다.
64. 구동독에서 사용된 평면건축방식으로, 건축된 주거 형태를 일컫는 이른바 '주거형태 시리즈'의 약칭이다.

은 콘크리트에 벽돌이나 자갈을 박아 넣지 않고 가장 간단한 건축 방식으로 지은 집들로, 당시 다른 건물들에 비해 제일 먼저 수리 대상이 되었다. 그러나 지금은 집 대부분이 텅 비어 있었다. 이곳에서 30분 정도 떨어진 곳에 새로 놓은 고속도로가 있었다. 고속도로를 30km를 남겨놓고 로마르크는 돌연 서쪽으로 방향을 꺾었다. 적어도 그 서쪽 지역에는 식물이 자라고 있었다. 상점가 앞에 삼색제비꽃[65] 한 무리가 피어 있었는데, 갓 피어난 이 삼색제비꽃은 치료활동을 하는 환자들이 몸치장하는 데 사용하는 최신 장식품이었다. 요란하게 치장한 신축 건물 정면 난간에는 비천한 담쟁이 덩굴이 엉클어져 있었다. 그리고 인간의 도움 없이 스스로 서식지를 찾아서, 어느새 무성하게 자란 식물도 많이 눈에 띄었는데, 특히 뿌리가 넓게 퍼져 있는 1년생 새포아풀은 개간하지 않은 땅을 모조리 점령하고 있었다. 그 외에도 친숙한 들 잡초는 들 둑에서부터 이곳 광장과 도심까지 밀고 올라와 있었으며, 비천한 마디풀[66]도 포장도로 틈새마다 솟아 나와 있었다. 지천으로 널린 민들레는 말할 것도 없고 길 구석구석에 자리 잡고 있는 세상 모든 꽃의 번식력은 그야말로 어마

---

65. 제비꽃과의 한해살이 또는 두해살이풀.
66. 마디풀과에 속하는 일년생 초본식물로, 줄기가 마디마디 이어지듯 연결되어서 붙여진 이름이다.

어마했다. 곳곳에 널려 있는 야생식물들 — 지천으로 널린 흰
솜털 잎을 가진 쑥, 꽃잎 양탄자 같은 별꽃[67], 생명력이 질긴 명아
주 — 그 종의 다양성이 그저 놀라울 뿐이었다. 다른 어느 곳
보다 슈타인슈트라세 거리에서는 비어 있는 옛 건물들로 가
득한 폐허가 군데군데 눈에 띄고, 이 건물들의 붕괴 정도가
제각각 달라 보였다. 잠깐만, 베른부르크 주민들이 여기 살지
않았나? 밖으로 비어져 나와 있는 초인종이며, 또 문패는 어
찌나 읽기가 힘들던지. 문도 열린 채로 있고 지하 창고엔 싸
늘한 공기가 감돌고 있었다. 뜰에는 밀짚 국화가 피어 있고
공사장 쓰레기로 가득한 뜰 기슭에는 서양톱풀[68]이 무성하
게 자라나 있었다. 그리고 긴 까끄라기[69]가 붙은 보리풀[70] 쭉
정이도 보였다. 하긴 잡초라는 건 없어지지 않았으니.

　잘 가꾼 잔디밭이나 작은 정원, 그리고 힘들게 설치한
제2의 서식지에서 멀리 떨어진 이곳에서는, 무성하게 자라
는 것 — 축 늘어진 카밀러[71], 밟을수록 질긴 생명력을 갖는 너도
양지꽃[72], 흉측해 보이는 개보리[73], 생명력이 질긴 가엾은 야생

---

67. 2년생 초본식물로, 주로 밭이나 길가에 핀다.
68. 국화과의 여러해살이풀.
69. 벼·보리 등의 낟알 겉껍질에 붙은 수염 동강이.
70. 보리를 갈 땅에 밑거름으로 주기 위해 벤 풀 또는 나뭇잎.
71. 국화과의 한해살이풀 또는 두해살이풀.
72. 장미과의 여러해살이풀.
73. 볏과의 여러해살이.

초 냉이 – 만이 살아남았다. 이런 식물들의 번식력은 그들의 종을 보존케 했고, 종을 보존하기에 복잡한 수정 활동은 별 성과를 얻지 못했다. 야생초는 유해 물질에 의해 박멸되기 전에 서둘러 무성하게 자라나야 했다. 그때 땅바닥에 널려 있는, 잎이 질긴 왕질경이[74]의 끈적끈적한 씨앗이 로마르크 신발 바닥에 달라붙었다. 주위 여기저기서 작은 홀씨를 퍼트리는 토끼고사리[75]와 갓털을 날려 보내는 민들레로 인해 수많은 씨가 바람에 날아다녔다. 냉이는 비상시 자가 마취도 할 수 있었다. 이런 식물들은 스스로 서식지를 옮겨 다니지 못해 이곳에 머물러 있을 수밖에 없었다. 그런 상황에서도 그들은 최선을 다했다. 비어 있는 땅에 잠입하여 틈 구석구석을 점령하고 보도블록과 관리하지 않고 내버려둔 벽 틈새마다 싹을 틔웠다. 그리고 쓰레기 더미의 오염된 땅에도 뿌리를 내리고 여기저기 흩어져 있는 옛 건축물 잔해인 점토, 시멘트, 회반죽 사이사이로 파고들어 갔다. 이런 것들은 잡초 같은 식물들이 자라는 데 전혀 지장이 되지 않았다. 오히려 그 반대였다. 이른바 '녹색 전선'을 대표하는, 질긴 생명력을 가진 이런 식물들은 석회로 뒤덮인 메마른 땅에서조차 무성하게 자라날 수 있었다.

---

74. 질경잇과의 여러해살이풀.
75. 면마과의 다년초.

새싹 식물은 그야말로 업신여김을 당했다. 대학 시절 로마르크도 식물에 별 흥미를 느끼지 못했다. 광합성 공장에서 노예처럼 일하는 엽록소는 쉴 새 없이 반복 노동을 하도록 운명 지어진 것으로 보였고, 식물과 관련해서는 늘 잎이 몇 개이고 꽃술이 몇 개인지가 중요한 것 같았다. 그래서인지 식물 하면 떠오르는 물속새와 쇠뜨기[76], 석송[77]과 양치식물[78], 겉씨식물과 속씨식물, 쌍떡잎식물과 외떡잎식물, 기판旗瓣[79]과 십자화과[80], 꿀풀과[81]와 국화과, 어긋나기[82], 돌려나기[83], 마주나기[84]. 열매 식물, 사료 식물, 약제 식물, 관상 식물, 광합성이 일어나는 개별 기관들, 대순환[85]의 통로, 신진대사의 동력이 생각났다. 동물과는 반대로 식물들은 적은 에너지로 많은 에너지를 생산해 냈다. 그러니까 우리 동물들은 식물과는 달리 자가 영양 생물[86]은 아니었던 것이다.

---

76. 물속새와 쇠뜨기는 속새과에 속하는 여러해살이풀이다.
77. 석송과의 양치식물로, 사시사철 잎이 푸르다.
78. 관다발식물 중에서 꽃이 피지 않고 포자로 번식하는 종류를 통칭한다.
79. 콩과 식물의 꽃잎 중에서 맨 위에 달려있는 가장 큰 잎을 가리킨다.
80. 배추과 혹은 겨자과의 여러해살이풀로, 냉이, 꽃다지 등이 있다.
81. 꿀풀과의 여러해살이식물로, 라벤더, 스피아민트, 박하 등이 있다.
82. 식물 줄기의 각 마디에 잎이 1장씩 나 있는 형태.
83. 식물 줄기의 각 마디에 잎이 2장 이상 바퀴모양으로 나 있는 형태.
84. 식물 줄기의 각 마디에 잎이 2장씩 마주보고 나 있는 형태.
85. 잎, 줄기, 뿌리, 꽃잎, 씨앗 등에 영양분을 공급하는 것을 말한다.
86. 다른 생물을 먹이로 먹거나 의존하지 않고 살아가는 생물로, 대표적으로

식물에서는 작은 잎사귀 안의 미세한 엽록체 하나하나에서 우리 모두를 매일 살아 있게 하는 기적이 일어났다. 녹색 식물처럼 인간들이 상피[87], 표피[88], 유조직[89]으로 구성되어 있다면 음식을 섭취하지 않아도, 장 보러 가지 않아도, 일하지 않아도 된다. 즉, 인간들은 아무 활동을 하지 않아도 된다는 의미다. 그저 햇볕 아래 잠시 누워 물을 마시고 이산화탄소를 들이마시는 것만으로도 충분하다. 그러면 피부 안에 있는 엽록체가 모든 것을 해결해 줄 테니까. 이 얼마나 근사한 일인가!

식물들은 침묵을 지키며 진득하니 버텨나갔다. 정말 경이로웠다. 그들은 침묵으로 서로 소통하며, 신경계를 갖고 있지 않으면서도 서로의 고통을 민감하게 느낄 수 있었다. 그리고 이른바 '감정'이라는 것도 갖고 있었다. 물론 이런 것들을 '진화'라고 할 수는 없다. 하지만 동물들이 가진 감정 없이도 식물들이 생존해가는 바로 그 점이 우리 인간들에게 그들처럼 살아보는 걸 생각해 보게끔 했다. 심지어 어떤 몇몇 식물들은 인간보다 더 많은 유전자를 갖고 있기도 했다.

여전히 우리는 식물들이 지배권을 잡는 데 성공할 확률

빛에너지를 이용하여 탄산동화작용을 하는 녹색식물이 있다.
87. 다세포 생물의 몸 내부와 외부의 모든 겉면을 덮는 세포층.
88. 고등식물의 겉면의 1층 또는 다층의 세포층으로 된 평면적 조직.
89. 식물체의 대부분을 차지하는 유세포로 이루어진 조직.

을 얕보고 있었다. 훗날 그들이 적절한 순간을 틈타 우리를 공격하려고 잠복하고 있다는 사실을 우린 간과해선 안 되었다. 도랑에서, 정원에서, 온실 막사에서 그들은 출동준비를 하고 기다리고 있었다. 멀지 않아 그들은 모든 걸 바로잡아 놓으리라. 산소를 생산해 내는 촉수를 사용해 동물들에게 빼앗긴 땅을 되찾고, 자신들에게 적합하지 않은 기후에 맞서 싸우며, 아스팔트와 콘크리트를 뚫고 뿌리를 밖으로 드러내리라. 그러면 과거 문명의 잔해는 쫙 깔린 풀 이불 아래에 묻히리라. 옛 소유자에게 지배권이 되돌아가는 건 이제 시간 문제일 뿐이었다.

석탄 가루로 뒤덮인 땅에서 질소에 굶주린 쐐기풀[90]은 원기를 충전했다. 조만간 석탄 가루로 뒤덮인 이 땅에는 지금보다 훨씬 더 질긴 으름덩굴[91] 새싹들이 무성하게 자라 빽빽한 덤불을 이룰 것이다. 이미 온 땅바닥엔 잎사귀가 하늘을 향해 뻗어 있는 양치류[92]가 쫙 깔렸다. 그중 절반은 싱싱하고 다른 절반은 썩어 있었다. 그리고 아스팔트 위까지 무성하게 올라온 버섯류, 지의류, 이끼류도 마냥 왕성하게 자랄 기세였다. 이곳에 그들은 '침묵의 장막'을 쳤다. 모든 건

90. 쐐기풀과의 여러해살이풀.
91. 으름덩굴과의 낙엽 덩굴식물.
92. 종자가 없는 관다발식물의 한 종류.

미래 자연, 미래 경관, 미래 숲을 위한 씨앗 속에 들어 있었다. 그러면 녹지 조성은? 나무 심기는? 이런 노력보다 훨씬 더 어마어마한 번식력이 침묵의 장막이 쳐져 있는 이곳에 숨어 있었던 것이다! 그 누구도 그 어떤 것도 그들을 막을 수 없었다. 언젠가 수십 세기 내에 이곳은 어마어마한 혼합림이 되어 있을 것이다. 어느 유화 그림에서 봤던 대로, 지금 남아 있는 건물 중에서 기껏해야 교회 벽돌 건물의 형체만이 움푹 파인 모습으로 숲 속의 폐허로 남게 될 것이다. 그럼, 참 멋지겠군. 우리 인간들은 우리가 정해놓은 좁은 기준을 넘어서서 더 넓게 더 깊게 생각해야 했는데 왜 그러질 못했을까. 어떤 시간이 흘렀는가? 흑사병이 생겨났고 30년 전쟁이 일어났으며 인류가 발생했다. 그리고 인간이 동굴에서 불을 발견했지? 이 모든 일이 눈 깜짝할 사이에 일어났다. 단백질을 주성분으로 하는 우리 인간은 엄청나게 짧은 시간 내에 갑작스럽게 발생했다. 그러나 우리 인간은 짧은 시간 내에 갑작스럽게 이 지구 행성을 덮치긴 했으나 결국 다른 몇몇 신비로운 생물들처럼 다시 사라질 운명의 동물이었다. 그렇다 하더라도 인간이 실로 놀라운 동물이라는 점은 인정하지 않을 수 없었다. 우리 인간의 시체는 벌레, 버섯, 미생물에 의해 분해되기도 하고 두꺼운 침전 층에 묻혀버리기도 했다. 거기서 흥미로운 인간 화석이 발견되기도 했으나 언젠간 그마저, 그러니까 더는 인간 화석을 발굴하는 사람조차 없을 때가 오리라. 반면, 식물들은 살아남아 지금 우리 눈앞에 있으며 앞으로 우리보다 더 오래 살아남을 수 있다. 여기 이 도시도 계속 쪼그라들고 있으며 생산 활동도 이미 오래전에 멈춰버렸다. 그러나 진정한 생산자인 녹색 식물은 이미 활동을 시작했다. 여기 이 도시가 몰락하진 않겠지만 언젠가 식물들로 뒤덮여 완전히 황폐해지리라. 이른바 '평화 혁명'을 통해 그들은 왕성하게, 점점 더 넓게 세를 뻗쳐나가 이 도시를 그들의 세상으로 만들어, 통합해 버릴 것이다.

버스가 곧 도착할 것이다. 벌써 정류장에는 장거리 통학생들이 떼 지어 서 있었다. 로마르크 반 아이들 몇몇 ― 케빈, 파울, 뚱뚱보, 별명이 에젤방크[93]인 두 숙녀 ― 도 섞여 있었다. 그들은 엘렌을 희생양으로 삼으려고 기회를 호시탐탐 노리고 있었다. '자구권'이 필요한 때였다. 기죽어 쳐다보는 엘렌을 보고도 로마르크는 놀라지 않았다. 이런 일에는 늘 엘렌과 에리카 두 아이가 엮여 있었다.

"로마르크 선생님! 로마르크 선생님!"

하고 도움을 청하는 소리를 그녀는 들었다. 하지만 엘렌

---

93. 열등생이나 게으름뱅이가 벌 받을 때 앉는 걸상.

은 사람을 잘못 짚었다. 왜 사람들은 늘 자신을 희생양으로 만들곤 하는지. 엘렌이 가엾다는 생각이 드는 데 보통 6분이 걸렸는데, 로마르크는 그런 생각이 들 때까지 그 6분이라는 시간을 기다리고 싶지 않았다. 게다가 그녀는 수업 시간 외에는 학생들과 얘기하지 않는 걸 원칙으로 삼고 있었다. 방과 후 정오가 되면 그들은 서로 각자의 길로 갔고, 여기 이곳은 더는 그녀의 담당 구역이 아니었다.

그들에게서 조금 떨어진 곳에 에리카가 책가방을 발 사이에 끼워 넣고 오른발을 구부린 채 서 있었다. 그 아이의 어깨가 다른 아이들 어깨보다 좀 더 높이 솟아 있고, 얼굴은 느릅나무[94] 잎처럼 비대칭으로 생겼다. 옆에서 보면 자칫 남자 아이로 착각할 수도 있었다. 해군 군복 색깔의 쭈글쭈글한 얇은 우비를 입고 있는 에리카의 흰 셔츠 소매단 밖으로 드러나 보이는 가느다란 손목이며 주먹을 반쯤 쥔 왼손이 그녀의 시선을 끌었다. 에리카는 왼손에 들어 있는 밤송이 몇 알을 이리저리 돌리면서 거리 맞은 편에 있는 뭔가를 조용히 응시하고 있었다. 하지만 그곳에선 맞은 편 교문 위에 걸려 있는 현판도 읽기 힘들었는데, 대체 뭘 보고 있는 거지? 아, 중요한 건 그게 아니었다. 옆으로 보이는 에리

---

94. 느릅나뭇과의 낙엽 활엽으로, 잎이 넓고 키가 큰 나무.

카의 턱은 강해 보이고 볼엔 하얀 반점이 나 있었다. 화염상
모반[95]인가? 어쩌다 그 반점이 생겼을까? 아, 참 태어날 때
사고로 수술용 집게가 미끄러져 떨어지면서 생긴 상처가 흉
하게 아물었다고 한 적이 있었지. 근데 그게 로마르크와 무
슨 상관이지? 에리카는 그녀의 딸뻘이었다. 무슨 소리, 손녀
뻘이었다. 어쩌다 이런 주책없는 생각을 하게 됐지? 카트너
가 무슨 짓을 한 건가? 여자들 비위를 잘 맞춰 줬지 뭐. 근
데 대체 어떻게 이 아이를 구슬렸을까? 에리카는 정말이지
그녀의 손녀뻘이었다. 그녀에겐 딸이 하나 있지 않은가. 가끔
그녀는 딸이 있다는 것도 잊어버렸다. 맙소사, 클라우디아
는 그곳에 머물겠다는 걸까? 로마르크는 그런 클라우디아
를 결코 이해하지 못할 것이다. 아니, 도무지 이해가 되지 않
았다. 클라우디아한테 처음엔 졸업하는 게 중요했다. 그러고
나서는 여행이, 남자가, 취업이 중요하게 되었다. 그러고는 맨
먼저 남자가 떠나버리고, 그 다음엔 직장을 잃었다. 그리고
몇 년이 흐르는 사이 다른 모든 이유도 사라져 버렸다. 로마
르크는 돌아오지 않는 이유를 거듭 물었지만, 클라우디아
는 오래전부터 그 질문에 대해선 아무런 대답도 하지 않았
다. 그러고는 언제부턴가 가끔 하는 전화 통화가 더 뜸해지

---

95. 보통 태어날 때부터 선천적으로 생긴 피부질환으로, 피부 성장과 함께 모
반의 크기도 커진다. 일명 붉은 점이라고도 불린다.

지 않았으면 하는 마음에 그녀는 묻는 걸 그만두었다. 가끔 클라우디아한테서 메일이 왔다. 그건 살아있다는 표시였다. 메일에는 안부 인사만 있을 뿐 다른 내용은 없었다. 더군다나 로마르크가 보내는 메일에는 답장도 하지 않았다. 정말이지 손주를 바라는 건 어려워 보였다. 벌써 35살이 된 클라우디아, 그 나이 때는 배란 주기도 더는 규칙적이지 않았다.

그 사이 아이들은 엘렌을 둘러싸고 있었다. 패거리 우두머리인 뚱뚱보 케빈은 히죽거리고 있는데, 그 장난에 끼는 게 즐거운 듯 보였다. 엘렌을 이리저리 슬쩍 밀치던 아이들이 그녀의 머리띠를 낚아챘다. 사실 그들은 이런 유치한 행동을 하기엔 나이가 좀 많은 편이었다. 순전히 심심풀이로 그러는 것 같은데 어리석게도 엘렌은 그들의 장난에 말려들어 그들 뒤를 졸졸 쫓아다니고 있었다. 그러다 엘렌이 더럽게 된 머리띠를 주우려고 등을 구부리자 케빈이 그녀를 확 밀쳐버렸다. 이제 버스가 올 때 되지 않았나? 아이들이 그 짓을 그만두지 않으면 로마르크가 개입하지 않을 수 없었다. 엘렌은 흐느끼며 눈을 감더니 목덜미를 떨구었다. 이른바 '방어자세'[96]를 취한 것이었다. 그러나 동물 세계와 달리, 인간 세계에서는 약자가 강자에게 나약함을 보이면 강자는

---

96. 개구리와 두꺼비가 위험시 취하는 방어자세로, 몸 아랫부분의 배에 있는 노란 빨간 반점을 보이는 자세를 말한다.

약자를 더 심하게 물어뜯는 법이었다.

에리카의 귀는 엄청나게 괴상하게 생겼다. 특이한 모양의 귀 물렁뼈도 두툼한 귓불 위에 흰 솜털이 나 있는 아치 모양의 각진 귀도 괴상해 보였다.

에리카가 고개를 돌려 로마르크를 화난 듯 쳐다보았다. 이 아이가 왜 이럴까? 대체 뭘 바라는 거야? 줄곧 날카롭게 쏘아보면서 에리카는 생각에 잠긴 표정을 지었다. 왜 이리 뻔뻔스럽게 한참을 쏘아보지?

드디어 버스가 오고, 아이들이 우르르 앞으로 밀고 나갔다. 에리카는 손에 쥐고 있던 밤송이를 땅바닥에 떨어뜨리고는 태연하게 버스에 올랐다. 어찌나 거만스럽던지. 로마르크는 맨 마지막에 타려고 신경을 썼다.

잠시 후, 그들은 시내를 빠져나와 교외를 달리고 있었다. 가동을 중단한 공장 지대를 지나 지붕이 평평한 창고 건물 지대, 자그마한 정원들이 늘어선 곳과 슈퍼마켓의 커다란 주차장을 차례차례 지나갔다. 금세 그들은 오지로 향하는 큰 길로 들어섰다. 길가에는 '죽기에 적당한 장소가 아닙니다.'라고 쓰인 커다란 표지판 하나가 세워져 있었다. 길가 무덤에 꽂혀 있는 나무 십자가와 더러운 곰 인형 하나가 표지판 경고를 무시하는 듯한 사연을 말해 주고 있었다.

길 오른쪽에는 낡은 열차를 미국식 간이식당으로 개조하려다 실패한 흔적이 남아 있고, 왼쪽에는 이주민 몇 사람이 운영하던, 허름한 농가가 딸린 대농장이 자리 잡고 있었다. 대도시에서 온 사람들은 농장 운영에 매달렸다. 그들은 이 지역의 확 트인 광활함에서부터 덕지덕지 바른 회반죽칠의 흔적이라곤 찾아볼 수 없는 집들과 토박이들의 적은 말 수까지 열광적으로 수용하면서 이 고장을 지탱해 나갔다. 그러나 그저 인위적으로만 유지되고 있다는 걸 알아차리진 못했다. 그러다 언제부턴가 그들은 이곳 주민이 될 수 없다는 걸 어렴풋이 깨닫기 시작했다. 그 사실을 깨달을 때까지 몇 년 동안 이곳 주민으로 받아들여지지 않은 데 대해 불평을 해댔다. 이 고장엔 더는 소속감과 공동체 같은 것은 없다고들 했다. 그들은 이른바 '유기농 우유'와 '문화 센터' 같은 꼬임에도 넘어가지 않은 사람들이었다. 이곳은 그들에게 죽을 장소도 아니고 그렇다고 살아갈 곳도 아니었다. 모두 각자 자신들의 삶을 살고 있을 뿐이었다. 인공호흡기는 떼내야 했다. 의학기술이 발달했고, 그 발달한 의학기술의 도움으로 사람들은 자신들의 생명을 인위적으로 유지케 할까? 로마르크의 어머니가 난소와 자궁 적출 수술을 받은 후에 인공호흡기를 달고 살았던 것처럼. 어떠한 조치라도 취해야 했지만, 더 취해 볼 조치는 없었다. 정적이 흐르는 병실에는 실내 분수에서 쏟아져 나오는 듯한 소음, 윙윙거리는 기계 소리, 찌지직거리는 모니터 소리만 들릴 뿐이었다. 그리고 15분마다 맥박을 점검하고, 쏟아져 나오는 똥오줌은 곧바로 대변 주머니로 흘러들어 갔다. 아주 실용적이었다. 텔레비전에서 본 대로 로마르크는 어머니의 손을 어루만졌다. 뭐든 해야만 했으니까. 한번은 호흡기 제거 동의서에 자필 서명을 한 적도 있었다. 아, 근데 방금 지나간 것이 뭐였지? 버스는 큰길에서 커브를 돌아 구불구불한 길을 따라 마을 세 곳을 지나갔다. 널돌을 깔아놓은 길가에 가지런히 줄지어 늘어서 있는 진주가 보였다. 아니, 진주 장신구가 아니었다. 맞은편 길에서 오던 자동차들이 피치 못할 사정으로 갓길로 밀려들어 간 모습이었다. 그래, 맞아, 환자의 '자기 생명 처분권'[97], 거기에 로마르크는 서명할 것이다. 실은 오래전에 서명했어야 했다. 앞으로 무슨 일이 일어날지 모르니. 그녀 나이엔 아무 것도 확실하지 않고, 또 확실한 건 아무 것도 없었으니까.

또다시 에리카의 처진 어깨 사이 목덜미 부분에 움푹 들어간 작은 부위가 도드라져 보이고, 헝클어진 머리카락과

---

97. 회생 가망이 없거나 죽음을 눈앞에 둔 환자가 자신의 의지에 따라 생명 연장 수단의 중단 여부를 결정하는 것을 일컫는다.

후드 위로 불룩 솟아나 있는 곱사등이며 투명한 피부 아래로 드러나 보이는 골격에 시선이 갔다. 잠시 후, 가느다란 실 같이 얇은 나뭇잎 그림자 무늬가 물결과도 같은 구름과 번갈아가며 나타났다 사라지곤 했다. 그때 에리카가 일어섰다. 왜 일어섰을까? 아, 버스가 멈췄군.

마을 세 곳 중 마지막 마을이었다. 숲 가에 집이 서너 채 있고, 집집이 사람이 사는 것 같았다. 판자 울타리 너머로 닭들이 보이고, '무는 개 조심'이라고 쓰여 있는 표지판도 세워져 있었다. 에리카는 어느 집에 살까? 형제자매는 있을까? 여기서 태어나 자랐을까? 에리카 혼자만 버스에서 내렸다. 그러고는 책가방을 한쪽 어깨에 메고 느릿느릿 거리를 내려갔다. 아, 그 아이의 자세 결함은 선천적으로 타고 난 것이었구나. 그 사이 버스가 출발하여 커브를 돌자, 에리카의 모습은 더는 보이지 않았다.

차창에 어린 베짱이 한 마리가 기어 다니며 출구를 이리저리 찾고 있었다.

몇 년 전부터 그녀는 학교 셔틀 버스를 타 본 적이 없었다. 근데 여기 버스 안에서는 바깥 세상 전부가 달라 보이고, 가로수 길에 늘어선 보리수들이 아름다워 보이기까지 했다. 낡은 아스팔트 가장자리에 서 있는 보리수들은 도로 한가운데 쪽으로 굽어 있었다. 그리고 두더지가 파놓은 흙

두둑이 가득한 휴경지, 갈대로 뒤덮인 무덤들, 겨우살이 둥지가 꽉 들어찬 나뭇가지들도 보였다. 습지에는 지난 홍수 때 죽은 잿빛 자작나무들이 서 있었다. 움푹 팬 마구간, 골함석[98]으로 지은 헛간 앞 철책 울타리, 차단기가 없는 건널목, 낡은 레일에 새로 깐 선로 깔판도 시야에 들어왔다. 목장 땅바닥을 파 뒤집어 놓은 흙더미 속에는 홀스타인 소[99]들이 서 있었다. 그리고 저 멀리 곡물 창고가 눈에 들어오고, 그곳을 훨훨 날아다니는 갈매기 서너 마리는 농지를 바다로 혼동한 것처럼 보였다. 계속 지나가다보니 타르칠을 한 도로는 윤작지[100]를 지나 외떨어져 있는 마을로 나 있었다. 불룩하게 솟아오른 트랙터 바퀴 자국 속 웅덩이들, 자동차 타이어 더미, 오래된 똥 구덩이, 그리고 황폐한 산기슭이 차례로 스쳐 지나갔다. 주위 전경은 어수선한 모습이었다. 게다가 모자이크 조각 같아 보이는 농지도 있었다. 그 땅은 기계를 사용하여 농사짓는 단일 경작용으로 쓰이고 있었다. 농사하면 떠오르는 밭갈이, 관개 조절, 비료 공급, 사료 식물과 유용 가축, 가축 사육과 식물 재배도 생각났다. 수익 가치를 높이기 위해 국가는 하다 하다 유기체를 국유화하는 명

---

98. 아연으로 도금한 물결 모양의 골이 진 얇은 철판.
99. 젖소의 한 품종으로, 우유 생산과 식용을 위한 소이다.
100. 여러 농작물을 돌려짓는 농경지.

령도 내렸다. 그 결과, 자연이 더는 남아나지 않게 되었다. 이 마을도 이미 오래전에 개간을 끝낸 곳이었다. 마을 운동장에는 포플라 나무들이 쑥쑥 자라나 있고, 연못에는 회양목101들이 늘어서 있었다. 널돌로 깔아 놓은 포장도로가 집에 온 걸 반겨 주었다. 드디어 버스가 멈춰 섰다.

버스 정류장 앞에 여느 때와 다름없이 청소년들 서너 명이 시간을 보내고 있었다. 불량한 태도로 담배를 피우고 술을 마시고 있었다. 그들 중 단 한 녀석도 다윈 김나지움에 못 다니고 로마르크 수업에 못 들어오는 게 그리 놀랍지도 않았다. 아스팔트 위에 침 웅덩이가 가득했다. 그 나이 또래 남자 아이들은 아무래도 자기 침과 특별한 유대 관계를 맺고 있는 것 같았고, 또 그들에겐 그것이 바로 자신들의 체액이라는 게 중요했던 모양이다.

최근 슈퍼마켓에 이사업체가 입점했다. 쇼윈도우에 '독일 전역!'이라고 쓰여 있는 글자가 느낌표와 같이 붙어 있었다. 주차장에는 연노랗게 색칠한 트럭 여러 대가 세워져 있고, 이 트럭은 한 가정의 살림살이를 몽땅 실어도 될 만큼 엄청나게 커 보였다. 트럭에서도 생활할 수 있을까? 요즘 사람들

---

101. 키가 작은 상록수.

은 이사할 때 별 어려움 없이 살림살이를 몽땅 다 갖고 갈 수 있었다. 근데 어디로 이사를 하지? 다른 사람은 몰라도 로마르크는 이곳을 떠나지 않을 것이다.

철책 울타리 뒤편에는 옛 농가가 있던 터와 자우어란트 102에서 온 한 피부과 의사가 엄청난 비용을 들여 보수공사 한 지 꼭 1년 째 되던 날, 불에 타버린 헛간이 있었다. 마을 운동장 가에는 축제나 대회에서 우승한 사람들을 맞이하기 위해 마련한 작은 무대가 설치되어 있고, 붉은 깃발들도 꽂혀 있었다. 어디선가 라일락 향기가 풍겨왔다. 행사를 위한 보크브르스트103와 맥주도 준비되어 있었다. 환영사를 마친 여시장이 표창장을 자신의 풍만한 젖가슴 앞에 들고 서 있었다. 그러고는 힘차게 악수를 하였다. 어차피 마을회관 현관 앞에서 포옹은 할 수 없었으니까. 흩어져 있는 건초더미처럼 셀 수 없이 많은 건장한 청년들과 아이들도 와 있었다. 그러고 보니 축구경기와 야간작업이 모여 있는 날이었다. 이어 몇몇 어른들은 훈장을, 몇몇 아이들은 휘장을 받았다. 당연히 모범 근로자들은 훈장을 받을 만했다. 백회칠을 한 지 얼마 안 된 마을회관 정면엔 달 모양의 금빛 문패가 번쩍거리고 있었다. 자, 5월 1일이다. 모두 나와라! 어느 겨우내, 클

---

102. "Sauerland"는 노르트라인-베스트팔렌 주에 위치한 지역이다.
103. "Bockwurst"는 데친 작고 굵은 소시지이다.

라우디아는 여시장의 딸과 어울려 놀았다. 여시장의 딸 아이는 야위고 조용한 소녀였다. 클라우디아가 얼음 덩어리로 지은 이글루 안에서 여시장의 손바닥 뼈를 부러뜨릴 때까지 그들 사이는 좋았다. 한번은 그 집 침실에 풍만한 가슴의 여자들 사진이 잔뜩 걸려 있다고 클라우디아가 얘기한 적이 있었다. 클라우디아가 로마르크에게 그런 얘길 했다는 게 정말이지 놀랄만한 일이었다! 건조 공장 운전기사였던 여시장의 남편은 체격이 건장한 남자였다. 근데 여시장은 꼭 엑스레이 사진을 들고 병원에서 곧장 그녀 집으로 쳐들어와야 했을까. 손에 살짝 금만 간 것이었는데. 놀다 보면 그런 일은 얼마든지 일어날 수 있었는데 말이다.

그 당시 로마르크 가족은 겨우 난로 난방을 갖춘, 큰 방 2개, 작은 방 1개가 딸린 신축 건물에 살고 있었다. 그리고 거기 작은 건물 바로 옆에 사이렌이 비치돼 있었다. 사이렌은 1주일에 한 번, 그러니까 토요일 12시면 울려대는데, 그 시각은 로마르크가 낮잠 자고 막 일어난 후였다. 그녀는 사이렌 소리에 익숙해져 있지만, 길게 윙윙거리는 소리가 울릴 때마다 깜짝깜짝 놀라곤 했다. 그녀에게는 당시에 감도는 평화로운 분위기가 이상하게 여겨졌다. 당시로선 평화라는 건 있을 수도 없는 일이었으니까. 언제 일어날지 모르는 위기와 전쟁을 눈앞에 두고 있었기 때문이다. 그 후에도 만일에 대비한 훈련 사이렌만 울려댔을 뿐이다.

로마르크, 그럼 당신은 평화를 지지하지 않나요? 90년대 어느 때, 그녀는 자신의 몸이 산산조각 나 흩어져버리는 느낌을 받은 적 있었다. 그리고 지금도, 여기 이곳에 존재하고 있다는 느낌이 들지 않았다.

다시 한 주가 지나갔다.

이 마을은 두 동강이로 나누어졌다. 떠나지 않고 남은 사람들은 마을의 중심부를 차지하고, 이주자들은 변두리에 자리를 잡았다. 거기, 로마르크의 집도 있었다. 별로 눈에 띄는 집은 아니었다. 불도저와 트랙터로 단 며칠 만에 조립식 집을 지을 수 있을 정도의 돈은 그녀에게 충분히 있었다. 집을 짓기 위해 사람들이 맨 먼저 하는 일이, 그러니까 담당 공무원과 전화통화가 되기를 평생 기다리는 짓이 그녀에게는 이상하게 여겨졌다. 근데 허가가 나기만 하면 삼일 만에도 집 한 채가 뚝딱 지어졌다. 집 벽이 얇은 탓에 누군가 계단을 내려갈 때면 지하실이 덜거덕거리긴 했지만, 어쨌든 앞이 확 트인 집의 전망은 좋았다. 그리고 집 정면은 담쟁이덩굴로 뒤덮여 있고, 그곳은 참새 떼가 모여 사는 은신처가 되었다. 그 참새들은 사람들이 손뼉을 치기만 하면, 은신처 밖으로 날아 나왔다.

누가 불렀나?

누구긴 누구야, 당연히 한스지. 누군가 지나가기라도 하면 그는 늘 바로 알아차렸다. 그래서 한스 집 울타리를 지나가는 사람은 마치 그를 찾아오는 사람처럼 그의 집 앞에 멈춰 설 수밖에 없었다. 쓸모 있는 나무 창들을 골라 급하게 지은 온실에서 그가 막 나오는 참이었다. 여느 때와 마찬가지로 신발을 질질 끌며 걸어 나왔다. 손에 토마토 줄기를 든 채로.

"자동차가 고장 났어?"

형광등 같은 인간.[104]

"네네. 배터리가 다 되었어요."

그가 손을 휘저었다.

"암, 알지. 나도 한번 그런 일이 있었지. 좀 더 심각했어. 수리할 수 없을 만큼 완전히 망가졌다고 그러더군. 근데 정말로 완전히 망가진 것처럼은 보이지 않았어. 속물 새끼들. 완전히 망가졌다고 쉽게 말하지, 쉽게 단정 내린단 말이야. 최고급 자동차였는데, 진짜 금덩어리."

정원 뒤편, 추수를 끝낸 밭에는 보리 짚더미가 여기저기 흩어져 있고, 먼 하늘 아래에는 전깃줄이 낮게 드리워져 있었다. 그가 자동차 얘기를 마지막으로 했던 건, 틸레네 아들

---

104. 이해력이 좀 떨어지는 사람.

이 교통사고로 죽었을 때였다. 그 당시 열일곱 살이던 그 아이는 무면허로 운전했다. 자기 엄마한테 바라는 게 200가지나 되는 아이는 그 애뿐이었다. 그 개구쟁이는 그야말로 아무짝에도 쓸모가 없는 아이였다.

　로마르크는 한스와 관련된 일이라면 뭐든지 알고 있었다. 실은 그게 중요한 게 아니었다. 하루에 한 번 한스와 얘기하는 것은 그녀에겐 '선행'이고, 그렇게 얘기를 나누는 것만으로도, 그는 자신이 아직 살아 있다고 착각하고 있었다. 그는 불쌍한 인간이었다. 그런 이유로 그녀는 그 집 앞을 지나가다 멈춰 서서 그와 얘기를 나누곤 하는데, 그 때문에 그가 불쾌감을 느끼진 않았다. 그가 집에서 기르는 가엾은 돼지는 그의 큰 재산이었다. 그는 내보여 자랑할 기회가 있을 때만 돼지를 마당에 풀어놓는데, 지금이 그럴 기회를 맞이한, 하루 중 가장 좋은 때였다.

　"꿀벌들보다 들벌들이 더 부지런하다는 건 알고 있지? 들벌들은 떼 지어 살지 않고 각자 따로 살지. 구속받지 않지. 그러나 잠은 모여 같이 자기 때문이지."

　대체 무슨 말을 하려는 걸까?

　"근데 그 벌들은 모두 죽는단 말이야. 무슨 소린지 알지. 벌들이 죽으면 인간은 4년밖에 더 못 살아."[105]

　그는 늘 세상을 놀라게 할 만한 작당을 꾸미는 듯한 시선으로 쳐다보았다.

"어디서 그런 소릴 들었어요?"

그는 머리를 갸웃거렸다.

"신문을 읽고 라디오를 듣지. 여하튼 난 시간을 허비하진 않아."

그런 일들이 진짜 업적인 것처럼 말하는 것이었다. 맞다, 사실 그러한 것들은 업적이고, 온 힘을 쏟아 붓는, 일종의 노력을 필요로 하는 일이었다. 활동하지 않고 살아가는 인간은 쓸모없는 존재였다. 그리고 다른 이의 희생으로 살아가는 모습은 오로지 인간들한테서만 찾아볼 수 있었다.

"난 미디어 매체의 진동판을 통해 외부세계를 인지하고 있어."

그는 손을 귀에다 대고 귀를 기울여 듣는 시늉을 해 보였다. 안전사고를 대비해 그는 거실 창가에 온도계 2개를 걸어놓았는데, 기온에 대해서만큼은 정확히 꿰뚫고 있겠다고 작정한 사람 같았다. 저녁에는 빨간 줄무늬 고양이와 함께 들판으로 산책하러 나가고, 산책 중에 이따금 '엘리자베트와 나… 엘리자베트와 그' 하고 중얼거리기도 했다.

---

105. 아인슈타인은 꿀벌이 사라지면, 꿀벌에 의한 수분(受粉) 활동이 멈추고 모든 동식물이 영향을 받으며, 특히 인간의 소멸은 4년이 채 걸리지 않는다고 말한다.

오래전, 그는 산이라는 산은 다 다녀본 우크라이나 출신 여자와 결혼한 적이 있는데 돈 때문에 결혼했다며, 결혼 전 갖고 있던 돈을 물 쓰듯 흥청망청 써버려 탕진한 적이 있다고 했다. 그러나 그는 단 한 번도 그 여자에 관해 언급한 적이 없고 두 번 다시 떠올리는 것조차 싫어하는 것 같았다. 한번은 그가 고주망태가 되어 '고무 인형'[106]을 들고 마을을 돌아다닌 적이 있었다. 아이들은 하나도 보이지 않았지만, 일시적으로 짝짓기를 위해 모여든 '동물들'[107]은 있었다. 그 일이 있고 난 후 한동안 이 동물들에서 새끼들이 태어났다. 그는 늘 투자를 잘못 했다. 하지만 그만하기란 쉽지 않았다. 왜 그만해야 하지? 아, 당신, 투자해 보지 않겠소? 5천 유로는 몇 푼 안 돼, 더 내봐! 그는 흙으로 지은 집에 살고 있었다. 그 집은 이곳 주택가에서 제일 튼튼했으나 집이라기보다는 오히려 차고를 떠올리게 하는 것이 흡사 동굴 같았다. 동굴 같은 그 집에는 직접 그린 그림들을 둔 지하 작업실과 작업대도 있었다. 그러나 그는 늘 소외되어 살고 있고, 앞으로도 그 집 문 안에 발을 들여놓는 사람은 없을 것이다.

---

106. 콘돔을 의미한다.
107. 여자들을 의미한다.

엘리자베트가 다가와 한스의 장딴지를 핥고는 발등에 몸을 올려놓더니 납작 엎드렸다. 이 고양이는 꼭 개처럼 굴었다.

"난 헛짓거리는 하지 않아."

뭔가 생산적인 일을 하는 것보다 아무것도 하지 않는 게 낫다는 식이었다. 이 얼마나 훌륭한가. 이제 됐어, 충분히 했어. 그녀는 가려고 돌아섰다.

"잠깐만."

그는 몸을 구부려 고양이를 쓰다듬고는 무엇인가를 주워들었다.

녹슨 나사 한 개였다. 잠시 나사를 흔들어 대고 그것을 공중으로 집어 던져 다시 잡아서 손을 펼쳐 보였다.

"아, 봐, 재활용할 수 있는 거야."

그가 나사를 쭈글쭈글한 청바지 주머니에 집어넣었다. 하루를 헛되이 보내지 않게 된 것을 기뻐하는 모습이었다. 집으로 끌고 갈 사냥감을 많이 잡기라도 한 것처럼. 이 사냥감들은 언젠가 다시 필요할지도 모르는 물건들을 쌓아 둔 그의 저장 창고로 들어갔다. 사냥감을 재어놓고 사는 인생이군. 재수 좋은 인간, 탐욕스런 불쌍한 인간 같으니.

"좋은 시간 보내요, 한스."

한스는 오늘도 자기 몫은 챙긴 셈이다.

"당신이 내 이름을 불러주니 좋군. 좋아. 자주 그렇게 불러주진 않지만."

그는 눈을 꼭 감았다.

"누구와도 말 안 해. 정말로 더는 서로 말도 안 해."

당연히 그는 자기 자신을 빗대어 한 말이었다. 그는 한 번 말하기 시작하면 멈출 줄 몰랐다. 그리고 사람들이 작은 손가락이라도 내밀기만 하면 손가락 대신 손을 덥석 잡는 인간이었다. 이젠 정말로 가봐야 했다.

그녀는 서 있는 그를 내버려 두고 자리를 떴다. 그런 데에 그는 이미 익숙해져 있었다.

또다시 피로감이 몰려들었다. 로마르크는 커피를 내려야 겠다고 생각했다. 볼프강은 아직 타조들과 함께 있는 모양이었다. 그가 집으로 돌아올 때까지 아직 시간이 있었다. 엘리자베트는 정원을 훑으며 다니고, 저 멀리에서는 바람개비의 주홍빛 날개와 반짝거리는 무선 전신탑이 보였다.

메일의 제목은 '막 결혼했어요.'라는 단 두 단어였다. 별안간 그녀는 목까지 치솟아 오르는 심장의 고동 소리를 들었고, 근육이 실룩샐룩 하는 것을 느꼈다. 영어를 모르는 로마르크조차 그 말은 이해했다. 그러니까 막 결혼했단 말이지. 그녀는 링크된 곳을 클릭했다. 거기에 사진이 한 장

있었다. 순백 예복을 입은 낯설어 보이는 한 쌍, 클라우디아와 스티븐이 활짝 웃고 있었다. 사진 바로 아래에는 얽혀 있는 반지 두 개와 부리를 서로 맞대고 있는 비둘기 두 마리가 보였다. 비둘기란 동물은 결혼 축하 카드에 등장할 뿐 아니라 무지개 아래에서 평화를 알리는 새로 유명했다. 그리고 부리로 쪼는 것을 좋아하는 것으로도 잘 알려졌었다. 근데 비둘기들이 이런 순박한 표정을 짓고 있는 데는 이유가 있었다. 그건 그들이 비정상적인 동종교배로 태어났기 때문이다.

그녀는 몸을 뒤로 젖혔다. 책상 위에 놓여 있는 수업 교재 더미 맨 위에 9학년 좌석 배치도가 있었다. 얼마나 난잡해 보였던지. 좌석 배치도에 휘갈겨놓은 각양각색의 글씨체는 읽을 수조차 없었지만, 힘들게 겨우겨우 대부분을 판독해냈다. 그녀는 배치도 아래 여백에, 그러니까 자기 이름을 써넣어야 할 교탁 자리에 좌석 배치도를 다시 베껴 그렸다. 이제 무거워진 눈꺼풀을 이기지 못하고 그녀는 눈을 스르르 감았다. 그러나 스크린 위에 쌓인 먼지가 여기저기 일어, 온 사방에 날리다 순식간에 사라졌다 다시 떠오르는 것이 감은 눈 앞에 보였다. 순간 입이 마르고 목이 답답해 왔다. 로마르크는 사탕을 통째로 삼킨 듯한 느낌이 들었다.

유전 과정

두루미들은 아직도 집 뒤편 들판에 머물고 있었다. 그곳 들판 위, 넓은 웅덩이로 전락해버린 농지에 수주일 전부터 두루미들이 모여들고 있었다. 추수를 끝낸 들판에서 그들은 먹이를 찾아 먹고, 진흙 물이 복사뼈까지 닿는 근처 질퍽한 웅덩이 안에서 늘씬한 다리를 뽐내는 자세로 서서 잠을 잤다. 새벽녘엔 운집해 있던 회색빛 점들이 이리저리 움직이더니 서서히 어두컴컴한 풍경을 배경으로 그 자태를 드러냈다. 뻣뻣한 다리로 걸어 다니는 이 두루미 떼는 날마다 그 수가 늘어나, 어느덧 그곳엔 서로 처음 보는 두루미들로 넘쳐나게 되었다. 안달루시아[1]와 북아프리카 해안으로 이동하려는 공동 목표가, 초면인 그들의 동맹을 결속시켰다. 이번 행렬은 지중해로 가는 서유럽발 대행렬의 끝자락이었다. 바깥 공기는 매섭고 축축하며 창틀에는 벌써 거친 서리가 껴 있었다. 두루미들이 지금처럼 이렇게 오래 이곳에 머물러 있던 적은 없었다. 벌써 11월도 반이나 지나 중순에 접어들고 있으니. 왠지 불안해 보이는 두루미들은 뭔가 기다리고 있는 눈치였다. 이동 충동이라도 일었던 걸까? 이제 드디어 떠나려는 걸까? 야윈 날개를 펼치고 트럼펫 같은 소리를 내며 공중으로 날아오를까? 공중으로 날아올라 간 두루미들이 다리와 목

---

1. 스페인 남쪽 끝에 있는 지역.

을 쭉 뻗으며 팔랑크스[2] 대형을 만들었다. 그러자 굽은 화살 같은 모양이 남쪽으로 향했다. 올바른 이동 방향을 어떻게 찾아냈을까? 수수께끼였다. 태양이나 별들을 기준으로 삼은 걸까? 혹은 중력이 작용하는 들판을 기준으로 삼은 걸까? 그도 아니면 두루미들 몸속에 나침반이 있기라도 한 걸까?

잉에 로마르크의 입김이 수증기처럼 피어올랐다. 꽤 쌀쌀한 걸로 봐서 기온이 영하로 떨어진 게 분명했다. 두루미들은 대체 뭘 기다렸던 걸까? 그들처럼 판단 없이 본능에 따라 행동할 수 있으면 얼마나 좋을까. 로마르크는 창문을 닫았다.

여느 때와 다름없이 볼프강은 타조들 곁에 가 있었다. 아침 식사를 반이나 남겨놓고 간, 그가 앉았던 자리엔 빵부스러기가 떨어져 있었다. 맞은편 그녀 자리엔 꾸러미 하나가 놓여 있었다. 구겨진 채로 둥글게 말린 녹색 작업복과 내의, 파란 스포츠 양말 꾸러미였다. 그렇게 거기 얹어놓고 나가버리는 게 그가 빨래를 부탁하는 방식이었다. 사람 얼굴을 기억 못할 만큼 지능이 낮은 타조를 위해 그는 오로지 녹색 작업복만 입었다. 다른 색깔의 작업복을 입은 그를 타조들

---

2. 고대 그리스 시대 때 사용되던 일종의 전투대형을 일컫는다.

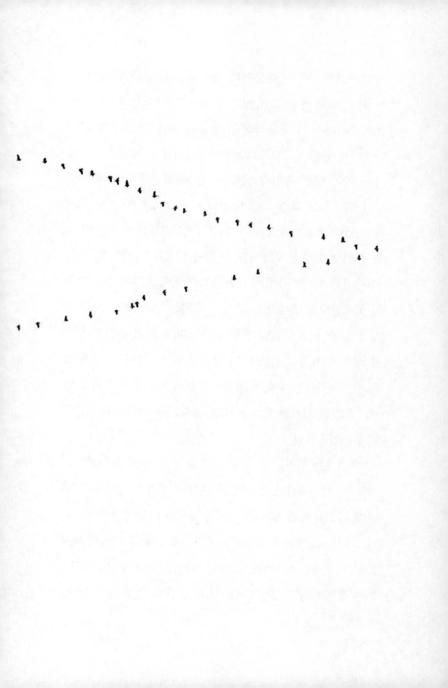

이 알아보지 못하기 때문이다. 하지만 그런 말을 입 밖에 내선 안 되었다. 하긴 그 말에 그는 수긍도 하지 않을 텐데 뭐. 볼프강한테는 그 새들이 가장 영리한 동물이었으니까. 그는 타조라는 동물에, 그리고 그들의 자연적으로 타고난 마스카라를 바른 듯한 솜털과 뒤뚱거리는 걸음걸이에 푹 빠져 있었다. 타조들도 그가 녹색 작업복을 입고 있을 때는 늘 그에게만 달라붙었는데, 그런 그의 모습이 그들에게 완전히 잘못 각인돼 있었던 모양이다. 더욱이 암컷들은 곁에 있는 그를 자신들의 보호자로 생각할 정도여서, 번식기에 있는 수컷에게는 암컷들 곁에 있는 그가 거슬리는 존재였다. 그래서인지 암컷들이 그에게 달라붙어 있을 때면 매번 수컷은 깃털을 세우고 거친 소리를 내며 그에게 덤벼들었다. 그건 암컷을 수태시키려는 수컷의 위협적인 몸짓이었다. 부화기 동안 자기 영역을 지키는 수컷 타조는 암소들을 지키는 황소만큼이나 위험스러웠다.

예전에는 볼프강이 손수 암소를 전부 수정시켰다. 그래서인지 그는 자기가 없으면 안 된다는 생각을 했다. 수정에 관해 확실하게 잘 알고 있으면 수태시킬 가능성이 높아지니까. 교미는 그야말로 전투행위나 다름없었다. 교미할 때 대부분의 척추동물은 끔찍한 소리를 냈는데, 고양이들이 내지르는 애절한 비명만 생각해봐도 어떠한 건지 잘 알 수 있었다.

한번은 볼프강이 날뛰는 타조의 발을 재빨리 피하지 못해 타조의 발가락 두 개가 그의 가슴에 명중한 사건이 있었다. 그 일은 신문에까지 났다.

그는 또다시 냉장고 채소 칸에 코코넛 크기의 타조 알들을 가득 채워 넣었다. 근데 이 알들은 대체 누가 먹지? 타조 알은 동물 세포 중 크기가 가장 컸다. 이 알들로 반 아이들 전체가 먹을 수 있는 오믈렛을 만들 수 있었다. 그러니 타조들이 수백 명의 주민이 모여 사는 마을에서 살았다는 게 전혀 놀랍지 않았다. 그러나 두 사람, 로마르크와 볼프강한테는 알의 양이 많아도 너무 많았던 것이다. 게다가 타조 알은 금방 부패해버리고 두 사람이 함께 식사하는 횟수도 차츰 줄어들고 있었다. 로마르크는 아니타 아주머니가 배식하는 학교 식당에서 점심을 먹고 볼프강은 농장에 있는 부엌이 딸린 작은 판잣집에서 직접 해먹었기 때문이다. 그곳에서 그는 동물 사료를 준비하면서 점심도 같이 만들었다. 농장에는 재밌는 방문객들이 자주 찾아왔다. 특히 서너 주마다 오스트제 신문에서 한 기자가 오는데, 그때마다 볼프강은 그 기자에게 타조 사육에 관해 한참 설명을 했다. 즉, 짝짓기 후에 수컷들 목에 난 홍조가 사라지는 현상, 내버려졌다고 느끼는 순간 서러운 소리를 내는 타조의 습성, 날마다 1센티미터씩 자라는 어린 타조 등등에 관해 상세하게 알려 주었

다. 그리고 자그만 둥근 돌을 사료에 섞어 새끼 타조들에게
주는 것이 얼마나 중요한지, 사료에 섞인 돌이 타조의 튼튼
한 모래주머니에서 잘게 잘린 풀을 으깨는 역할을 한다는
것, 베를린에 타조 고기를 비싼 가격으로 구매하는 레스토
랑이 몇 개 있다는 것, 특히 넓적다리 수요가 많다는 것, 그
리고 건강에 최고로 좋은 고기에는 지방질이 없고 콜레스테
롤이 적다는 것도 상세하게 알려 주었다. 그는 타조 고기가
소고기 맛과 비슷하다고 늘 떠들어댔다. 타조 고기가 거무
스레해서 그렇게 생각할 수도 있었다. 시각적으로 먹음직스
러운 것이 미각을 자극하는 법이긴 한데. 어쨌든 타조 고기
에 관해 기사가 여기저기 실리는 바람에 볼프강 로마르크는
지역 소식란을 장식한 영웅이 되고, 사양길에 접어든 동물
생산업 분야의 전직 수의학 기술자에서 이국적인 동물 사
육을 취미로 하는 농부가 되어, 마침내 또다시 성공한 부류
에 속하는 인물이 되었다. 기사에는 멋진 타조들 ― 적외선 램
프 아래 줄무늬 몸통의 새끼 타조들, 총총걸음으로 걸어가는 타
조들, 암컷을 유혹하여 교미하려고 춤을 추는 타조들, 하얀 눈에
덮여 있는 타조들 ― 의 모습도 함께 실렸다. 그리고 기사 제목
은 '포어포메른 초원의 거대한 새들. 타조 농장의 부화 분위
기. 타조 알 하나로 25명의 한 끼 식사 거뜬히 해결. 농장주
를 공격하는 사나운 수컷.'으로 나갔다.

볼프강은 타조 기사를 모조리 다 오려서 액자에 넣어 지하실에 걸어 두었다. 그러나 거실에는 단 한 개의 타조 액자도 찾아볼 수 없었다. 그들이 로마르크네 가족은 아니었으니까. 이를 닦으면서 잉에 로마르크는 두루미들을 다시 찾았다. 아직 떠나지 않고 남아 있는 두루미들이 축축한 잠자리에서 나와 깃털을 흔들어 정리하고는 목을 죽 뻗어 바람과 온도를 점검하는 모습이 보였다. 그녀는 이제 두루미의 검은 다리를 타조 다리와 분간할 수 있었다. 그 검은 다리로 가볍고 우아하게 들판을 걸어 다니는 두루미들의 걸음걸이는 타조의 휘청거리는 걸음걸이와는 비교도 할 수 없었다. 두루미들이 이곳에서는 섭금류[3]로 분류되나, 겨울을 나는 곳에서는 바닷새로 분류되었다. 그래서 그들은 이쪽저쪽 옮겨가며 이중 생활을 했다. 길어도 3일만 더 있으면 그들은 떠나버릴 것이다. 셈법은 간단했다. 즉, 모든 행동 양식에는 얼마간의 시간과 에너지 소모가 필요했다. 그러한 소모는 기대되는 이익이 투자한 것보다 더 컸을 때 가치가 있었다. 그리고 일과 관련해서는 늘 결과가 중요했다. 두루미들이 옮겨간 지중해는 분명 아름다운 곳일 것이다. 몇 시나 됐을까? 이제 그녀는 출발해야 했다.

---

3. 조류 분류상의 한 집단으로, 여기에 황새목, 두루미목, 도요목 등이 속한다.

버스 정류장에 마리 슈리히터가 서 있었다. 마리는 가볍게 고개 숙여 인사했다. 짧은 목에 코가 높은 마리의 모습은 위풍당당해 보였다. 그리고 나무에서 떨어진 과일 같아 보이는 마리의 뇌는 두개골 안에 아주 안전하게 잘 싸여 있었다. 마리는 의사 딸이었다. 시골 공기를 쐬러 이곳으로 이사 왔다고 했으나 마리는 바깥 공기를 쐬진 않았다. 숨은 쉬는 걸까? 어찌나 신경질적으로 행동하는지. 참을성이라곤 전혀 없는 아이였다. 하긴 생명이 부화하는 성장기를 맞고 있었으니까. 마리는 학교 셔틀 버스를 기다리고 있었다. 그런데 마리가 기다리는 것은 그뿐이 아니었다. 운전면허증 따는 것, 그리고 다시 이사 가는 걸 학수고대하고 있었다. 로마르크가 잘못 생각한 게 아니라면 마리는 앞으로 다가올 인생에서 가장 좋은 일들이 일어날 것이라고 속절없이 믿고 있는 아이였다. 그래도 그 아이는 입을 함부로 놀리는 부류는 아니었다.

버스는 제시간에 왔다. 늘 그렇듯 좌석은 거의 비어 있었다. 모두 고정석이어서 마리 슈리히터는 앞자리로 잉에 로마르크는 끝에서 두 번째 줄 자리로 갔다. 그 자리는 디젤엔진 소리가 제일 시끄럽게 나긴 했으나, 귀를 멍하게 하는 이 소리는 다섯 정거장쯤 가다 보면 더는 들리지 않았다. 그러나 그 자리를 차지하고 앉은 로마르크가 의도치 않게 고정석이

나 다름없는 아이들의 자리 배열 전체를 흩뜨리는 바람에 파울과 그의 떼거리는 맨 뒷줄 자리에서 물러나 버스 가운데 지점에 있는 자리로 옮겨갔다. 이제 그 불량스럽고, 형광등 같은 아이들은 그곳에 널브러져 누워 있었다. 물론 그들 중에는 호기심 어린 눈으로 쳐다보는 아이들도 있었다. 로마르크가 요즘 왜 매일같이 그들과 함께 셔틀 버스를 타고 다닐까 하고 모두 궁금해했던 것이다. 셔틀 버스를 타고 다니니, 직접 운전하지 않아도 되는 데서 오는 좋은 점들도 많았다. 무엇보다 직접 운전할 때는 항상 사고 위험이 도사리고 있는데, 바로 그 이유에서라도 운전을 하지 않는 게 좋긴 했다. 삶이 아무 의미도 없는 멍청이들은 얼마든지 있었다. 어스름한 새벽, 무표정한 눈을 하고 달려들 듯이 차량의 전조등을 응시하며 서서, 자리에서 한 발자국도 움직이지 않던 노루와 멧돼지 같은 야생동물들에 관해 그녀는 입도 뻥긋하지 않았다. 그리고 늘 일관된 주장을 해야 했다. 그렇게 하지 않으면 보험사는 보험금을 지급하지 않았으니까. 이곳 지대 전체는 거대한 들짐승들이 유일하게 나다니는 장소라는 것 말고는 아무짝에도 쓸모없는 곳이었다. 사방엔 높다란 오두막, 그러니까 높은 버팀대 위에 가파른 사다리가 딸린 판자 오두막이 있었다. 이른바 어른을 위한 나무 위 오두막집이었다. 예전에 로마르크는 늘 버스를 타고 학교와 도시를 오갔다. 그리고 가을엔 가끔 볼프강과 함께 두루미들이 있는 북쪽 지역으로 올라가곤 했다. 버스와 기차를 두 번이나 갈아타고 난 다음에도 끝없이 걸어야 했던 여행길이었다. 보온병과 버터 바른 빵조각도 챙겨갔다. 그들은 두루미 군락을 발견하기 전까지 알록달록한 가을 들판에서 눈을 뗄 수 없었다. 그리고 마침내 두루미 군락을 발견했을 땐, 판자 오두막에 올라가 나란히 앉아서 두루미들을 한참 관찰했다. 서로 말 한마디 않고도 같이 다닐 수 있는 볼프강의 그런 점이 그녀 마음에 들었고, 그도 같은 마음인 것 같았다. 그의 첫 번째 부인은 늘 수다스러웠으며 한시도 입을 다물고 있지 않았다고 했다. 예전에 로마르크와 함께 살았던 크라우스는 늘 정치, 정부, 미래에 대한 토론이라면 물불을 가리지 않고 달려들곤 했다. 매번 흥분해서 말이 많아지는 그에게 그녀는 점점 짜증이 나고 머리가 지끈거리기 시작했다. 크라우스는 얼굴이 시뻘게질 정도로 토론에 열중했는데, 포켓치프에 카네이션을 꽂은 페를론[4] 양복 차림의 남자들이 현수막이 걸려 있는 어느 무대 위에서, 자신들이 만들어낸 세상에 관해 얘기할 때처럼 말이다. 그들은, 숙련 노동자들과 함께 생산 계획을 달성하고 생산 방식을 개선할 수 있는 세상

---

4. 나일론에 상응하는, 독일에서 사용되던 합성섬유를 말한다.

에 관해 떠들어대곤 했다. 속담에 '우리는 오늘 일하는 만큼 내일을 살 것이다.'라는 말이 있었다. 사람들은 이 말이 위협하는 말인지 아니면 약속을 암시하는 말인지 도통 분간하지 못했다. 어쩌면 둘 다 일지도 몰랐다. 언젠가 크라우스는 이 말의 의미를 진지하게 되새겨봤지만 이미 그땐 그들이 한 지붕 밑에 같이 살고 있지 않았다. 그럼에도 로마르크는 장장 3시간 반 동안이나 자신의 의견을 묻는 그의 질문을 받아 준 적이 있었다. 그녀는 어떤 대답을 해야 할지 잘 알고 있었다.

어느 날, 남자들이 로마르크의 집을 찾아왔다. 깔끔하게 면도한 모습으로 멋진 양복을 입고 있었는데, 그들이 걸친 건 페를론 천 따위로 만든 양복이 아니었다. 그 남자들은 먼저 거실에 점잖게 자리 잡고 앉더니 커피와 케이크를 대접받고 난 후에도 갈 생각을 하지 않았다. 그녀는 자책할 필요가 없었다. 다른 사람들도 다 서명했으니까. 보고서 몇 쪼가리가 아무에게도 해를 끼치진 않았을 테니까.[5] 근데 이제 그 일이 세상에 널리 까발려져 버렸다. 그 일과 관련하여 카트너는 그녀와 얘기를 나눠야 했고, 그 얘기를 할 때의 카트너 자신도 마음이 편치 않았던 모양이다. 몇 주 전부터 그는

---

5. 이 부분은 로마르크가 슈타지(Stasi, 구동독 비밀경찰)에 협조하여 주변 사람들을 감시한 과거를 회상하는 장면이다.

동료교사 한 사람 한 사람을 개별로 자기 사무실로 불렀다. 불려 갔다 온 사람들은 모두 입조심을 해야 했다. 한스는 예전에 슈타지의 감시를 받은 적 있다면서, 엄청나게 외로울 때면 자신에 관한 감시 서류를 읽으며 예전엔 자신이 적어도 밀고자 몇 사람에게는, 그리고 그들의 지휘관들에게는 요주의 인물이었던 걸 위안으로 삼는다고 했다. 거기 뭐가 쓰여 있더라? 아 그렇지, 살림살이가 별로 없다고, 찾아오는 여자가 없다고, 그리고 사교적이지 못하다고 쓰여 있었지.

'주택 지대에 세 들어 사는 주민들은 H. G.를 일하기 싫어하는 인간으로 평가했다. 용의자는 자동차가 없어 거의 매일 자기 소유의 자전거를 이용했다. 게다가 그는 말이 매우 많았다.'고.

그러나 요즘 사람들은 원하는 건 뭐든 다 할 수 있었고 누가 뭘 하든 그런 일엔 아무 관심도 두지 않았다.

버스에 오른 제니퍼는 케빈을 맨 마지막 줄 자리로 끌고 갔다. 파울이 그 자리에서 물러난 다음부터 그곳은 사춘기 아이들의 짝짓기 실험 공간이 되어버렸다. 제니퍼는, 케빈이 코에 피어싱하고 학교에 온 다음부터 곧바로 그에게 적극적인 애정 공세를 퍼부어댔다. 얼굴 한가운데에 번쩍거리는 금속 코걸이 같은 것은 갓난아기들이 가까이 오지 못하게 하려고 송아지들에게 달거나 소 말뚝에 묶으려고 황소들에게

나 달아 주는 것인데. 이 버스 안에선 이른바 '함께 간다.'는 말이 정말이지 문자 그대로 받아들여지고 있었다! 하지만 제니퍼에게 소 말뚝은 불필요한 물건이었다. 왜냐하면 이 작은 황소는 이미 길들어 있었으니까.

버스 창 유리에 김이 끼고 물방울이 맺혀 있었다. 버스 안은 엄청나게 무더웠다. 로마르크는 유리창을 문질러 밖을 내다보았다. 아직 어두컴컴한 것이 날이 밝아 올 기미가 보이지 않았다. 어스름한 들판 위 하늘은 음침했다. 쟁기질해 갈아놓은 논밭 바닥에는 수확한 옥수수의 누런 회색빛 줄기가 여기저기 흩어져 있고 어둠 속 대지는 초록으로 얼룩져 있었다. 삼포식 농법을 활용하기 위해 사이짓기[6]로 양배추, 근채작물[7], 곡물, 순무를 차례로 심긴 했으나, 이 작물들은 싹을 잘 틔우지 못했다. 그러나 휴한기 때는 황량한 목초지 곳곳에 흙구덩이가 파헤쳐져 있었다. 문득 저 멀리 담청색 숲 위에 가늘고 희미한 한 줄기 빛이 드리워져 있는 전경이 눈에 들어왔다. 버스 옆으로 스쳐 지나가는 나무들, 벌거벗은 보리수 나무의 줄기들이 갈라져 있었다. 한밤의 냉기로 서리 낀 버스 정류장 유리 벽에는 이 마을 아이들이 갈기갈기 뜯어놓은 벽보들이 붙어 있었다. 아스팔트 갓길과 엄청나

---

6. 어떤 작물의 이랑이나 포기 사이에, 한시적으로 다른 작물을 심는 것.
7. 뿌리와 줄기를 먹을 수 있는 채소로 무, 감자 등이 있다.

게 커다란 갓돌[8] 근처에는 '멈춤' 표시를 나타내는 글자의 첫 번째 알파벳 H를 새겨 넣은 노란 말뚝들이 세워져 있었다. 그리고 사방에는 어린 학생들이 혼자 혹은 무리 지어 서 있었다. 아이들은 우유 병을 어떻게 모았을까? 도롯가에 우유 병들이 놓여 있는 게 보였다. 학교 급식 우유는 중단되고, 매주 급식비 몇 푼을 거두던 우유 급식 당번도 없어져 버렸다. 바닐라 우유, 딸기 우유, 일반 우유는 20페니히, 초콜릿 우유는 25페니히인데. 추운 겨울엔 우유 상자 안에 얼음덩어리가 들어 있었고, 그러면 칼코브스키가 우유 상자를 밀어 난로 옆으로 옮겨놓았으나 쉬는 시간 때까지 언 우유가 녹는 덴 한참 걸렸다. 우유는 아이들 뼈 조직과 치아에 필요한 칼슘과 플루오르[9]를 포함하고 있었다. 예전에 유치원에서는 이 우유 대신에 알약을 주기도 했다. 그러나 요즘엔 아이들에게 알약을 주면 경찰에 붙들려가는 시대였다. 학교까지 버스를 타고 가면 3시간 반이나 걸렸다. 정류장이 많아서가 아니라 수많은 이상한 우회로로 돌아갔기 때문이다. 이경우 시간적 허비와 이득을 원칙적으로 따져보는 것은 소용없는 짓이었다. 버스는 골목길은 다 들어갔고 어디서나 멈춰섰다. 모두가 함께 가야 했으니까.

---

8. 차도와 인도 또는 차도와 가로수 사이 경계가 되는 돌을 일컫는다.
9. 할로겐 원소 중 하나.

이제 5~6학년 아이들도 거의 다 탔다. 근데 왜 이 아이들도 데려가야 하는지? 이 아이들을 위한 전용버스가 없었으니까 뭐. 사고가 일어나서 그들 모두 죽는다면 레기온알슐레는 당장 문을 닫을 수도 있었다. 그러면 조용해지기는 하겠지. 버스 안은 시끌벅적했다. 아이들은 젖니가 빠지자마자 수다쟁이가 돼버린 것 같았다. 아이들 목에 매달린 열쇠가 흔들거렸고 휴대폰 주머니와 치아 교정 틀을 담는 작은 상자, 그리고 커다란 책가방이 자리를 꽉 차지하고 있었다. 정작 아이들은 책가방 옆 좁은 공간에 겨우 몸을 밀어 넣고 좌석 위에 신발 신은 발을 올려놓은 채 앉아 있었다. 아이들이 발 올려놓은 자리를 유심히 살펴봤으나 자리가 더럽혀져 있지는 않았다. 반면, 고학년 아이들은 산송장들 같았다. 그들은 발을 질질 끌면서 버스 통로를 걸어 다녔으며, 어깨에 멘 가방은 금방이라도 미끄러져 내릴 것만 같았다. 또 눈에는 졸음이 가득했다. 그들은 콧부리 점 바로 위까지 드리워진 포니 머리 모양이나 머리카락을 아예 빡빡 밀어버린 군인 스타일을 하고 있었다. 거기에 푹 눌러쓴 야구 모자 아래로 드러난 귀는 시뻘겋게 얼어 있고, 히죽거리거나 위협할 때는 벌어져 있는 입 사이로 치아를 드러냈으며 작당이라도 꾸밀 때는 머리를 서로 맞대고 있었다. 여기저기서 왁자지껄하니 엄청나게 소란스러웠다.

근데 로마르크 바로 앞자리에 앉은 여자 아이 하나가 안절부절못하고 있었다. 그 아이의 가늘고 부드러운 머리카락에 꽂힌 보라색 나비 핀이 자꾸만 좌석 등받이 위로 올라갔다 내려가곤 했다. 그 아이는 인조 털로 만든 후드를 입고 있었다. 보라색 나비가 있긴 했나? 분명 비가 많이 내리는 열대우림 숲에 있었을 거야. 종의 다양성은 감당이 안 될 만큼 엄청났다. 그렇기는 희귀 동물도 마찬가지였다. 탐험가들의 탐험이 끝난 후에는 늘 새로운 종과 아종, 변종이 발견되었다. 그리고 종의 고립으로 인해 많은 잡종이 생겨났다. 잡종의 세계에는 질서가 없었다. 그래서 질서가 세워져야 했다. 요즘엔 텔레비전 심야 프로그램을 보는 사람들이 별로 없었다. 거기 나오는 정글은 형형색색의 불빛이 수 놓여 있는 모습이었다. 지금껏 로마르크는 물총새라고는 본 적이 없고 세월이 수십 년 흘러도 그 새를 볼 기회는 없을 것이다. 하지만 검은 황새는 한 번 본 적 있고 꾀꼬리는 두 번이나 봤는데, 그 노란 천상의 새를 어린 로마르크는 아버지와 함께 처음으로 봤다. 그때 한 여학생이 뒤뚱거리며 다가왔다. 키는 큰데 몸매는 볼품없는 아이로 머리카락은 헝클어져 있고, 양볼은 엉덩이처럼 포동포동하며 코트 위로 볼록한 작은 가슴이 드러나 있었다. 많아 봐야 12살쯤 돼 보이지만 있을 건 벌써 다 있고 이미 다 커버린 어른 같은 아이였다. 그 아이는 나비 핀을 꽂고 있는 여자 아이 옆에 멈춰 서더니 사뭇 위협적인 어조로 말했다.

"너 앞으로 와봐! 율리아네한테!"

그 말은 '가자'는 뜻이 아니라 '가라'는 명령이었다. 율리아네는 자신의 똘마니들을 손아귀에 잘 틀어 쥐고 있는 것 같았다. 머리에 나비 핀을 꽂고 있는 그 아이는 곧바로 앞쪽으로 갔다.

서열이 확실하게 정해져 있었다. 왕과 신하. 여왕벌과 꿀을 휘젓는 일벌들. 다른 어떤 연령층보다도 이 아이들 나이에서 만큼 서열이 엄격하게 정해져 있는 연령층은 없었다. 서열 상승은 거의 불가능했다. 한 번 왕따 당한 아이는 영원한 희생자였다. 새로운 가해자는 늘 있었으니까. 그들은 머리를 잡아당기고 옷깃에 들장미를 비비거나 하굣길에 숨어서 기다리며, 체육 주머니를 훔치거나 화장실에 데려가 두들겨 패고 바지를 내리게까지 했다. '우리'라는 친밀감을 갖기 위해서 먹잇감이 필요했다.

또다시 엘렌이 방금 누군가에게 목덜미를 잡혔다. 정말로 위험천만한 상황으로는 보이지 않았다. 어떠한 상황이든 거기서 벗어나기 위해 엘렌은 멈추지 않고 계속 저항하고 있었다. 그 아이는 스스로 도와야 했다. 그러면 그 문제는 저절로 해결될 것이다.

버스가 또 멈춰 섰다. 이번에 버스를 탄 아이는 사스키아였다. 언제나처럼 그녀는 맨 뒤로 왔다. 먼저 제니퍼에게 가서 몸을 숙여 볼에다 세 번 입을 맞추었다. 그러나 말은 한마디도 하지 않았다. 사스키아의 머리 모양이 꼭 커튼을 쳐놓은 듯한 스타일이었다. 사스키아가 케빈을 향해 손을 뻗자 차고 있던 팔찌가 딸랑거렸다. 그러고는 좌석에 털썩 앉더니 엄청나게 커다란 이어폰을 꽂고 데시벨을 높였다. 고독한 것보다는 차라리 귀머거리가 되는 게 낫다는 식이었다. 한동안 사스키아는 제니퍼를 앞지르기 위해, 파울을 자기 것으로 만들려고 안간힘을 썼다. 그러나 파울은 잘해 주다 싹 돌아서는 사스키아의 장난치는 듯한 변덕스러운 태도가 그저 부담스럽기만 했다. 파울을 둘러싼 이 경쟁에서 패배하는 바람에 사스키아는 제니퍼를 앞지를 기회를 놓쳐버렸다.

버스 맨 끝줄 자리에 침묵이 흘렀다. 제니퍼와 케빈은 그 침묵이 지루했던 모양이다.

"날 사랑해?"

대뜸 제니퍼의 어린아이 같은 목소리가 들렸다.

"그럼."

케빈의 목소리는 어른 목소리처럼 들렸다.

"내 휴대폰 번호 말해봐."

"뭐?"

"내 휴대폰 번호. 외울 수는 있겠지?"

여성적인 논리였다.

"왜? 저장돼 있어."

"어서, 말해봐."

"0…1…음…7…"

"계속해."

케빈은 계속하지 않았다. 하지만 제니퍼는 힌트를 줘가며 그를 거들었다. 그러고는 케빈에게 키스하게 했다. 어쨌든 이제 더는 아무 소리도 들리지 않고 잠잠했다. 하는 짓거리가 역겨웠다. 하긴 그들이 뭔 할 얘기가 있을까? 뭐, 할 얘기도 없었지. 암튼 사람들은 지나치게 말을 많이 하지만, 정작 볼프강과 로마르크를 며칠 보지 않으면 그들 부부 간에 더는 대화가 없는 것도 눈치를 채지 못했다. 서로 끌어안고 딱달라붙어 있는 것, 이 모든 것이 무슨 의미가 있을까? 사람들은 사내 아이들을 양육하는 데 돈과 시간이 끝도 없이 들어간다는 오로지 그 이유로 계속 함께 살았다. 그러나 볼프강과 잉에 로마르크는 더는 짝짓기를 통해 번식하는 데 전념하지 않았다. 두 사람한테서 나온 아이는 집도 나가버리고 없었는데 뭐. 이미 되돌릴 수 없는, 끝난 일이었다. 뭘 더 해야 했나? 연하장이라도 써야 했나? 한때 두 사람은 서로를 잘 이해했던 적도 있었다. 그러나 이제 그들은 각자 제 일을 하고 있었다. 볼프강한테도 일이 있었다. 서로 타협해가면서 그들은 완벽한 조화를 이루어나갔다. 언젠간 직장에서 퇴직해야 했다. 로마르크가 정말로 조기 퇴직해야 할 경우 볼프강은 그녀에게 빌붙어 살지 않을 것이다. 결혼하기 전에 그는 좀 덜떨어지는 여자들을 좋아한다고 말한 적이 있었다. 두 사람이 열렬하게 사랑한 건 아니었다. 로마르크에게 그런 열렬한 사랑은 필요 없었다. 그가 동물들과 잘 지낼 것 같은 점이 늘 그녀 마음에 들었을 뿐이다. 그렇다면 그건 뭐였을까, 사랑이었을까? 그건 비정상적인 공생을 위한 겉보기에 확실한 알리바이였다. 예로 요아임과 아스트리트 부부를 봐라. 그들에겐 아이가 없고 부부생활도 원만하지 못했다. 뭐라도 해 보기엔 이미 너무 늦어버렸을 때 아스트리트는 요아임 탓으로 돌리며 모든 책임을 떠넘겼다. 두 부부가 함께 산책이라도 할 때는 남자들이 앞서 걷고 여자들이 그들을 뒤따라 걸었다. 볼프강의 곱슬곱슬한 장발 머리 옆에 요아임의 대머리가 나란히 있었다. 아스트리트는 자신이 내린 판단에 동조를 구하듯, 신경질적인 목소리로 '너도 그렇게 생각지 않니?'하고 묻곤 했다. 아니, 그녀는 그렇게 생각지 않았다. 다른 사람의 불행이 로마르크와 무슨 상관이람? 그 부부의 사정은 딱하지만 그렇다고 동정할 만큼은 아니었다. 초주검이 될 때까지 그들은 서로를 때리며 죽이려고 난리를 쳐댔다. 하다 하다 나중엔 한쪽이 다른 한쪽에 자살하겠다고 위협까지 해댔다. 어느 날, 문화 하우스[10]에서 카니발이 열렸을 때 작센[11]에서 장발 머리 남자 네 명이 교회 합창단 자격으로 온 적이 있었다. 네 남자는 서로 파트너를 바꿔가며 춤을 추고 골드브랜디[12]를 각 1병씩 마셨다. 다음날 이른 아침, 광장에 있는 밀크바[13]에서는 극적인 드라마가 펼쳐졌다. 그 네 남자는 연인이었던 모양이다. 기가 막히게 효율적인 공생과 기생의 혼합이었다. 하나가 죽으면 다른 하나도 따라 죽는 샴쌍둥이처럼 말이다. 어느 날, 요아임과 아스트리트는 베를린으로 이사를 가버렸다. 문화 때문이라는 변명을 하고는. 어쨌든 더는 그 부부를 지켜보지 않아도 되었다.

버스는 이제 막다른 골목길로 접어들었다. 그 골목길 끝에, 에리카가 아프지 않으면 서 있을 것이다. 혹시 아프다면 그들은 숲을 지나 4km나 되는 길을 헛되이 돌아온 게 되었다. 다행히 에리카는 아프지 않았다. 여하튼 버스에 오른 그 아이는 강아지를 닮은 눈으로 눈인사하고는 로마르크

---

10. 전시회, 연극, 카바레 예술(정치·시사 풍자극), 카니발, 음악, 강연 등 다양한 문화 행사를 개최하는 문화센터로, 대부분 지역 공공기관의 지원으로 설립된다.
11. "Sachsen"은 구동독 지역에 있는 주이다.
12. "Goldbrand"는 구동독에서 생산된 코냑 상표이다.
13. 아이스크림, 우유 등을 파는 가게.

와 같은 줄 자리에 앉았다. 반짝이는 차창을 통해 옅은 햇빛이 에리카에게 드리워졌다. 전나무 숲 앞에서 버스가 유턴했다. 에리카는 몇 주 전까지 늘 입고 다니던 꽉 끼는 파란 방풍 재킷 대신에 엄청나게 커 보이는 군청색 반코트로 갈아입고 다녔다. 그 코트 소매에 자그마한 동독 국기가 달려 있으나, 그 국기 안에 들어 있는 망치와 컴퍼스, 이삭 월계관[14] 그림은 뜯겨나가고 없었다. 그걸 참작하더라도 여전히 뭔가 빠진 것 같았다. 당시에 일어난 시위를 지지한다는 표시로 에리카는 망설이지 않고 그 그림들을 떼어 버린 모양이었다. 그래도 국기가 아니라곤 할 수 없었으니 뭐. 암튼 국기를 새로 살 필요는 없었다. 로마르크는 '에리카가 지금 입고 있는 반코트는 오빠한테서 물려받은 건 아닐 거야.'라고 생각하면서 에리카 오빠 랑무트를 떠올렸다. 에리카 가족은 서독에서 온 것 같지는 않았다. 서독 사람 치곤 에리카가 너무 과묵했기 때문이다. 학부모의 밤이 열렸을 때 에리카의 부모님은 오지 않았다. 요즘엔 출석부에 학생의 출생지가 기록되어 있지 않고, 그리고 학생에 관한 정보도 거의 없었다. 이 모든 정보가 개인 정보 보호에 포함된 탓에 공개되지 않았다. 로마르크는 반 아이들에 관해 아는 게 너무

---

14. 망치, 컴퍼스, 이삭 월계관은 구동독 국기에 들어가는 문양이다.

없었다. 그러면서도 남편인 볼프강보다 이 아이들과 더 많은 시간을 보내고 있었다. 그리고 아이들의 일에선 일절 침묵하고 있었다. 에리카가 책가방에서 꺼낸 게 뭐지? 다름 아닌 공식과 도표가 가득 수록된 책이었다. 에리카는 책장을 넘기며 특정한 페이지를 찾고 있었다. 에리카의 생일은 방학 때인 8월이고 별자리는 사자자리였다. 어쨌든 방학인 게 아쉬웠다. 그렇지 않으면 가정방문을 갈 수도 있는데. 보통 가정방문을 가보면 아이들 방에 있는 메모용 보드, 각종 색연필, 포스터, 잡아놓은 올챙이, 개구리를 일일이 살펴볼 수 있었다. 예전에 공업 전문 상급 학교에서 로마르크가 담임을 맡은 한 아이의 가족에게 무슨 일이 생겼는지 알 수 있었던 것처럼, 가정방문을 해 보면 늘 아이들 집에 무슨 일이 일어났는지 금방 알 수 있었다. 그 당시 그 아이 엄마가 그녀를 맞이했다. 그리 어려 보이지는 않았다. 아이 여섯을 둔, 다크서클이 생긴 눈가에 아이섀도를 한 그 여자는 아기를 품에 안고 담배를 입에 문 채 낙제 직전에 있는 아들에 대해 그녀와 얘기를 나누었다. 그러면서 이따금 갓난아기 위로 조금씩 떨어지는 담뱃재를 후하고 불어내곤 했다. 요즘엔 예외적인 경우에만 가정방문을 갔다. 그러나 에리카는 낙제 위기에 처해 있지도 않고, 두드러지게 눈에 띄는 행동도 하지 않으며 퍼런 멍 자국도 없었다. 어쩌면 에리카는 한 번도 부모라곤 가져본 적이 없는지도 몰랐다. 그 아이는 혼자 숲에서 살고 친구도 전혀 없었다. 그게 더 좋을지도 몰랐다. 늘 배신으로 끝나는 게 친구 사이라는 건 두 말할 필요도 없었으니까.

사스키아와 제니퍼를 봐라. 그들이 친구인가? 생리 때든 아니든 그 둘을 친구라고 하는 건 당치도 않는 말이었다. 가축에 비유하자면 에리카는 갯과가 아닌 분명 고양잇과였다. 그러니까 도롱뇽, 달팽이 같은 작은 동물 과에 속했다. 이런 동물이라면 충분히 많아서 어디서나 쉽게 볼 수 있었다. 에리카 집 정원에는 나무 집이 한 채 있었다. 그 아이는 새끼 노루를 쓰다듬는 건 무서워하지만, 형형색색 기름투성이 웅덩이를 들여다보고 자작나무 껍질을 벗기고 불꽃이 튈 때까지 부싯돌을 서로 맞부딪치는 건 좋아한다고 했다. 실제로도 에리카는 묘한 아이였다. 보통 학기 말이 다가오면 평가를 하는데 예전에는 종이에 직접 손으로 썼지만, 요즘엔 컴퓨터로 입력했다. 그 평가라는 건 아이들의 희망 사항과 재능에 관한 것이었다. 아이들 상당수가 노력에만 그쳤다. 그들은 자신들에게 요구되는 기대치를 일체 보지 않고, 보려고도 하지 않았다.

퉁방울눈[15]하며 또 더듬이는 어찌나 예민하던지. 어렸

---

15. 퉁방울처럼 불거진 둥그런 눈.

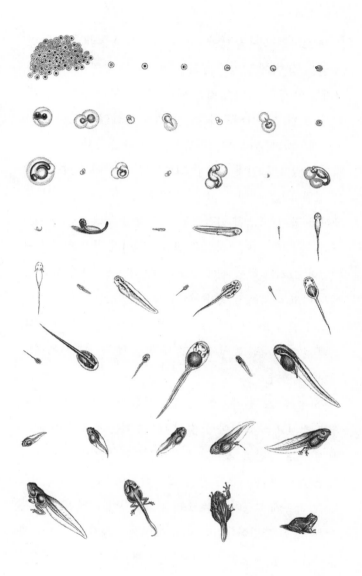

을 때 로마르크는 늘 달팽이와 놀면서 오후를 보냈는데, 어느 날은 집 밖에 달팽이 집을 지어 주기도 했다. 우선 나뭇가지를 땅에 꽂고 나서 얇은 나무 조각으로 구멍투성이 벽을 쌓고 난 후 모래로 자그만 침대를 만들어 잠잘 시간이 아닌데도 침대 위에 달팽이들을 눕힌 다음 걸레 조각으로 덮어 주었다. 그런데 다음날 그녀는 산책 길에서 달팽이들을 영원히 잃어버렸다. 그 일이 있고 난 후 그녀는 다시 달팽이를 잡아 모으기 시작하고, 그것들을 집으로 가져오곤 했다. 가끔 아주 이국적으로 생긴 달팽이가 한 마리씩 섞여 있었다. 그리고 하필 집에 숙모가 와 있는 날, 자기 집을 몸에 지니고 다니는 달팽이들에게 새 집을 지어 주려고 하다 난리가 난 적도 있었다. 로마르크는 누구나 집 한 채, 침대 하나는 필요하다고 생각했던 것이다. 물론 에리카에게도 마찬가지였다.

하루는 부모님이 집에 안 계실 때 로마르크는 몸에 아무 것도 걸치고 싶지 않아서, 숲이 내다보이는 쪽에서 옷을 홀딱 벗고 온 집안을 돌아다닌 적이 있었다. 벌거벗은 채 소파에 앉았을 때는 피부에 닿는 소파 촉감이 이상하게 느껴졌다. 한밤중엔 부엉이 우는 소리가 들려왔다. 그날 밤 그녀는 달팽이들을 짓밟아버렸다. 비록 예쁘진 않았지만, 그들도 생물이긴 마찬가지였는데. 얼마나 멍청했던지.

에리카는 여전히 공식을 노려보고 있었다. 로마르크는 쓸데없이 말을 걸었다.

"아, 참 열심이네요."

에리카가 고개를 들고 그녀를 쳐다보았다. 두 말할 필요 없이 당황한 표정이었다.

"네, 네."

머뭇거리며 대답했다.

"전부 한 번 더 살펴봤어요?"

에리카는 깜짝 놀랐다.

로마르크 역시 놀랐다. 뭐지? 무슨 짓을 한 거야? 더는 아무 말도 하지 않았다. 로마르크는 시선을 돌려 밖을 내보았다. 그러다 차창 밖으로 몸을 내밀었다. '제발 진정해'하고 마음속으로 말했다. 로마르크가 어떻게 됐나? 아니, 전혀. 그녀는 별말 하지도 않았고 속마음을 드러내지도 않았는데 뭘. 버스는 계속, 그대로 계속 달리기만 했다. 모든 게 정상이었다. 대체 뭐가 정상이라는 거지? 그래, 모든 게. 달팽이들이 짝짓기하는 것처럼 모든 게 정상이란 말이지. 그들은 짝짓기를 아주 오랫동안 하는데, 짝짓기 땐 어린 달팽이가 늙은 달팽이 위로 기어 올라갔다. 그렇게 짝짓기해서 생겨난 새끼달팽이는 다시, 한 땐 어린 달팽이이던 시절이 있는, 그러나 자기보다는 늙은 달팽이 위로 기어 올라갔다. 그러니까 짝짓기는 어린 달팽이와 늙은 달팽이가 함께하는 것이었다. 달팽이는 모두 암수 한 몸인 자웅동체여서 암수로 구분되지 않고 어린 달팽이와 늙은 달팽이로 구분되었다. 다른 사람들이 로마르크를 어떻게 생각했을까? 조용하다 싶을 만큼 분위기가 이상했다. 폭풍 전의 고요함 같은 것이랄까. 아니, 오히려 폭풍 후의 고요함 같은 것이라고 할 수 있겠다. 그러나 수상쩍다고 생각하는 사람은 아무도 없었다. 제니퍼와 케빈은 꾸벅꾸벅 졸고 있고, 사스키아는 이어폰을 빼놓고 긴 머리를 빗고 있었다. 그들에겐 하루하루가 여행하는 것 같다고나 할까. 그들 모두 아직은 학생이었다. 근데 에리카는 뭘 하고 있지? 생물 노트를 넘기고 있었다. 어쨌든 그 아이는 멍청하진 않았다.

지명 표지판이 눈에 들어왔다. 어느새 학교에 도착해 있었다.

로마르크는 간밤에 꿈을 꿨다. 꿈에 다윈 김나지움 구내식당이 나타났다. 식당은 엄청나게 크고 내부는 모두 유리로 되어 있어서 공항 터미널처럼 식당 안으로 햇빛이 가득 쏟아져 들어왔다. 그러나 교사 식탁은 원래 그대로인데 거기엔 그녀가 모르는 교사들이 빼곡히 앉아 있었다. 그녀는 학생들이 앉아 있는 식탁으로 갔다. 아니, 여행객들이 앉아 있는 식탁이었나? 정확히는 기억나지 않았다. 암튼 그녀는 식탁 자리에 앉고 나서야 에리카도 그곳에, 자기 맞은편에 앉아 있는 것을 볼 수 있었다. 그 아이는 정말이지 어른처럼 보였다. 하지만 에리카는 로마르크가 자기 맞은편에 앉은 걸 알아채지 못한 것 같았다. 근데 에리카가 식탁 밑에 있는 자기 다리로 그녀의 무릎을 아주 세게 눌러대는 게 아닌가. 세상에, 이런 꿈을 다 꾸다니.

이른 아침, 반 아이들은 어스름한 여명 속에 앉아 있었다. 파란 창턱 앞쪽에 암울한 그림자가 어른거렸다. 형광등을 켜자 쨍그랑하는 소리가 났다. 교실 앞 왼쪽 형광등은 수명이 다 돼 교체해야 했다. 눈이 부시게 환한 불빛이 실험실을 비추고, 순간 밤의 고요가 사라져버렸다. 아이들이 일어섰다.

"안녕하세요."

크고 힘찬 목소리로 인사했다.

합창하는 듯한 아이들 목소리가 희미한 메아리가 되어 울려 왔다. 다들 졸음에 눈을 반쯤 감고 있었다.

"앉으세요."

아이들은 교과서와 노트를 이리저리 옮겨놓고, 이것저것 뒤적거리며 펜을 찾고 있었다. 로마르크가 훈련시킨 대로 아이들이 모든 걸 정리정돈 해놓고 팔짱을 낄 때까지는 시간이 좀 걸렸다.

"노트와 책을 치우세요."

그녀 목소리가 어찌 그리 상냥하게 들렸던지. 전혀 그럴 의도는 없었는데.

그제야 아이들 눈이 초롱초롱해졌다. 그들은 눈을 번쩍 뜨고는 아주 놀란 표정을 지었다. 충격으로 집단적 심리 붕괴 상태에 빠진 모양이었다. 예상하지 못한 일이었으니까. 로마르크가 문제지를 나누어 주자, 아이들은 버릇처럼 한숨을 내쉬며 우는 소리를 하고 강아지처럼 애처로운 눈으로 쳐다보았다. 엘렌과 야콥만이 단 한마디 불평도 없이 순순히 시험지를 받았다. 에리카는 그녀를 일체 쳐다보지 않았다. 아니카도 다른 아이들처럼 불안해하는 모습을 보였다. 이번 쪽지 시험으로 평균이 내려 갈까 봐 전전긍긍하는 꼴이라니. 이번 것도 수많은 시험 중 하나일 뿐이었는데. 가장 최근에 친 시험지를 되돌려 준 지 겨우 일주일밖에 안 되긴 했지만 말이다. 그때 친 시험은 모든 생물의 핵심으로 간주하는 세포핵의 형태와 기능, 즉 유전정보에서 단백질에 이르는, 이른바 '일방 통로'[16]에 둘러싸여 있는 세포핵에 관한 것이었다. 4점짜리 4개, 3점짜리 5개, 2점짜리 2개, 그리고 1점짜리 1개를 받은 아니카는 단 한 번도 낙제한 적이 없었다.

---

16. 핵막을 의미한다.

그러나 이번엔 이른바 '자유 종목'에 해당하는 시험이었다. 순전히 놀며, 시간 보내려고 아이들이 학교에 오는 건 아니었다. 어디서나 마찬가지겠지만, 이곳에서도 성과는 내야 했다. 예고하지 않은 쪽지 시험 같은 것은 실생활에서도 얼마든지 일어날 수 있는 일이고, 그리고 학교는 아이들에게, 갑작스러운 사건들이 끊이지 않고 무자비하게 몰아닥치는 현실을 준비할 수 있도록 유사한 상황을 제공해야 했다. 그래서 아비투어 시험을 예고하는 건 아주 좋지 않은 방법이었다. 불시에 시험을 보게 하는 게 훨씬 더 의미 있을지도 모른다. 그러나 쓸모없는 아이들을 위해 이른바 '대규모 추첨'이 시행되고, 이 추첨에 뽑힌 아이들에겐 밀봉된 봉투에 들어 있는 시험지가 상금처럼 주어졌다. 그래, 가장 좋은 방법은 후보자들을 선발하여 한 명씩 졸업시키는 걸 거야. 1년 내내 나누어서. 질릴 정도로 준비해서 좋은 성적을 내는 건 진짜 실력이 아니었다. 지식을 전달하는 단계에서 전달한 지식을 자기 것으로 만드는 단계로 넘어가는 중간마다 수시로 아이들을 쪽지 시험으로 괴롭혀야 했다. 그렇게 하지 않으면 결국에는 파블로프의 개처럼 반응하는 아이들만 득실거릴 것이며, 또 그런 아이들은 인생을 살면서 자유의지로 하는 일이라곤 없을 것이다.

"진짜로 집중한 사람이 누군지 드러날 거예요. 단기 기억

력에서 장기 기억력으로 저장되는 과정에서는 많은 것들이
사라져버립니다."

시험을 꼭 보게 해야 했던 건 아니다. 그러나 어쨌든 아
이들은 이미 이 상황을 받아들이고 있었다. 당황스러운 표
정으로 문제를 풀어보려고 고심하며, 답을 구하려는 듯 로
마르크와 창문 밖 검은 밤나무 가지 쪽을 자꾸 힐긋거렸다.
하지만 그곳에 답이 있을 턱이 없었다. 이런 모든 행동은 그
저 연극일 뿐이었다. 로마르크는 드디어 아이들에게 자기가
필요하다는 데, 마음속 깊이 행복감을 느꼈다. 모든 동물은
제압되길 원했다. 이 아이들도 예외는 아니었다. 그 또한 의
미가 있었다. 무감각한, 그러나 초연한 마음과 하루치 아드
레날린, 그리고 그녀의 손아귀에서 뛰고 있는 심장들, 이러
한 것들이 그녀의 처량한 존재에 위안이 되었다. 그래, 아이
들, 아이들이 바로 그녀의 삶이었다. 그리고 그러한 삶은 내
부 원인과 외부 현상으로, 그러니까 딱딱한 학문과 마른 빵
과 같은 것들로 엄격하게 구분되었다. 아이들에게 기대가 많
으면 많을수록, 그들이 이루어내는 것도 많아진다는 건 아
주 단순한 이치였다. 성과 의지는 인간이 타고난 본성 중 하
나로 자연 법칙에서 벗어날 수 없었다. 따라서 경쟁만이 우
리를 살아 숨 쉬게 했다. 아직 과도한 기대 때문에 죽은 사
람은 없었으나, 따분함 때문에 죽은 사람은 있을지도 모르

는 일이었다.

로마르크는 책장을 떠나 창가로 발걸음을 옮겼다. 몬스테라[17]에 물을 다시 주어야겠다. 먼지투성이 이파리 다섯 장이 축 늘어져 있었다. 불가사의한 식물이었다. 몬스테라가 질기게 잘 자라는 건, 돌보지 않고 제멋대로 자라도록 내버려 둬서인 것 같았다. 물론 그렇다는 걸 사람들은 잘 알고 있으며, 또한 최고로 잘 자라게 하는 방법 역시 알고 있었다. 흡사 삶에 집착이라도 하듯이 몬스테라는 줄기차게 쑥쑥 자라났다. 그러나 이곳 위도緯度에서는 번성하지 못할 것이다. 곧 있으면 첫눈이 내릴 테니까. 온화한 기후 지대인 이곳은 사계절이 뚜렷했다. 늘 태양이 내리쬐지는 않았으며 캘리포니아 해변과 마찬가지로 이곳에도 가끔 비가 내리곤 했다. 사막 여행을 한 후여서인지 그 당시엔 비 내리는 게 얼마나 좋던지. 그리고 마침내 시커먼 구름이 잔뜩 몰려든 하늘과 그 아래로 태평양이 흐리고 뿌옇게 보이던 것도. 그 태평양 바다로 갈색 펠리컨[18]이 가미카제기[19]처럼 곤두박질치고, 해변에선 기다란 흰 주둥이를 가진 어린 물떼새[20]들이 파도를 쫓고 있었다. 백사장에는 금속 장식이 달린 유니폼 차림

17. 천남성과의 상록 덩굴식물.
18. 사다샛과의 조류로, 사다새라고도 부른다.
19. 2차 세계대전 때 일본군 자살 특공대가 몰았던 비행기.
20. 물떼샛과의 조류.

의 남자들이 순찰을 하고 있었다. 그들뿐 아니라 그 나라 모든 사람이 늘 뭔가를 찾고 있는 것처럼 보였다. 야자수들은 텔레비전에서 본 것과는 달리 심하게 뜯기고 시들어 있었다. 그런데 이곳은 어땠나? 며칠 전부터 해라곤 볼 수 없고, 모두 사라진 해 얘기만 해댔다. '식물도 아니면서 다들 왜 그럴까'하고 클리우디아가 중얼거리는 걸 로마르크는 쳐진 블라인드를 올리면서 들은 적이 있었다. 몇 년간 어린 클라우디아는 오후만 되면 늘 어둠 속에 홀로 앉아 있었다. 어른이 될 때까지 집 안에만 틀어박혀 지냈다. 맞다, 그들은 식물이 아니었다. 그런데도 클라우디아는 애벌레처럼 보였다. 흡사 핏기없는 얇은 피부의 유령 같고 마르기도 엄청나게 말라 보였다. 클라우디아가 즐겨 했던 것이라곤 공포 음악을 듣고 향을 태우며 수첩 같은 일기장에 뭔가 빽빽이 쓰는 일이었다. 그 일기장에는 작은 자물쇠가 하나 달려 있었는데, 클라우디아는 매번 일기를 쓰고 난 다음엔 자물쇠를 채워버린 후 열쇠를 감췄다. 그리고 온 방 안에 먼지가 잔뜩 쌓여 있는 것이, 흡사 그곳에 사람이라도 죽어 있는 것 같았다. 그런 것들은 기독교 교리보다 훨씬 더 좋지 않았다. 클라우디아 말대로 그 아이는 식물이 아니었다. 대신 불안에 떠는 말 없는 동물이었다.

로마르크는 교실 안을 계속 돌아다녔다. 어쩔 수 없이 시험 감독은 해야 했으니까. 어디선가 한 아이의 한숨 쉬는 소리가 들려왔다. 그 소리가 꼭 풀죽은 톰 녀석이 거기 앉아 한숨 쉴 때 내는 소리 같았다. 라우라는 책상 모서리에 가슴을 누르고 있었다. 이 아이는 신경이 예민해지거나 잘난 체할 때 그런 자세를 취하곤 했다. 케빈은 시험지에 코를 박고 머뭇머뭇 머리를 움직이면서 기회를 엿보고 있었다. 커닝 전략이었다. 그러나 페르디난트는 너무 멀리 떨어져 있었다. 그 거리는 개체 거리[21]보다 더 훨씬 컸다.

"케빈, 헛고생 말아요. 페르디난트 글씨체는 나도 읽을 수 없으니까."

아이들 모두가 케빈을 돌아보았다. 군집 본능에서. 로마르크는 분위기를 부드럽게 하려고 작은 유머를 했던 건데. 몰인정한 사람은 아니었으니까. 금세 정신을 차린 케빈은 진지하게 다시 시험지를 들여다보고 있었다.

이 몬스테라는 어디서 났지? 선물로 받았나? 근데 누가 준 선물이었지? 교사가 선물을 받던 시대는 이미 지나갔다. 스승의 날에는 꽃다발을 한 아름 안았다. 6월 12일, 최고로 화려한 개화기인 이 때는 특히 작약이 가장 아름답게 피는 때였다. 그 날 교무실은 꽃으로 뒤덮인 꽃 바다가 되었다. 형

---

21. 개인 간 유지되는 거리 또는 개체 간 접근허용 거리를 의미한다.

식적인 행위나마 약간의 의미는 있었다.

이번엔 응석받이로 자란 안경쟁이 야콥이었다. 자세가 꼿꼿한 야콥은 견진성사[22]를 받은 아이였다. 야콥은 첫 번째 문제를 건너뛰었다. 꾀부리는 게 아니라 자극하려고 그랬다. 이 아이는 모든 것이 어찌 되든 상관없었다. 시작해보기도 전에 자기 인생을 끝내버린 이 아이는 모든 걸 체념한 듯하고, 예상치 못한 쪽지 시험과 엄격한 성적 평가도 전혀 신경 쓰지 않았다. 야콥은 이 모든 것이 어찌 되든 전혀 상관없었다. 이런 점은 꼭 자기 아버지를 닮았다. 야콥 아버지는 민권 운동가들이 기를 것 같은 수염에 무테 안경을 쓴 인정 많은 신사였다. 야콥 부자처럼 근시만 우성으로 유전되는 게 아닌 모양이었다. '학부모의 밤' 행사에서는 우성 유전의 법칙, 그러니까 자녀의 행실이 나쁘면 부모의 행실은 더 나쁘다는 점이 여지없이 드러났다. 부모는 자녀에게 해는 끼치지 않되, 그러나 잠재된 유전자 형질을 많이 갖고 있었다. 혼자 아이를 키우는 타베아스 엄마는 지나치게 긴장을 했다. 뭐가 그리 거슬렸는지 쉴 새 없이 다른 사람들의 말을 잘라먹었다. 자식들 모두가 아주 특별한 개체였지만, 그중에서도 타베아스는 훨씬 더 특별했던 모양이다. 그 아이 엄마가 하

---

22. 가톨릭교회의 7 성사(聖事) 중 세례성사 다음에 받는 안수 의식을 말한다.

지 못한 말이라도 있었나! 그녀는 빗나간 자기 인생을 그나마 좀 더 싹수 있는 자식을 통해 개선해보려고 안쓰럽게 애쓰면서 앞으로 쭉 치고 나가려고 했다. 타베아스도 자기 엄마가 가진 형질체 바로 그 자체인 아이였다. 유전 형질을 미래에 대한 유일한 투자로 생각한 부모 세대는 자신들의 유전자 결합으로 태어난 자녀 세대에서 유리한 유전자가 나타나, 유전자를 계승 받은 자녀 세대를 거슬러 올라 자신들도 함께 돋보이기를 바랐다. 그리고 무엇보다 자녀 세대에서는 자신들이 가진 불리한 유전자가 나타나지 않기를 염원했다.

땀내, 즉 땀 분비물은 인간들이 냄새를 맡을 수 있는, 실체가 있는 진짜였다. 그러나 잊혀진 것을 언젠가 다시 떠올리는 것, 즉 기억이란 건 가짜일 수 있었다. 그래, 기억은 가짜였다. 우리 뇌는 감추어진 기억의 얼룩들로 꽉 차 있었다. 비어 있는 것에 대한 공포가 있었으니까. 자연은 비어 있는 상태를 참아내지 못했다.

도무지 모르겠다는 표정으로 멍하게 시험 문제를 들여다보고 있는 꼬락서니라니. 열성 유전자의 신체 장애 4가지와 우성 유전병 4가지를 답하세요! 이 문제에 대한 정답을 아이들은 알고 있었다. 정말 쉬웠다. 예는 엄청나게 많았으니까. 손가락만 봐도 다지증, 단지증, 거미손가락증을 들 수 있었다. 그 다음 문제는 한 장의 흑백사진 옆에 다지증 가계의 계보를 그리는 것이었다. 사진 속의 아버지와 세 아이가 카메라를 똑바로 바라보면서 손등을 위로 향하게 한 채 흡혈귀 손가락을 쭉 펼치고 있었다. 30년대의 예전 생물 교과서에서 오려낸 사진이었다. '무시무시한 캐비닛'[23]도 좀 비슷한 얘기였다. 거기엔 떠들썩한 파티, 이상할 만큼 혼잡한 광경, 보존용 액체 병 속의 말라 쭈글쭈글해져 버린 인간 표본, 선천성 색소 결핍증에 걸린 사람들, 다모증 인간, 털북숭이 소녀, 수염투성이 여자, 하복부 없는 여자 등이 등장했다. 로마르크가 어렸을 때, 동네에 곱사등 사내 아이가 하나 있었다. 그 아이는 엄마와 단둘이서 다 쓰러져가는 목조 집에서 살았다. 그 곱사등 난쟁이는 늘 허름한 옷을 입고 다녔다. 그의 자홍색 비단 셔츠 소매는 꿰매져 있고, 곱사등 위로 휘감긴 셔츠는 팽팽하게 당겨져 있었다. 그리고 그는 원숭이처럼 짧은 목과 몸통을 구부리고 어깨를 들어 올린 채 발을 질질 끌며 거리를 쏘다녔다. 곱사등 때문에 그러고 다닌 게 분명했다. 발을 질질 끌며 포장 도로를 쏘다니는 그의 커다란 손에는 장 볼 때 사용하는 망태가 늘 쥐어 있었다. 나이는 가늠하기 힘들었다. 나이보다 몸집이 큰 어린아이일 수도 있고, 아이 같은 얼굴을 한 노인일 수도 있었다. 보통

---

23. 청소년과 성인을 위한 독일어 청취극.

정상적인 것은 비정상적인 것 속에서 비로소 드러나기 마련이었다. 그래서 어떤 게 정상적인지 알기 위해서는 기형이 필요했다. 괴물은 괴물한테서 나오는 법. 분명하게 눈에 보이는 게 중요했다.

그런데 요즘 생물 교과서는 대체 뭘 보여 주겠다는 건지? 거기엔 추상적인 사진들, 반짝거리는 DNA 이중 나선 구조 모형들, 주사형 전자 현미경[24]들, 작은 소시지 모양의 염색체 23쌍의 흑백 사진 ─ 이 23쌍에서 우리는 모두 생겨났다 ─ 쪼글쪼글한 완두콩, 얇은 안경에 굵은 목걸이를 한 수도사 멘델[25], 멍청한 양 돌리[26], 파란 연미복을 입은 일란성 쌍둥이 노인 한 쌍 ─ 자연적 복제 인간 ─ 등이 실려 있었다. 연구하는 데는 유전자가 같은 일란성 쌍둥이들이 쓸모 있을 수 있겠으나, 로마르크는 그런 아이는 단 한 명도 갖고 싶지 않았다. 이들 일란성 쌍둥이에겐 갑절로 젖을 먹이나? 그러면 젖이 부족할 수도 있겠다. 로마르크가 임신한 초기에 산부인과 의사는 그녀의 배가 너무 크다고 했다. 만약에 클라우디아한테 쌍둥이 언니나 여동생이 있었다면 어쩜 그 아인 여길 떠나지 않고 남아 있었을지도 모르는 일이었다.

---

24. 물체에 주사된 전자의 분산을 이용해 물체를 관찰하는 현미경.
25. 오스트리아의 성직자이자 생물학자 그레고르 요한 멘델은 완두의 교배실험으로 1865년 '유전 법칙'을 밝혀낸 인물이다.
26. 체세포 복제를 통해 태어난 세계 최초의 복제양.

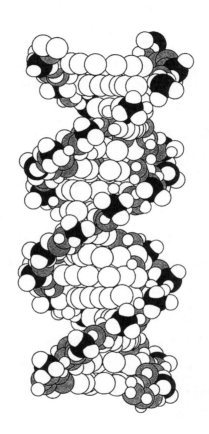

당연히 초파리도 생물 교과서에 나왔다. 모든 유전학자가 이른바 '문장紋章 동물'로 간주하는 초파리는 절대로 멸종하지 않을 동물이었다. 초파리는 사육하고 채취하기 쉬웠다. 썩은 과일이라면 늘 집에 있었으니까. 언젠가 표본을 만들려고 노랑 초파리를 실험한 적이 있었다. 노랑 초파리는 2주마다 세대 교체를 하고, 그 후손은 어마어마하게 많았다. 마비된 수많은 노랑 초파리를 휴대용 현미경으로 관찰하여 그들의 염색체 특징, 즉 노랑 초파리는 염색체가 4개밖에 없다는 것을 쉽게 알아낼 수 있었다. 늘 연구실 책상 위엔 솜뭉치로 덮여 있는 삼각 플라스크가 놓여 있었다. 그 안에는 수많은 돌연변이 초파리가 들어 있었다. 돌연변이 초파리를 얻으려고 몇몇 학자들은 수년을 기다리기도 하고 엑스선을 쪼이기도 했다. 그 결과, 외계인 같은 빨간 눈과 흰 눈에 체스판 무늬의 초파리들이 생겨났는데, 야윈 날개에 미세한, 그러나 뻣뻣한 털을 갖고 있었다. 이 초파리들에게 마취제를 투여한 다음 학자들은 흰 종이 위에 특징별로 분류해 놓았다. 그런데 마취제 에테르를 너무 많이 투여한 초파리들은 즉사해 버리고, 너무 적게 투여한 초파리들은 예상 시간보다 훨씬 일찍 깨어나 날아가 버렸다. 이런 초파리들이 너무 많아서 실험은 실패로 끝났다. 그러니까 즉사하거나 날아간 실험용 초파리들이 너무 많았다. 반면, 그 당시 멘델은 완두콩을 이용하여 훨씬 더 쉽게 성공적인 결과를 얻어냈다. 자연은 실험을 통해 드러나는 것 같았다. 그러나 실험은 학자들에 따라 각기 독자적인 방법으로 이루어졌다.

생물 교과서에서 유전병을 다루고 있는 장章에 사진 한 장이 실려 있었다. 나비를 손에 들고 웃고 있는 몽골 아이 사진이었다. 그 아이는 흡사 배추흰나비[27]처럼 보였다. 하필이면 고르고 골라 그 사진을 싣다니. 뭐라고 불렀지? 그래, 해로운 기생자라고 기형아라고 불렀지. 예전에는 정신박약아라고 불렀지만, 요즘엔 그렇게 부르면 안 되었다. 그 외에도 검둥이, 피지인, 집시, 난쟁이, 병신, 특수 학생[28]이라고 부르면 안 되었다. 그렇게 부르지 않으면 어느 누굴 구제하기라도 하듯이. 언어란 생각을 명확하게 표현하기 위해 존재하는 것이었는데도 말이다. 결국, 무척추 동물은 무척추라고 불렀으면서. 사람들이 말하면 안 되는 건 늘 있었다. 예를 들면, 구소련[29]을 다민족 국가라고 불러서는 안 되었다. 구소련 국민들 모두는 소비에트 국민일 뿐이었다. 요즘엔 '인간 종족'이라는 것이 더는 존재해서는 안 되었다. 그것을 부정

---

27. 흰나빗과의 곤충.
28. 여기서는 장애 학생을 낮추어 부르는 말로 사용된다.
29. 사회주의 소비에트공화국 연합.

하는 사람은 장님이나 다름없었다. 하지만 흑인과 에스키모가 다르게 생긴 건 부인할 수 없는 사실이었다. 따라서 소에 품종이 있다면 인간에게도 종족이라는 게 있는 건 당연했다. 오늘날, 멘델의 법칙도 여전히 규칙으로만 남아 있었다. 섬처럼 모든 증후군은 발견자에 따라 명명되었다. 그러니까 병든 육체에 깃발을 꽂는 거나 다름없는 일이었다. 한 번 진단된 증후군은 사라지지 않고 영원히 남아 있었다. 즉 다운 증후군[30], 마르판 증후군[31], 터너 증후군[32], 헌팅턴병[33], 이런 병들이 얼마나 몹쓸 병인지 알려지지도 않았다. 정신지체, 발육부전, 평발, 불임증, 유전적 무도병, 그리고 요절, 40살에 끝나버린 인생. 혹시 그리 일찍 인생이 끝나버리지 않았다면 뭔가 달라질 수 있었을까. 이런 병들은 모든 사람에게, 특히 모든 여성에게 일어날 수 있는 병이었다. 이런 사람들에게 전체 수명의 3분의 1은 헛것이 된다. 이른바 '포스트-재생산적 생존', 이것은 인간에게만 있다. 그러니까 우리 몸 안에 잠

---

30. 사람의 46개 염색체 가운데 21번째 염색체의 수가 1개 더 많아 나타나는 유전성 질환.

31. 상염색체 우성으로 유전되는 선천성 질환의 일종으로, 근골격계 질환, 심장계 질환, 안구증 등의 발생 원인이 된다.

32. 성염색체인 X염색체 부족으로 여성에게만 발생하는 증후군으로, 조기 폐경, 저신장증, 심장 질환, 골격계 질환 등이 나타난다.

33. 뇌 신경세포의 퇴화로 발생하는 선천성 중추신경계 질병으로, 대표적인 증상으로 무도증, 정신증상, 치매 등이 나타난다.

복하고 있는 유전자는 언젠가 모습을 드러낼 수 있는 적절한 때를 기다리고 있었다. 따라서 인간은 결함을 몸 안에 지니고 다니는 셈이었다. 이처럼 유전학이라는 건 극적이었다.

열성 유전자의 상속이 가장 흥미진진했다. 사람들은 열성 유전자를 갖고 있지만, 그 특성이 당장엔 나타나진 않았다. 그러나 언젠가는 나타난다. 상처가 났지만 피는 나지 않는 이야기, 즉 추리소설 같은 것이었다. 언젠가 로마르크는 빅토리아 시대부터 현재에 이르는 유럽 영주 가※의 계보도를 아이들에게 베껴 그리게 한 적이 있었다. 한 가지에서 여러 갈래가 갈라져 나와 있는 그 계보도는 성염색체 유전을 설명할 수 있는 환상적인 예였다. 계보도를 베껴 그리는 아이들 모두 잘 볼 수 있도록 그녀는 칠판을 펼쳐 주기도 했다. 첫 번째 여성 계승자와 그 여성 계승자의 딸들과 손녀들은 모두 건강했다. 그래서 지참금이 많이 들었다. 딱 맞는 표현이었다. 열성유전자를 물려준 어머니들과 그 어머니들한테서 태어나 요절한 아들들은 빨간색 분필로 표시했다. 그들의 아들들은 절반이 죽었다. 이를 비유하자면, 흡사 아무 피해도 없었던 자동차 전복 사고나 가벼운 교통사고라고나 할까. 혹은 경상이나 내출혈, 부족한 보존 혈액 같은 것. 더 나아가 러시아의 마지막 황태자처럼 명주실에 매달린 한 생명, 혁명 없이도 전복될 수 있는 것이라고나 할까.

계보도에 관한 소문이 퍼져 로마르크는 하겐도른 교장에게 불려갔다. 그는 로마르크가 공개 석상에서 포어포메른주의 깃발을 이리저리 흔들어 대기라도 한 것처럼 그녀를 사회 적대자를 위해 일하는 첩자이자 반혁명, 보복주의의 앞잡이라고 했다. 어쩜 그런 생각을 했는지! 분명한 것은 공산주의자들만이 건강한 유전자를 갖고 있다는 것이었다. 그러나 하겐도른 교장은 그녀에게 아무런 징계도 내릴 수 없다. 왜냐하면 그 예는 아이들에게 동족 결혼을 지향한 대가로 귀족들 스스로 자신들을 소멸시킨 생물학적 증거를 보여 주었기 때문이다. 당시 로마르크는 실제로 세상 어딘가에서 아직도 왕들이 통치하고 있다는 걸 모르고 있었다. 왕이란 동화 속이나 체코 어린이 영화 속에나 나오는 인물로만 알고 있었다. 그러나 조상의 순수한 혈통이 유지되지 못하고 진화해 나간 건 부인할 수 없는 사실이었다. 그러니까 그들은 경주마를 사육할 수는 있어도 왕위 계승자를 사육할 순 없었다. 유전적 단순성 때문이라고나 할까. 그들이 늘 중시한 건 혈통이 아니라 유전자였으니까. 전쟁이 일어나기 전에는 곱사등 레쉬케도 곱사들만 모여 사는 한 기독교 마을에서 살았던 게 분명했다. 시간이 지날수록 원치 않은 유전자 특성들이 점점 더 많이 나타났는데, 근친 교배로 인한 유전병은 늘 제일 먼저 입과 관련하여 나타났다. 합스부르크 왕조는 완전히 찌그러진 치열이, 타조들은 술 장식 같은 부리가 이상 증상으로 나타났다. 이 지역에서는 지금도 사육 동물을 쉽게 접할 수 없었다. 사람들은 어떤 동물을 사야 할지 정확히 몰랐다. 그래서 이곳에 알려지지 않은 혈통의 동물들만 계속 짝짓기시키고 있었다. 꼭 술래잡기하는 것 같았다. 근데 그건 교배가 아니었다. 어느 알이 어느 부모에게서 나왔는지 확실히 알 수 있을 때에만 교배라고 할 수 있었으니까. 그나마 타조 수컷들은 지금도 스스로 짝짓기 상대를 구해 자연 교미를 했다. 볼프강이 옆에서 지켜보고 있는데도 그들은 개의치 않았다. 모든 수컷에겐 암컷 두 마리, 그러니까 조강지처와 첩이 있었다. 그들은 늘 트리오로 셋이 살았다. 수컷들은 밤에, 암컷들은 낮에 알을 품었다. 그들에겐 모든 게 어쩜 그리 간단해 보이던지.

로마르크 앞에 거미 손가락 집안의 계보도가 놓여 있었다. 부부인 한 남자와 한 여자. 하나의 동그라미와 네모는 또 다른 동그라미와 네모를 만들고 가느다란 한 가지는 다시 여러 갈래로 나뉘었다. 그들 부부에게서 태어난 자녀들만 계보도에 포함되어 있었다.

볼프강도 아내가 둘이라 자식 농사도 두 배로 지었다. 아내 둘에 자식 셋. 두 개의 동그라미 사이에 네모 하나, 그러니까 일로나와 로마르크 사이에 볼프강이 있었다. 그러나 로마르크는 일로나와 아무런 인연도 없었다. 사람들은 사촌, 팔촌에 이르는 친척들을 고를 수 없었다. 물론 자식조차도. 그저 그들을 참아낼 뿐이었다. 이러한 혈연 관계는 서로 아무런 의무가 없었다. 그들은 유전자 속에 숨겨져 있는, 눈에 보이지 않는 것[34]뿐 아니라 '이기적 유전자'도 믿지 않았다. 그건 그렇고, 로마르크가 손주를 기대하는 건 어려워 보였다.

계보도에서 선 하나가 다다른 곳이 텅 비어있었다. 막다른 골목, 즉 진화를 막고 있는 막다른 골목이었다. 클라우디아 나이는 벌써 35살. 타조들은 새끼들을 두 번 다시 보지 않았다. 동물 세계에서는 부모들이 일요일마다 차 한 잔 하려고 새끼들을 찾아가진 않았으니까. 감사는 바라지도 않았다. 그리고 과거로 되돌아가 처음부터 다시 시작할 수도 없었다. 둘은 서로 친하지도 이해하지도 못하고 서로 닮은 점도 없었다. 감수 분열 때, 염색체 분리는 우연히 일어났다. 사람들은 자신의 어떤 유전자가 자식들에게 전해졌는지 도통 알 수가 없었다. 대부분의 아이는 부모들의 특징 한두 가지 정도만 닮았을 뿐 나머지 면에서는 달랐다. 눈동자 색깔은 다양하게 유전되고, 머리카락 색깔의 유전

---

34. 유전형질을 의미한다.

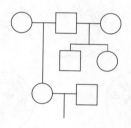

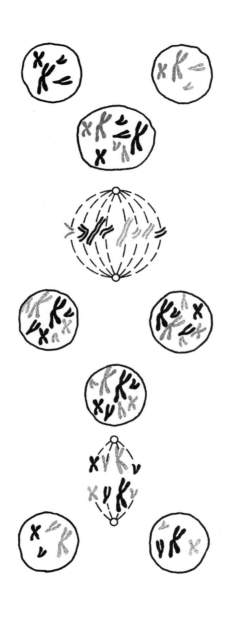

은 이보다 좀 더 복잡했다. 처음엔 이 모든 걸 예견할 수 없었다. 비로소 시간이 흐른 뒤에야 힘들게 분류할 수 있었다. 클라우디아는 볼프강한테 개털 같은 뻣뻣한 갈색 머리카락을, 로마르크한테 엷은 녹색 눈을 물려받았다. 분명 그녀는 클라우디아를 자신과 쏙 빼닮게 만들 수는 없었다. 언젠가 클라우디아가 자신이 예쁜지 물어본 적이 있었다. 뭐라고 대답해야 했을까? '넌 특이해 보여.' 클라우디아의 넓적한 얼굴엔 칙칙한 주근깨가 나 있으며 약간 튀어나온 윗니가 눈에 띄었다. 특이하다는 건 좋은 의미였다. '쪼글쪼글한 주름 덩어리 같아. 후산물[35]처럼 추해.' 누가 그런 말을 했지? 로마르크의 어머니가 그랬다. 그런 여자가 자기를 낳았다는 게 그녀에게는 여전히 수수께끼로 남아 있었다. 진짜로 그 여자가 그녀를 낳았다는 증거는 없었다. 아니면 혹시 그녀가 클라우디아한테 그런 말을 했나? 가끔 그녀는 클라우디아가 자기 딸이 아니라는 생각을 하곤 했다. 36시간, 하루하고도 반나절 동안의 진통 끝에 클라우디아를 낳았을 때 그녀도 같이 그 자리에 있지 않았나. 출산 후 20시간이 지나자 그녀는 자기가 아기를 낳았다는 것이 믿기지 않았다. 모든 것이 상상 속에서 일어난 일이라고만 생

---

35. 산모가 태아를 해산한 뒤에 나오는 태반과 양막을 말한다.

각했다. 그저 현기증을 심하게 느끼고, 불어 오른 배 속에는 아무것도 없다고, 아마 궤양이지 아기는 아니라고 믿었다. 배가 너무 커서 다들 사내 아이일 거라고 했다. 예정일을 2주나 넘긴 그녀를 분만실로 옮기기 전에 간호사가 세면실에서 그녀의 엉덩이에 빨간 고무 튜브를 쑤셔 넣었다. 칸막이 너머로 보이는 화장실 두 군데 바닥에 흑백 타일이 깔렸는데 꼭 정육점 같아 보였다. 그러고는 찬물이 그녀의 다리를 타고 줄줄 흘러내렸다. 정전이라 따뜻한 물은 없다고 했다. 간호사가 힘을 꽉 주라고 큰 소리로 말하고는 양동이를 좀 더 높이 받쳐 들었다. 또다시 '힘을 꽉 줘요!'하고 외치는 소리가 들렸다. 힘을 주면서 그녀는 물과 똥, 그리고 아기를 모두 쏟아 내버리고 원래의 자기 몸으로 되돌아가고 싶었다. '3센티미터'라고 누군가 말했다. 그러고 나서도 좀 더 걸렸다. 무통 주사도 맞았다. 이제 드디어 아기가 나올 것 같다는 생각이 들었을 때엔 정작 그녀 곁에 아무도 없었다. 간호사도 의사도 없었다. 모두 침대 두 개쯤 떨어진 곳에 누워 있는 어떤 여자 옆에 가 있었다. 출산 중에 간질 발작을 일으킨 그 여자한테 모두 가 있었다. 그리하여 로마르크는 홀로 분만 침대에 누워 있을 수밖에 없었다. 드디어 아기가 세상 밖으로 나왔다. 하지만 간질병을 앓는 그 산모는 아기를 받아 안으려 하지 않았다.

에리카는 아주 진지해 보였다. 그 아이는 답을 전부 다시 세심히 읽어보고 있었다. 불안한 눈빛으로 이미 써놓은 걸 훑어보면서 단어 철자 하나하나를 입으로 읽는 모습이 어찌나 예쁘던지. 다시 곰곰이 생각하더니 뭔가 더 적어 넣었다. 입을 벌리고 있을 때조차 에리카는 예뻤다.

이때 또 형광등이 가물가물거리더니 완전히 나가버렸다. 엘렌은 여전히 답을 찾아 헤매고 있었다. 이제 됐어. 어차피 시간도 다 되었다.

"마무리하세요. 초읽기에 들어갑니다."

마지막 전력 질주하도록 다그치지 않으면 그들은 상황만 더 악화시킬 뿐이었다.

"10초 남았어요."

아이들이 마지막 순간까지 답안지를 작성한다는 걸 로마르크는 알고 있었다. 그들은 별 뜻 없이 그냥 그렇게 했다. 그렇게 하면 적어도 백지는 안 내도 됐으니까.

"펜 놓고 손 치우세요."

또다시 앓는 소리가 들리긴 하지만, 그들은 그녀가 시키는 대로 했다. 뭔가 큰일이라도 해낸 것처럼 모두 녹초가 되었다. 어쨌든 그들은 순종적이었다. 아이들에게 새로운 상황을 직시하게 하는 데 있어, 그들의 순종적인 태도는 그야말로 최고의 전제 조건으로 여겨지는 덕목이었다. 로마르크는 커다란 롤 스크린을 받침대 위에 올려놓고 검정 걸이에 그림을 고정했다. 염색된 아마포는 물이 빠지고 좀 갈라져 있지만, 그 위의 그림은 여전히 깔끔하고 멋져 보이는 것이 인상적이었다. 어디에도 이 그림보다 고전적인 멘델의 유전 법칙을 간단하고 인상 깊게 묘사하고 있는 것은 없었다. 이것은 품종이 다른 순수 혈통 종 소 두 마리를 이종 교배하면 이후에 나타날 수 있는 우성 유전자와 열성 유전자 상속을 설명한 도식이었다. '얼룩덜룩한 냄비'[36], 즉 흑백의 얼룩덜룩한 황소와 적갈색의 암소가 만나 검은 송아지들을 만들어냈다. 그런데 그다음 세대에서 놀라운 일이 일어났다. 우성과 열성 유전 형질의 분배가 규칙적으로 일어나서, 즉 4x4로 총 16가지 가능성이 생겨났다. 이 때문에 각양각색의 잡종들이 넘쳐나게 되었다.

"유전 형질들이 어떻게 해서 사라지고 다시 나타나는지는 특정한 법칙들과 관련이 있어요. 그리고 이러한 것들은 예견할 수 있어요. 받아쓰세요. 1개 이상의 대립 형질을 가진 순수 혈통 종인 두 개체를 교배하면 두 번째 딸 세대[37]에서 오래가는 전형적인 새로운 유전자 조합이 나타납니다."

---

36. "Ein Kessel Buntes"라는 표현은 서로 다른 순수혈통 종 소 두 마리의 '이종교배'를 빗대어 표현한 것으로 해석된다.
37. 잡종 2세대를 일컫는다.

모든 것이 두 번째 딸 세대에서 나타났다. 이 말은 부모의 유전자형으로 그리고 조부모의 유전자형으로 되돌아가는 것을 의미했다. 따라서 클라우디아의 아이들은 할머니, 그러니까 클라우디아보다 로마르크를 더 닮을 것이다. 예전에는 한 지붕 아래 3세대가 3화음을 이루며 사는 게 흔했다. 로마르크 손주는 그녀의 색소[38] 없는 선명한 파란 눈을 가질 수도 있었다. 근데 그녀는 그 남자, 클라우디아와 결혼한 그 남자의 눈동자 색깔이 뭔지도 몰랐다. 사진으로는 전혀 알아볼 수 없었다. 그리고 웃고 있는 얼굴이 일그러져 있었다. 다른 언어로 얘기하는 남자, 그는 이방인이었다. 클라우디아는 집으로 돌아오지 않을 것이고 간척지에도, 자우어란트에도, 베른부르크 부인의 아들이 이사한 베를린의 외곽 지역에도 집을 짓지 않으리라. 돌아오길 기다리는 건 아무 의미도 소용도 없었다. 김칫국부터 마시는 격이었다. 어쨌든 클라우디아가 아기를 단 하나라도 갖는다면 얼마나 좋을까. 마침내 그 아인 결혼이란 걸 하긴 했으니. 12시간을 날아 가야 하는 다른 대륙에 있을 손주 아이는 로마르크가 하는 말을 이해하지 못하리라. 그녀는 겨우 서너 마디, 미키 마우스 영어 정도만 할 수 있었다. '뜨거운 감자를 입에 문'[39] 상

---

38. 멜라닌 색소를 의미한다.
39. 곤란한 처지를 의미한다.

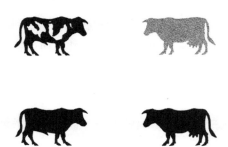
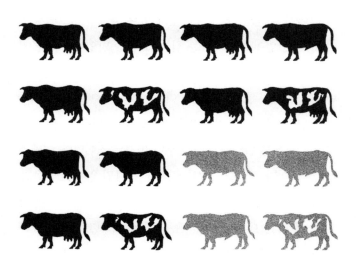

황이 펼쳐질 게 뻔하다. 클라우디아는 늘 자기 자신을 웃음
거리로 만들고, 그러고는 거기서 도망치고 싶은 충동을 느
끼곤 했는데 그런 충동은 볼프강한테서 물려받았다. 상황
이 복잡해지면 볼프강은 늘 방을 나가버리곤 했다. 그 당시
그는 아무 말 없이 일로나와 아이들을 버려두고 도망쳐버렸
다. 그가 그런 식으로 행동했다는 게 지금도 로마르크는 믿
어지지 않았다.

"로마르크 선생님?"

"네, 파울."

"왜 딸 세대라고 합니까?"

"그럼 달리 뭐라 해야겠어요?"

"글쎄요."

파울은 자신의 후드를 만지작거렸다.

"예를 들면, 아들 세대라고 할 수도 있지 않습니까?"

이 질문은 설명할 시간이 좀 필요했다. 그녀는 일어나 교
탁에 몸을 기댔다.

"결국, 남성들이 번식에 이바지하는 정도가 미미하다는
의미에요. 수백만 개의 정자가 한 달에 한 번만 배란하는 난
자에 대적이 되겠어요?"

최고조에 달해 급히 해치우는 성 행위가 9달 반의 임신
기간에 대적이 되겠는가?

"모든 남성은 여성에게서 태어나죠. 그래서 아들 세포도 아들 세대라는 말도 없는 거예요. 번식은 여성적인 겁니다."

여학생들이 킥킥거렸다. 설명이 계속 이어졌다.

"예를 들면, 왜 남자들도 젖꼭지가 있을까요? 그들은 수유할 필요도 없는데."

아이들은 당황스러워했다.

"성감대는요?"

케빈이었다. 그 말고 누가 그런 질문을 하겠는가.

"난자와 정자가 수정되는 순간에 태아의 성별이 결정되는 게 분명한 사실이라 하더라도, 원칙적으로 배胚 형성은 먼저 여성이 수행하기 때문이에요. Y염색체는 여성이 되는 걸 억제하기 위해 존재할 뿐이에요. 남성은 비非여성을 의미하는 거예요."

별안간 아이들이 귀 기울여 듣고 있었다. 지금 이 순간 그들은 생전 처음 이 사실을 알게 된 것이었다. 예상했던 결과를 얻어냈다. 마침내 그들은 로마르크가 몇 주 전에 뿌려 놓은 곡식 알갱이를 집어먹었다. 타조의 작은 머리에 자루를 덮어씌우면 타조는 조용히 시키는 대로 따랐으므로, 사람들은 그런 타조를 마음대로 조종할 수 있었다. '나는 네가 보지 못하는 것을 본다.'는 식이었다. 이제 차분히 올가미를 잡아당기기만 하면 되었다.

"대부분 유전병은 X염색체 때문에 생깁니다. 그래서 남성들은 어떠한 조절 역할도 못 하는 거죠. 그리고 그들은 쉽게 질병에 걸리고 여성들보다 일찍 죽습니다."

남성들은 연민의 정을 불러일으키기까지 했다. 그들은 보상받을 뭔가가 필요했다. 그래서 거짓말과 전쟁, 비밀 경찰 감시, 운동장 연설, 거리 이름 개명, 타조 사육 같은 것을 엄청나게 많이 생각해냈다.

바깥 밤나무에 까마귀 떼가 앉아 있었다. 최적의 자리를 차지하기 위해 자리 싸움을 했으나 밤나무를 떠나는 까마귀는 단 한 마리도 없었다. 그들은 영리해서 동지와 적을 구별했다. 새들은 날아다니는 능력을 유지하기 위해 뇌 무게를 줄여야 했다. 그렇다고 까마귀는 다른 까마귀의 눈을 파내진 않았다. 타조는 작은 뇌를 가지긴 했지만 날지는 못했다. 볼프강은 클라우디아를 그리워하지 않았다. 그는 자기 아이들에 관해 무관심한 데 익숙해져 있었다. 전처와 헤어질 당시, 자식들은 그와 연락하지 않겠다는 데 동의했다. 그는 자기 자식들을 거리에서 만나도 못 알아볼 것이다. 왜 알아봐야 하는지? 그들은 서로 할 말도 없는데 뭐. 볼프강의 형도 마찬가지였다. 첫 번째 결혼에서 생긴 아들이 그를 어찌나 쏙 빼닮았던지. 몸짓이나 전체적인 몸가짐만이 아니라 코에 난 긁힌 자국도, 몸이 약간 앞으로 굽은 것도 쏙 빼닮

앗다. 하지만 남자들은 달랐다. 그들에게 자식은 관심 밖의 일이었으며, 자식보다는 일과 취미 ― 컴퓨터, 자동차, 스카이다이빙, 스카트[40], 타조 ― 가 우선 순위였다. 로마르크의 아버지는 늘 숲으로 사냥하러 갔으나 어머니는 채집 놀이엔 별 흥미가 없었다. 두 사람은 오랫동안 그리 잘 지내지 못했다. 어머니는 단순하고 냉정한 여자였다. 젊었을 때는 매력적이었는지 모르겠으나, 나이가 들어서는 잘 우기고 뻔뻔스럽기만 했다. 어머닌 기껏해야 단정하다고 할 정도의 외모를 가진 여자였다. 병원에서도 늘 화장을 하고 있던 어머닌 창백한 아름다움을 지닌 얼음 여왕 같고, 눈은 보헤미아 유리같이 정교하고 맑아 보였다. 다행히도 어머니는 돌아가시고 없었다.

"소의 야생 형태를 뭐라 했지요?"

단 한 명이 손을 들었다.

"그래, 엘렌?"

"들소요."

"맞아요."

주의가 다소 산만해졌다.

"그러면 들소는 오늘날 어디서 살고 있나요?

---

40. 세 사람이 32장의 카드로 게임을 하는 카드놀이.

다들 영 자신 없어 했다.

"바이에른요."[41]

케빈이었다. 그는 그게 우습다고 생각하는 것 같았다.

"들소는 멸종했어요! 죽었어요! 매장됐어요! 영원히 … 스텔러 바다소가 나오기 이전에 이미. 꼭 기억하세요!"

혈압이 올라 로마르크는 자리에 앉아야 했다.

"소는 이용가치가 높은 가장 오래된 가축으로 우리에게 고기와 노동력과 우유를 제공하지요. 그래요, 약 1만 년 전에 소를 집에서 기르기 시작하면서 문명이 시작됐어요. 본디 문명화된 인간은 집에서 기른 암소의 젖꼭지에 늘 의존했어요."

그래, 좋은 보기였어. 그녀는 철학 수업도 할 수 있을 것 같았다. 교탁 위에 분필이 가득했다. 그것에서 벗어날 수 없었다. 어쩌면 그렇게 자주 손을 씻는 것도 분필 때문인지 몰랐다.

"교배, 그것 자체가 학문이에요. 사육의 한 형태죠. 그러니까 우량 품종으로 사육하는 걸 말하는데, 이 경우 우성 형질은 나타나지만, 열성 형질은 나타나지 않아요. 사람들

---

41. '소'와 관련되어 바이에른 지역과 농부를 떠올린 케빈이 장난치는 말. 독일 남부에 있는 이 지역은 농업종사자들이 많으며 농부들은 수염을 길게 기르고, 전통의상을 입는 등 독특한 모습을 하고 있었다.

은 이익이 되는 접근 가능한 표본을 선택해서 계속 교배를 시키죠. 예를 들면, 우유의 지방 함유량을 높이려고 예전에 이곳에 엄청나게 널리 퍼졌던 검은 얼룩무늬 젖소를 덴마크 저지종 젖소와 교배시켰죠. 그렇게 해서 태어난 송아지들은 우유 생산을 늘리려고 나중에 다시 홀스타인 소들과 교배시켰죠. 목표는 새로운 소 품종을 개량하는 데 있었어요."

사회주의적 암소가 되려면 수명이 길고 새끼를 많이 낳고 힘이 세야 했다. 일거양득이라고나 할까. 퉁퉁한 젖통에 강한 근육을 가진 암소는 몇 년이 지나면 비육한 젖소가 되었다. 즉 완벽한 '유육겸용 종'乳肉兼用種 42이 탄생하였던 것이다. 그리고 알을 낳고 젖과 양털을 제공하는 암퇘지43도 생겨났다.

"문화는 문명, 그러니까 사육과 경작에서 기인합니다. 이 말을 잘 적어두세요. 그리고 예를 들면 가축은 문화재, 즉 살아있는 기념물이죠. 모든 종이 멸종한다는 건 영원히 사라진다는 거예요. 종은 다시 지을 수 있는 집과는 달라요. 설령 종을 만들어내는 설계도를 어딘가에서 다시 찾아낸다 하더라도 말이에요."

---

42. 젖과 고기를 제공하는 소 품종.
43. 알을 낳는 암탉과 양털을 제공하는 양, 그리고 우유를 제공하는 암소와 고기를 제공하는 돼지의 특징을 가진 소위 '하이브리드 가축'을 의미한다.

로마르크는 늘 궁전에 가는 걸 좋아했다. 불빛이 환하게 밝혀진 궁전은 어마어마하고 휘황찬란했다. 흰 대리석과 형광 유리들, 삼 층에 자리 잡은 훌륭한 레스토랑과 그곳의 4인용 식탁과 쿠션이 깔린 목재 의자들, 그리고 종업원들 모두 같은 옷, 진짜 유니폼을 입고 있었다. 언젠가 궁전은 재건될 것이다. 그러나 로마르크가 어렸을 때부터 봐 왔던 얼룩무늬 젖소는 조만간 사라질 것이다. 비축해둔 유전자는 이미 다 써버리고 냉동 정액은 아주 조금밖에 남아 있지 않았다. 지금까지 이 냉동 정액으로 이종 교배를 해왔는데.

"유육겸용 종은 멸종됐어요. 요즘 목장에는 홀스타인 소들만 있어요. 이 소들은 우유만 생산하죠. 우유를 생산할 목적으로 사육된 암소들이니까요."

분업은 어디에서나 찾아볼 수 있는데, 심지어 암소들조차도 전문화되어 있었던 것이다.

그런데 아이들이 또다시 수업의 흐름을 놓치고 말았다. 모퉁이 한 두 군데만 돌아도 그들은 이어나가질 못했다.

또다시 한 아이가 손을 들었다.

"그래, 아니카."

"암소들이 정말로 더는 짝짓기를 하지 않는다는 말씀이시죠, 그렇죠?"

억양으로 그 아이의 출신을 알 수 있었다. 대답을 기대하고 한 질문이 아니었다. 아니카는 로마르크가 어떤 대답을 할지 이미 정확히 알고 있었으니까. 오로지 작은 금별[44]을 받으려고 한 질문이었다.

"아니카, 여하튼 암소들은 짝짓기하지 않아요."

암컷들은 기껏해야 발정한 걸 황소에게 보여주려고 펄쩍 펄쩍 뛰는 게 다였다.

"아, 질문이 정확히 뭐였죠, 아니카?"

입을 벌린 채, 이마를 찌푸린 아니카의 표정엔 창피한 기색이 역력했다.

"음… 당연히 소들을 말한 거예요. 소들은 정말로 더는 짝짓기를 하지 않느냐고요."

"맞아요."

이제 점점 더 흥미진진해졌다.

"자연 수정은 하지 않지요. 황소를 수레에 싣고 이 지역 이곳 저곳으로 나르는 데 비용이 아주 많이 드니까요. 그래서 인공수정 기술자가 냉동 정액으로 암소들을 수정하지요."

"소 섹스쟁이."

맨 끝줄에서 모기만한 목소리가 들려왔다. 페르디난트였다. 이제 그 아이도 덩달아 나섰다. 로마르크는 교실 뒤 쪽에

---

44. 우등생에게 주는 '참 잘 했어요.'와 유사한 상이다.

있는 그에게 느릿느릿 다가갔다.

"아니지 … 인공수정 기술자지!"

생식 샘 기능이 작동하자마자 성욕이 생긴 건 그 아이 잘못은 아니었다. 성욕이 채워지지 않으면 페르디난트는 말로 그것을 풀곤 했다.

그녀는 다시 교실 앞 쪽으로 되돌아왔다.

"인공수정 기술자들은 왼손으로 정액 주입기를 암소의 질을 통해 조심스럽게 자궁으로 삽입해 놓고 오른손으로 직장 안에 있는 자궁경을 더듬어 찾아요."

그녀는 몇 가지 팔 동작을 하여 시범을 보였다. 수정은 수작업이고 분만은 노동이었다.

여학생들은 구역질해대고, 남학생들은 믿지 않는 눈치였다.

이것이 진정한 성교육이었다. 전희[45]와 육체적 결합에 관한 하찮은 잡담이 아니라 애무, 딱딱한 성기, 사정, 생식기의 구조와 기능, 성감대, 위생, 질병, 피임에 관한 교육이었던 것이다. 섹스는 인간 행위 중의 하나이고 사춘기는 성적으로 발달하는 한 단계였으니까. 그리고 침대는 공동 생활의 가장 작은 공간이었으니까.

---

45. 성교 전에 하는 애무.

"그리고 정액을 얻으려고 종우[46]를 코뚜레에 끼워 일주일에 세 번 사정실로 끌고 갑니다."

케빈은 잘난 척하지도 않고 콧구멍을 벌렁거리지도 않았다. 칭찬받을 만했다.

"사정실에는 교미 파트너가 준비하고 있어요. 씨받이 소는 온순한 파트너와 몇 번 교미하죠. 근데 교미 파트너는 암소가 아닌 황소예요."

암소에겐 교미 행위가 너무 위험했다.

교미할 때 암소들이라면 등골이 부러졌겠지만, 황소는 아무렇지도 않았다. 씨받이 소는 멀리서 봐서 궁둥이처럼 보이는 것이라면 뭐든 상관없이, 심지어 높이 조절이 가능한 자전거 안장 위에도 올라탔다.

"씨받이 소는 가리지 않고 아무 데나 두세 번 올라타기만 하면 발정이 나, 성기가 밖으로 나오죠. 그러면 정액을 추출하는 사람은 성기를 잡고 인공 질 속으로 삽입하는 거예요."

인공 질은 적당한 온도로 예열된 고무 피부로 되어 있었다. 그 인공 질을 누를 수 있을 만큼 세게 누르면 바로 사정이 되었다. 이로써 최우량 유전자를 물려주고 물려받게 되는 첫 번째 단계가 이행되는 셈이다. 그러나 최고가의

---

46. 씨를 받으려고 기르는 수소.

종축[47]은 몇 마리밖에 안 되고, 나머지는 다 도축되었다.

"추출된 정액은 100배로 희석하여 냉동해서 전 세계로 보내지지요. 씨받이 소가 한 번 사정한 양은 인공 수정을 100번 넘게 할 만큼 충분해요. 이처럼 씨받이 소가 사정하는 데 고정 행동 패턴[48]의 고리를 효과적으로 이용하고 있어요."

이는 아치형 모양이면 가리지 않고 무조건 올라타는 반사 작용을 의미했다. 올라타면서 황소 등을 스치는 씨받이 소의 머리와 가슴 뼈에 느껴지는 감각적인 자극은 이른바 '올라타는 반사 작용'의 클라이맥스였다.

"감정은 필요 없어요. 모든 것이 자동으로 이루어지지요."

아이들은 멍하니 쳐다보고 있었다. 그래, 통제할 수 없는 게 너무 많았다. 단지 고정 행동 패턴으로만 여겨졌던 순수 감정, 딸꾹질, 가끔 하품할 때 목구멍에서 불쑥 올라오는 액체, 분비선[49]의 왕성 유무, 작동하는 기관들, 호르몬 변화, 화학적 반응, 종족 보존, 산모와 태아를 오로지 호르몬상 떼어놓는 출산 과정은 통제할 수 없었던 것들이다.

"그 소들은 동성애자들이죠, 그렇죠?"

파울이었다. 그 아이가 히죽 웃는 데엔 별 의미가 없었다.

---

47. 우수한 새끼를 낳게 하려는 목적으로 기르는 우량 품종의 가축.
48. 학습이 필요 없는, 유전적으로 타고난 행동 양식을 말한다.
49. 생체활동에 관계하는 물질을 방출하는 샘세포가 모여 만들어진 조직을 말한다.

"네가 동성애자겠지."

당연히 케빈이었다.

실은 새 교과 지침서에는 동성애가 성 행위의 한 변형이라는 주장이 있었다. 성 생활도 변형이 있어야 하는 것처럼 말이다.

"인간 번식은 유전 정보를 다음 세대에게 전달하는 단한 가지 길만 알고 있어요. 짚신벌레를 떠올려 보세요! 어떻다고 했죠? 짚신벌레는 무성 생식[50]의 횡 방향 분할과 유성 생식[51]의 종 방향 분열 둘 다가 가능해요. 종 방향 분열할때 짚신벌레 두 마리는 서로 나란히 자리를 잡은 후 이른바 '세포질 다리'를 형성하여 이 세포질 다리를 통해 미세한 세포핵을 교환하지요. 짚신벌레가 섹스를 만들어냈다고 주장할 수도 있어요. 그러면 섹스가 어디에 좋을까요? 섹스는 유전체[52]를 재생하고 개량하기 위한 거예요. 다시 말해, 유전자 재조합을 위한 것이고 유전적 다양성을 위한 것이에요! 이건 섹스의 아주 중요한 장점이에요. 처녀 생식과 자기 복제는 하위 생물들에게만 적당한 거예요. 다소 복잡한 생물들은 모두 암수 간에 번식하죠."

---

50. 한 개체가 단독으로 새로운 개체를 만드는 생식방법.
51. 암수 개체의 결합으로 새로운 개체를 만드는 생식방법.
52. 염색체에 들어있는 유전자를 총칭하는 용어로, 게놈(Genom)이라고도 한다.

교실은 이제 전등을 꺼도 될 만큼 충분히 밝았다.

"모든 생물의 가장 중요한 임무는 오래 살아남을 자손을 할 수 있는 한 많이 번식시키는 거예요. 유전자를 물려주는 건 어느 때고 상관없이 중요한 일이에요."

부모 세대에서 자녀 세대로 유전되는 세포들, 그 세포들의 유전 정보 전달은 핵산[53]이 담당하고 있었다. 이처럼 유전정보 전달자 역할을 담당하는 고분자 물질 핵산은 미래 세계에 전하는 이른바 '급행 행동 메시지'와 같았다. 생명은 살아남으려 안간힘을 썼다. 자살하는 사람들조차 마지막 순간엔 자신들의 행동을 후회했으니까.

모든 종이 제각각 자신과 꼭 닮은 것을 만들어 낸다는 건 놀라운 일이었다. 소에서 소가, 밀에서 밀이 나온다는 것 말이다. 그리고 타조든 어린 달팽이든 인간이든, 유충처럼 보이는 태아는 자기 부모와 닮은 생명체로 진화했다. 종이란 일종의 성性 공동체이고, 그런 종의 번식력은 어마어마했다. 호랑이와 사자조차 번식에서 벗어날 수 없었던 탓에 불임인 잡종 새끼를 낳기도 했다.

"그리고 남녀의 신체 구조적 차이로 인해 마지못한 행위, 즉 열쇠는 자물쇠에 꽂혀야 한다는 식의 성행위만이 생겨났

---

53. 모든 생물의 세포 속에 들어 있는 고분자 유기물 중 한 종류.

어요."

직장은 생식기가 아니었다. 에이즈는 바이러스 중에서 가장 똑똑한 바이러스였다. 하필이면 전염으로부터 몸을 보호하는 면역 체계를 공격한다는 점에서, 에이즈 바이러스의 전략은 정말 천재적이었다. 흡사 스릴러 같았다. 다름 아닌 바로 내 침대 안에 적이 숨어 있었으니까. 성 행위로 인한 죽음이 세상을 덮친 건 어쩌면 당연한 결과였는지도 모른다. 학창 시절 로마르크는 특별 수업 시간에 나무 빗자루에 고무 콘돔 끼우는 걸 배워야 했다. 많은 연습을 통해 기술적으로 정확히 잘 끼울 수 있게 되었다. 그러나 실전에서는 한 번도 콘돔을 끼워본 적이 없었다. 그럴 필요가 없었으니까. 그녀는 피임 약을 먹었다. 그리고 언제부턴가 피임 약도 더는 먹을 수가 없었다. 피임 약에 들어 있는 모든 호르몬 성분이 지하수를 오염시키고 남자들이 힘을 쓰지 못하게 만들었다는 이유로, 피임 약 복용이 금지되었으니까.

"자, 이제 교과서 98쪽을 펼치세요. 탐, 12번 문제를 읽어 봐요."

아니카는 얼굴을 찌푸리고, 말상을 한 아이는 기분 상한 표정을 지었다.

"선택하세요. 다음 특징 중 어떤 특징에서…"

어찌나 더듬거리던지.

"변화… 돌-연-변-이-가…"

어려운 단어다.

"또는 일시적 변이와 관계있는지…"

읽기 능력이 부족했다.

"그리고 근거를 들어봐."

근데 교과서에 웬 반말이?

"고마워요. 이제 각자 답을 공책에 적어 보세요."

그러면 주근깨, 동물의 겨울털, 보디빌더의 근육, 로제트 기니피그[54]는 돌연변이일까 아니면 일시적 변이일까? 유전적 프로그램일까 아니면 환경의 영향일까? 혹은 내부적 영향일까 아니면 외부적 영향일까?

새된 환호성이 울려 퍼졌다.

"어머, 기니피그야."

진심이 배여 있는 말투였다.

작은 설치류[55] 동물에 열광하는 아이는 늘 있었다. 라우라가 그랬다.

로제트 기니피그의 척추 뼈는 비정상적인 위치에 있고, 털 다발은 황홀할 만큼 아름다웠다. 암튼 이런 동물을 기르는 건 헛짓거리였다. 지구 어느 생태계에도 돌연변이를 위한

---

54. 포유류에 속하는 동물로, 기니피그의 한 종류이다.
55. 쥐류에 속하는 동물로, 기니피그, 햄스터, 다람쥐, 비버, 토끼 등이 있다.

자리는 마련되어 있지 않았기 때문이다. 열두 번째 생일에, 클라우디아는 예쁘장한 여자 친구한테서 기니피그 한 마리를 선물 받았다. 사실 선물이 아닌 강제로 떠안은 것이었다. 프레디라는 이름의 어린 수컷이었다. 시간이 지나자 프레디는 점점 포동포동해지고, 마침내 새끼 두 마리를 낳았다. 인간의 성을 규정하듯 다른 포유동물의 성을 규정하는 건 그리 쉬운 일이 아니었다. 앞 뒤 몸통이 똑같아 보이는 동물한테서 뭘 기대했나? 다행히 새끼들은 암컷이었다. 3주가 지나자 벌써 성에 눈을 떴다. 하지만 동종 교배 금기라는 건 모르는 모양이었다. 짙은 갈색 반점이 있는 베이지색 털을 가진 프레디는 표준 품종으로 불렸다. 반면, 프레디 새끼들은 개량 품종의 특성 몇 가지 ─ 밝은 황금색 털 다발, 작은 똥 알갱이들을 싸 놓은, 긴 옷자락처럼 툭 튀어나온 장식 털이 달린 짙은 황금색 엉덩이 ─ 를 지니고 있었다. 이 동물들이 풍기는 악취가 클라우디아 방을 가득 메웠다. 다행히 프레디는 얼마 안 있어 뇌종양으로 죽었다. 클라우디아 가족은 프레디 시체를 신축 건물 구역 뒤편 차고 근처에 묻어주었다. 그리고 새끼들은 다른 사람들에게 선물로 줘버렸다.

아이와 애완 동물의 관계는 결코 좋게 끝나는 법이 없었다. 아이에게 동물을 선물하는 건 동물 학대의 형태 중 하나로 아주 비열한 짓이었다. 아이의 사회성을 키운다는 이

유였지만 동물에게는 죽고 사느냐의 문제였던 것이다. 동물의 생사가 아이의 손아귀에 완전히 내맡겨져 버렸기 때문이다. 그런데 사랑에 있어 아이들은 순수하지 않았다. 아니, 단한 번도 순수한 적이 없었다. 자연이 그러하듯, 실은 아이들도 솔직하고 잔인했다. 얼마 지나지 않아 애완 동물이 죽어나갔다. 대부분의 애완 동물이 일찍 죽어 나갔다. 잉꼬는 날아서 도망갔지만, 햄스터는 힘센 아이들 손에 짓눌려 짜부라졌다. 그러고는 털 가죽이 남아 있는 채로 사후 경직56 돼버렸다. 그러면 한바탕 난리가 났다. 죽은 동물을 더는 장난감처럼 갖고 놀 수 없었으니까. 아이들의 애도하는 방법도제각각 달랐다. 죽은 관상용 물고기를 진열장 위에 올려놓기도 하고 곤충 다리를 떼어내기도 하며 개구리 사지를 찢기도 했다. 이런 짓들에 관해 보도하는 신문은 없지만, 갓난아기들을 잡아먹는 로트바일러57에 관한 기사는 있었다. 이경우엔 로트바일러의 사냥 본능이 발동했던 것이다. 그러면로트바일러의 천성과 본능 중 아직 남아 있는 건 뭐였지? 줄에 묶여 훈련받는 것과 한밤중에 거칠게 짖어대는 게 아직남아 있었지 뭐.

방학 때면 어린 로마르크는 종종 할아버지 할머니 댁에

---

56. 사망하고 난 후에 일어나는 근육 경직.
57. 목축, 경비, 경찰견으로 이용되는 독일산 개 품종.

가 있곤 했다. 그들은 전답과 자그마한 숲 한 자락을 소유하고 있었는데, 토지 개혁의 수혜로 받은 땅이었다. 마당에는 흰 토종 암탉 몇 마리가 먹이를 쪼아먹고 있으며 닭장 판자 칸막이 장대 위에는 나머지 암탉들이 정해진 서열에 따라 웅크리고 앉아 있었다. 축사엔 암소 한 마리와 돼지 서너 마리가 있고 볏짚 속에 들어간 암퇘지는 죽은 듯 꼼짝 않고 있었다. 그리고 불그스름한 불빛 아래로 새끼 돼지 떼가 어미 돼지 젖꼭지를 향해 몰려들고, 새끼 돼지들이 젖을 먹는 동안 육중한 어미 돼지가 언제든 새끼들을 눌러 죽일 수 있는 사고 위험이 도사리고 있었다. 동물뿐 아니라 아이들 — 이웃집 아이들과 손자 손녀들 — 도 온 사방에 있는데, 건초만큼이나 많은 수였다. 아이들은 심한 냄새가 진동하는 축사 볏짚 속, 온기가 느껴지는 보금자리에 낳아 둔 알을 훔쳐내고 돼지 사료로 쓸려고 찜통에 삶아 놓은 감자를 꺼내 먹기도 했다. 또 편편한 손을 송아지 주둥이 속에 집어넣기도 했다. 그러면 송아지는 반사적으로 그 손을 빨아대며 칠면조가 보고 있는 앞에서 똥을 싸댔다. 칠면조 앞 이마에는 육질肉質의 추잡스런 돌기가 달려 있는데, 그 모습이 흡사 성기를 머리에 이고 다니는 것 같았다. 그리고 고양이도 두 마리 있었다. 이 고양이들은 거의 늘 새끼를 배고 있었다. 새끼 고양이들이 나오자마자 할아버지는 그들을 돌과 함께 자루에 넣어

빗물받이 통에 넣고 익사시켰다. 아직 눈도 안 뜬 새끼 고양이들을 뒤늦게 낙태시키는 꼴이었다.

"여러분들 가운데 집에서 동물을 기르는 사람 있나요?"

지금, 누가 동물을 기르고 있는지 알아볼 기회였다. 성에 눈을 뜬 후에도 동물을 기르는 아이들이 있었다. 근데 털과 젖꼭지가 있는 동물들이어야 했다.

8명이 손들었다.

누가 달팽이를 기르느냐는 하나 마나 한 질문이었다. 아이들은 개와 고양이들을 말하는지 금방 눈치챘다. 사람들은 자신들의 가장 사악한 적을 길들이는 버릇이 있는데, 한 예로 늑대를 길들여 개처럼 다루기도 했다. 그들은 숲에서 데려온 야생 동물을 작은 바구니에 집어넣어 위엄스러움을 앗아간 다음 친구로 만들어버렸다. 또 사람들은 침을 질질 흘리는 개의 충직함에 지루함을 느껴서 고양이도 집으로 데리고 왔다. 고양이가 사료 그릇에 담긴 사료를 먹는다는 것은 이미 길들었다는 의미였다. 고양이가 그르렁거리는 것은 일종의 속임수로 소파 쿠션 위에서 할 수 있는 유일한 도발이었다. 그리고 수고양이의 성기에 돌기가 달린 것도 그리 놀랍지 않았다.

아이들은 쉴 새 없이 손가락을 튕기고 있었다. 그건 아이들이 생각해낸 도발이었다. 이제 로마르크는 어떻게든 설명을 좀 줄여야 했다. 오늘은 동물에 관해 수업하는 시간이 아니기 때문이다.

"아, 그래. 고마워요. 그럼 에리카는?"

그 아이는 손을 들지 않았던 것이다. 내내 아무 말도 없었다.

"제가 기르는 동물은 여름 방학 때 죽었어요."

냉정한 목소리였다. 그러나 시선은 아래로 떨구고 있었다. 초연한 태도였다.

"아, 그래요."

로마르크가 듣고 싶은 대답은 그게 아니었다.

에리카는 시선을 돌리고 어깨를 으쓱했다. 상처 입은 동물 같았다. 무성생식의 장점은 죽지 않는다는 것이었다. 그래서 짚신벌레는 불멸의 존재였다. 어렸을 때 그녀는 새끼 고양이 여러 마리 중 한 마리를 고를 기회가 딱 한 번 있었다. 그녀가 골랐던 빨간 반점이 있는 검은 새끼 고양이는 그중 제일 예뻤지만 제일 강하지는 못했는지, 집에 데리고 온 지 8일째 되는 날에 죽어버렸다.

이제 주제를 바꿀 때였다.

"유전자와 환경의 영향을 기억해 두세요. 유전자형[58]은

---

58. 유전형질.

변하지 않지만, 표현형[59]은 생활 조건에 따라 아주 다양하게 나타날 수 있어요. 생물의 생김새를 전적으로 유전체가 결정하는 건 아니에요. DNA[60]는 생김새의 조건만을 제공하지요."

유전자가 같은 콩도 다양한 땅에서 다양하게 잘 자랐다.

한 학생이 손을 들었다.

"그래, 타베아."

"점성술 같은 거군요. 그걸로 뭘 할지가 중요하겠군요."

그럼 그렇지, 또 〈별의 금화〉[61] 얘기군. 타베아는 멍청할 뿐만 아니라 건방지기까지 했다. 정말이지 달에서 온 아이라고나 할까.

그녀는 창 밖을 내다보았다. 까마귀들은 사라지고 없었다.

"생각이라고 다 말할 만한 가치가 있는 건 아니에요."

다시 타베아를 쳐다보았다.

"타베아, 김나지움에 머물고 싶으면 앞으론 수업에 도움이 되는 진짜 본질적인 걸 생각해 보세요."

그렇게 말하고 타베아 얼굴을 똑바로 바라보았다.

"특히 입을 열기 전에."

---

59. 발현 형질.
60. 데옥시리보스를 가진 핵산으로, 유전자의 본체를 이룬다.
61. "Sterntaler"는 그림동화 제목이다.

어쨌든 이제 그 아이는 죽은 듯이 입을 다물고 있었다.

"그리고 여러분들의 혈액형과 여러분 부모님의 혈액형을 알아서 오세요. Rh 인자도 함께."

끝나는 종이 울렸다.

"여러분, 모두 다음 시간에 봐요."

로마르크는 '아빠 없이 사는 아이가 한 명이라도 있는지, 어디 한번 보자.'하고 속으로 생각했다. 하지만 위험한 질문일지도 모른다는 부담감은 없었다. 이 모든 건 교과 지침서에 들어 있었으니까. 그리고 이건 출산 병동에서 뒤바뀐 신생아와 관련된 글을 읽고 푸는 문제보다 실생활과 훨씬 더 가까운 문제였다. 게다가 점점 더 실제에 가까운 학습이 요구되는 것과도 관련이 있었다. 어쨌든 강제로 맺어진 부모와 자식 관계는 명확히 알 수 있었으니까. 부모는 될 수 있으면 자식이 한 살이라도 어렸을 때 아이의 출생 비밀을 밝혀야 했다. 베른부르크 부인은 잘생긴 자기 아들이 남편의 아이가 아니라는 불편한 진실을 로마르크에게 털어놓은 적이 있었다. 인공 수정으로 나왔다는 것이다. 아홉 달간 태아를 뱃속에 품고 있을 때는 베른부르크 부인도 안심됐다고 했다. 이처럼 번식이 '여성적'이라는 것 말고도, 여성이 자식의 출생 비밀도 제일 먼저 알고 있는 건 대단한 일이었다. 베른부르크 부인의 아들이 그리 잘생긴 건 아니지만 외모를 떠나,

부인에겐 아들은 행복했던 시절을 떠올리게 하는 기념품 같은 존재였다. 그 당시 베른부르크 씨 부부는 그녀에게 둘째 아이를 갖는 데도 여러 가지 문제가 많았다고 털어놓기도 했다. 로마르크의 경우, Rh-형이던 자신에 반해 클라우디아는 Rh+형이었다. 그러니까 클라우디아한테선 항원이 만들어졌던 것이다. 볼프강과 로마르크는 하나로도 충분했다. 그는 '잘 키운 자식 하나, 열 자식 안 부럽다'고 하고, 그녀도 베른부르크 부인처럼 행복했던 시절을 떠올리게 해줄 기념품 따윈 필요 없었다.

"이제 가도 됩니다."

아이들 모두 밖으로 뛰쳐나갔다. 근데 에리카는 뭘 기다리는 거지?

에리카는 교탁 앞을 아주 천천히 지나갔다. 마치 일부러 그러는 것 같았다.

녹색 눈동자가 로마르크를 빤히 쳐다보았다.

"고맙습니다."

아주 작은 목소리로 말했다.

"뭘."

에리카는 분명 아무한테도 얘기하지 않을 것이다.

교무실에는 틸레 혼자 앉아 있었다.

"수업 없으세요?"

그는 손을 가로저었다.

"없소. 오늘 12학년 아이들이 첫 두 시간 동안 직업 준비 수업을 받아야 해서 난 지금 자유 시간이오."

그 아이들은 무엇을 할까? 아마 노동청 견학 가서 하르츠-IV[62] 신청서 작성하는 걸 배우고 있겠지. 로마르크는 시험지 뭉치를 틸레 옆자리에다 던졌다. 맨 위에 에리카의 시험지가 놓여 있었다. 에리카가 쓴 글씨는 남자아이가 쓴 것처럼 큼직하고 네모 반듯했다. 둥글고 꼬인 글씨는 거의 없었다. 그리고 쓴 답은 거의 다 정답이었다. 채점한 에리카의 시험지를 그녀는 퇴직할 때까지 보관해 둘 생각이었다. 다음은 야콥 시험지였다. 빨간 펜이 대체 어딨지? 틸레는 사람을 짜증 나게 할 수 있는 인간이었다. 그는 신문을 앞에 두고 도시락 통을 두드리며 허공을 바라보고 있었다.

"근데 방금 뭐라고 했소?"

그는 뭘 해야 할지 모르는 내버려진 불쌍한 동물 같았다.

"9학년 생물수업 했다고요."

"음."

고개를 끄덕이는 그의 안색이 정말 안 좋아 보였다. 가을

---

62. "Hartz-IV"는 실업수당과 사회부조를 통합한 정책이다.

방학이 시작되기도 전에 카트너는 틸레의 자그마한 사무실을 빼앗아버렸다. 이른바 일종의 '용도 변경 조치'라고 말했지만, 그 말은 분명 사무실을 빼라는 뜻이었다. 어찌 됐건 카트너는 근래에 주제 넘게 참견하고 다녔다. 그는 로마르크에겐 체육 시간 때 경기에서 진 아이들 이름을 칠판에 쓰지 말라고도 했다. 그렇게 하지 않으면 수업 후에 매트와 기구는 누가 치우라고?

"그래 내겐 11학년 아이들이 있어. 그렇지, 11학년 아이들이 있지. 최신 시사는 사회 과목에 가깝지만 진짜 역사라고는 할 수 없는 거야."

역사도 고기처럼 제대로 숙성되어야 진짜 역사인 모양이었다. 비로소 지나간 것이라야…

이제 겨우 세 번째 답을 채점했을 뿐인데, 야콥은 30점 만점에 벌써 10점이나 날아갔다.

"근데 당신은?"

틸레가 로마르크 옆에 바싹 다가와 앉더니 시험지 뭉치에서 시험지 한 장을 빼 들고 들여다보는 것이었다.

"아, 유전학… 멘델과 기타 등등."

그는 하고 싶은 말이 있는 것 같았다.

"잉에, 미친 게 뭔지 알고 있소?"

그는 시험지를 제자리에 놓았다.

"난 학교에서 유전학을 배워본 적이 없었소! 미추린과 리센코[63]만 배웠지."

"아, 네."

원예의 신 미추린과 맨발의 교수 리센코. 미추린은 새싹의 돌연변이를, 리센코는 오데사[64]의 밀을 연구한 생물학자들이었다.

문이 열리고 마인하르트가 들어왔다. 그는 눈인사하고는 소리 없이 자리에 앉았다. 비대한 몸집인데도 소리 없이 움직이는 그가 놀라웠다. 틸레는 신문을 펼쳐 들고 로마르크는 제일 마지막 답 밑에 점수를 써넣었다. 이제 겨우 세 번째 시험지 채점이 끝이 났다. 다음은 톰의 시험지였다. 톰은 로겐 잡곡빵[65]만큼이나 멍청한 아이였다. 좀 더 서두르면 점심시간 끝날 때까진 채점을 다 끝낼 수 있을 것 같았다.

틸레는 킥킥거리며 웃기 시작했다.

"미추린은 과일 잼에 지방이 함유된 걸 밝혀냈소."

로마르크도 알고 있는 이야기였다.

---

63. 구소련의 과수 원예가이자 생물학자 이반 블라디미로비치 미추린과 농업 생물학자 트로핌 데니소비치 리센코는 구소련의 추운 기후에 적합한 과수 육성법을 연구하여 수많은 신품종을 개발해내고, 밀의 춘화 처리법을 연구하여 농업정책에 크게 이바지한 인물들이다.
64. 우크라이나 남부 흑해 안에 있는 항구 도시
65. 로겐 잡곡빵(호밀빵)은 2차 세계대전 이후 구동독의 공장에서 대량 생산하여 배급한 빵이다.

"그런데도 우린 모든 음식에 잼을 한 통씩 넣어 먹지."

"그런데도 우린 모든 음식에 잼을 한 통씩 넣어 먹죠."

로마르크와 틸레가 한목소리로 말했다. 반사적으로 튀어나왔던 것이다. 어린이 개척단[66]을 위한 동요 '야콥 형제'[67], 어린이 방학 캠프장 지정곡들, 종이 상자에 담긴 네 가지 과일잼, 아주 커다란 통에 담긴 찔레 열매 차, 그리고 소비에트연방을 배우는 것은 곧 이기는 걸 배운다는 의미 등, 이런 것들은 평생 사람들의 뇌리에 깊은 인상을 남겼다.

"우리[68]에겐 다 있어. 학교 정원도, 미추린 모임도, 심지어 농업 전문가 협회도."

틸레는 뼈대가 굵은 두 손을 책상 위로 쑥 내밀었다.

"미추린은 들어본 적 없는데요. 도대체 누구죠?"

정말이지 마인하르트는 잼 단지에서 나온 인간[69]이라고나 할까.

"미추린은 신품종 과일 수백 개를 재배해낸 사람이에요. 구소련의 매서운 추위에 강한, 수확량이 많은 품종을

---

66. "Jungpioniere"는 구동독 어린이단체로, 6~10세 어린이들이 회원으로 가입한 단체였다.

67. "Bruder Jakob"은 동요 제목이다.

68. 독일 통일 이전 구동독 체제에서 자란 세대로, 당시 구소련에서 들어온 문물에 익숙한 사람들을 일컫는다. 틸레는 그 시대를 그리워하며 옛날로 돌아가길 바라는 인물로, 바뀐 현실에 적응하지 못하는 '낙오자'로 표현된다.

69. 통찰력이 없고, 발달성장이 느린 사람을 일컫는다.

말이죠."

로마르크가 설명했다.

대부분 맛도 있었다. 특히 겨울 버터 배 1.5파운드 안토노브카[70]는.

"맞소, 미추린은 과일이란 과일은 전부 다 교잡해봤지."

틸레가 열광적으로 말했다.

"딸기를 산딸기뿐 아니라 편도나무와 복숭아나무와도 교잡했지. 심지어 호박을 멜론과도 교잡했고. 그걸 두고 사람들은 '다양한 식물 종 간의 연애 결혼'이라고 불렀지."

연애 결혼이라는 명목 하에 식물들은 교잡을 강요당했다. 그건 강제 결혼이나 다름없었다. 과일이 채소와 결혼하는 건 정말이지 부도덕한 짓이었다.

"미추린이 어떻게 죽었는지 알아요?"

틸레는 조심스럽게 히죽 웃었다.

옛날식 유머였다.

"알죠. 자가 수정한 딸기 덩굴에서 떨어져 죽었죠."

로마르크가 대답했다.

"맞소!"

틸레의 쉰 웃음소리가 들려왔다. 지나친 흡연으로 기침

---

70. "Antonowka"는 러시아 어 품종명이다.

을 해대느라 가슴이 들썩거렸다.

마인하르트는 여전히 별 감흥을 못 느끼는 것 같았다.

로마르크는 빨간 펜을 옆에다 놓고 말했다.

"미추린의 가장 큰 업적은 모든 유용 식물에 적합한 접목 파트너를 찾아준 거예요."

돌연변이 새싹, 수액 혼합은 품종 개량의 한 형태였다. 미추린의 과수법은 학교에서도 인기 있었다. 미추린을 흉내 내고 싶었던 교사들은 멍청이와 공부 벌레를 짝지어 주고는 공부 벌레가 멍청이에게 뭐든 긍정적인 영향을 끼치길 바랐다. 학교에서는 교사가 원예사인 셈이었다. 그러니까 이유 없이 원예사라곤 하지 않았다. 이 원예사 역할을 하는 교사는 김을 매주고 언젠가 열매를 수확할 수 있길 기대했다. 그러나 안타깝게도 명석한 두뇌는 멍청이의 몸에 뿌리내릴 수 없었던 모양이다. 김을 매주는 것도 소용이 없었다. 그럼 어떤 아이의 머리여야 했을까? 로마르크는 아니카만은 유급시키고 싶지 않았다. 가령, 버찌 씨앗 한 알에서 자라나 나무가 되는 데는 아주 오랜 시간이 걸렸다. 그렇다고 너무 자주 휘묻이[71]를 하면 그만큼 수확도 줄어들었다. 그런 비슷한 이유 때문인지 마르텐 씨네 아이들도 엄청 멍청했다.[72]

---

71. 식물 가지를 휘어 그 끝을 땅속에 묻어 뿌리를 내리게 하는 인공 번식법.
72. 성장이 둔하다고 가령 과잉보호를 하면 오히려 역효과를 낼 수 있다는 의

마인하르트는 이제야 알겠다는 듯한 표정을 짓고는 싸 온 도시락을 풀었다. 그러나 그는 사실 무슨 말인지 몰랐던 것이다.

로마르크는 말을 계속 이어나갔다.

"당시 사람들은 식물의 성장 조건을 정확히 알면 식물을 변화시킬 수 있다고 믿었어요. 그래서 양배추와 감자, 밀의 성장 조건을 연구했죠. 이 모든 연구는 오로지 완전히 새로운 식물 품종을 만들어 내기 위한 것이었어요. 물론 바랐던 품종만요."

유일하게 성공한 연구는 수수 재배였다. 그로 인해 빵[73]을 얻게 되었다. 땅은 실험실 역할을 했다. 그리고 실험을 위해 식물들이 자가 수정하는 걸 막기 위해 거세를 했다. 그러니까 핀셋과 솔로 무장한 농부 한 무리가 밭으로 들어가 꽃가루 주머니를 제거하고 인공 수분[74]을 해 주었던 것이다. 농부들이 꿀벌 떼를 대신한 셈이었다.

"성공했군."

틸레는 아는 체했다.

"춘화처리[75]가."

미를 마르텐 씨네 아이들에 빗대어 표현한 것이다.

73. '일용할 양식'이라는 뜻이다.

74. 인공적으로 종자식물 수술의 화분(花粉)을 암술머리에 붙이는 방식.

75. 작물의 개화를 유도하기 위해 생육기간 중의 특정한 시기에 온도처리를

로마르크가 이 단어를 마지막으로 들은 게 언제였더라.

"밀 고온 처리 말이죠."

곡물 씨를 파종[76]하기 전에 먼저 싹을 틔울 수 있는 환경을 조성했다. 즉, 24시간 램프 빛에 쬔 씨를 양동이에 담아 다시 자외선에 쬐었던 것이다. 이를 위해 영하의 날씨에도 거대한 창고의 창문들을 열어두었다.

마인하르트는 로마르크의 말을 되새기며 고개를 끄덕였지만, 이해한 것으로 보이진 않았다. 어찌 이해할 수 있었겠나? 마인하르트는 파텐브리가데[77]를 경험해 보지 않고 자란 세대였는데. 그것 말고도 추수 동원이 뭔지 감자 방학[78]이 뭔지도 몰랐는데. 마인하르트는 지금까지 한 번도 밭에서 일해 본 적이 없는 게 분명했다. 그래서 그는 로마르크가 무슨 말을 하는지 전혀 몰랐다.

"쉽게 얘기하자면 밀 씨앗을 미리 냉장고에 넣어두면 시베리아에서도 밀을 재배할 수 있다고 사람들은 믿었어요."

"압니다."

하는 방식.
76. 논밭에 씨 뿌리는 작업.
77. 구동독의 브리가데(Brigade, 작업반) 또는 이와 유사한 산업근로자, 농업 협동조합의 공동체로, 학교나 유치원을 통해 아이들의 대모 대부 역할을 맡았던 단체이다.
78. 감자 추수 때 하는 방학을 말한다.

그러나 아는 것 같진 않았다.

"물론 일이 잘되진 않았어요. 일이 잘되려면 비용이 수익보다 훨씬 더 드는 법이죠."

"전혀 그렇지 않소."

틸레가 싸울 기세로 끼어들었다.

"아, 보세요. 리센코는 다 실패했어요. 독창적인 다윈주의 때문에. 구소련에선 가장 순수한 집단 농장 생물학이었는데도. 자연 법칙은 아무 소용없었어요. 사실은 미화되고, 기본 이론은 무시당했어요. 그 당시엔 이론이 이류 취급을 받았죠."

"그러나 이론은 옳았소!"

틸레가 한 말은 진심이었다.

"그렇긴 한데 고작 이론적으로만 그런 거죠."

"그럼, 달리 어떡해?"

틸레는 몹시 화를 냈다.

"글쎄요. 중력이론은 하나의 이론일 뿐이지요."

이제 마인하르트는 중재자 역할을 하려고 했다.

"맞는 말이야, 친구."

현명한 손윗사람, 틸레의 칭찬이었다.

그러나 그들은 속으론 마인하르트를 멍청이라고 생각했다.

"그래, 근데 다른 행성에도 분명 중력은 있지. 실제가 없으면 이론도 없는 법이고."

"네, 그렇죠. 수학에서처럼 똑같은 이치죠. 그게 어디에 쓸모가 있는지 사람들은 모르고 있어요. 그렇지만 그게 실제로 옳다는 건 알고 있습니다. 그것 자체가 옳다는 걸 말입니다."

다들 무슨 대단한 말이라도 하듯 떠들어댔다. 그리고 모두 다 옳은 말을 했다. 그들이 그렇게 바른말을 해대는 건 어찌 보면 인간의 '자기 보존 본능' 때문이었다고나 할까.

"수학은 늘 신뢰할 수 있습니다. 가장 신뢰할 만한 순수 학문이죠."

맙소사! '백오십 퍼센트'라니![79] 그런 부류는 대학을 졸업하고도 얼마간은 신념으로 행동하는 사람들이었다.

"그리고 아주 쉽게 수정도 할 수 있죠."

로마르크는 참지 못하고 말해버렸다. 어떤 경우에도 숫자는 페르디난트의 악필보다 훨씬 더 쉽게 해독할 수 있었으니까. 이런! 마인하르트가 심술궂게 쳐다보고 있었다.

"어떤 경우에도 수학은 조작할 수 없습니다. 그건…"

"리센코는 조작자가 아니었어."

---

79. 이 표현은 마인하르트처럼 어떤 것을 지나치게 맹목적으로 신뢰하는 순진한 사람들에 대한 경멸을 나타내고 있는 것으로 보인다.

틸레는 흥분한 나머지 그만 이성을 잃었다.

"그가 그리 해박하지 못했을지도 모르지. 그러나 어쨌든 그에게 비전은 있었어. 극권[80]에서 곡식을 재배하겠다는 비전! 자연을 개조하겠다는 비전! 그리고 세계를 위해 식량 문제를 해결하겠다는 비전 말이야! 최초로 달에 도착한 게 우리라는 걸 잊어선 안 되지. 우리가 앞서 나간 적도 있었어."

틸레의 대화 주제는 자외선과 우주 여행, 형제 국가, 태양, 달, 시베리아 전답, 중앙아시아 사탕무, 스텝 지대[81] 딸기가 주를 이루었다. 집단 농장에서 작업실로, 이른바 '미추린의 길'을 가고 있는 나를 따르라는 식이었다. 나무를 깔아놓은 길이며 짚더미 위에 얹혀 있는, 예전보다 훨씬 더 많은 이삭이 달린 밀, 그리고 여름듀럼밀[82]이 겨울듀럼밀로 바뀐다면 왜 밀을 호밀로, 유럽 가문비를 유럽 소나무로 바꿀 수 없었을까 하는 의문은 이제 당연한 것으로 여겨졌던 것이다.

"모든 게 멋지고 훌륭해요. 그런데 왜 또 그렇게 쓸데없는 것들이 많죠? 박테리아가 세균으로 변하고 식물 세포가 동물 세포로 변하며 죽은 유기물에서 세포를 얻을 수 있고,

---

80. 남극권과 북극권을 말한다.
81. 강, 호수에서 멀리 떨어져 있는 나무 없는 평야.
82. 볏과의 한해살이풀.

그리고 달걀 노른자에서 혈관을 얻을 수 있다는 이 모든 것이 다 알려지지는 않아요. 그리고 감자 경작 방식이란 뭐고, 돼지 움막이란 뭔가요? 또 초원에 지붕만 있는 소 축사는 뭔가요? 그건 소들을 사육하는 자연스러운 형태 중 하나라고 했지만 헛소리였어요. 겨울엔 소들이 자신들의 배설물로 뒤범벅된 채 죽어 나갔으니까요. 프롤레타리아 생물학은 실제를 지향했지만 적용되지도 못했고요."

로마르크가 열변을 토했다.

사람들이 동물의 꼬리를 자른다고 해서 그 때문에 그 동물이 꼬리 없는 새끼를 낳는 건 아니었다. 실험하고 추론하는 데엔 시간이 필요했다. 모든 일에 시간이 필요했다. 그러나 그 누구도 그럴 할 만한 시간이 없었다. 사람들은 신속한 결과─풍성한 수확, 식탁 위 빵, 통통한 이삭과 풍만한 젖통, 몸집이 큰 코스트로마 암소[83]와 작은 저지종 황소[84]의 송아지들─만을 원했기 때문이다. 그들은 똥으로 사탕을 만들려고 했다.

틸레는 한숨을 쉬었다.

"원래 마르크스-레닌주의에서 가장 중요한 연구방법은 사물의 근거를 묻는 것이지."

---

83. 원산지가 러시아와 백러시아인 소 품종으로, 육용 품종이다.
84. 잡종 품종으로, 육용 품종이다.

"정말요? 그건 생각 못 해 봤습니다."

마인하르트는 특이했다. 수염이라곤 전혀 없었다. 근데 귀 안에는 털이 나 있었다. 때가 한참 지난 뒤에 수노루를 거세하면 뿔 대신에 육경이 자라는 것처럼.[85]

"당신 말이 맞소, 잉에. 선전이 약간 과하긴 했지. 그렇게까지 할 필요는 없었는데 말이야."

제일 첫 번째 실험대상은 콜로라도 감자잎벌레[86]였다. 미국이 비행기를 동원하여 수확을 망치려고 감자잎벌레가 가득 담긴 수많은 잼 유리병을 밭에다 떨어뜨렸다. 벌레 한 마리당 가격은 1페니히였다. 그 다음 대상이 어느 날 갑자기 곳곳에서 재배된, 질소를 내뿜으며 토양을 오염시킨 옥수수였지, 아마? 줄기엔 소시지 같은 것이 주렁주렁 달려 있었다. 무슨 헛소리! 어쨌든 예전보다 이삭이 더 많이 달린 밀 줄기를 본 사람은 아무도 없었다. 미추린의 밭은 척박했고 태양이 뜨겁게 내리쬐는 여름 무더위 속에서 바짝 말라 있었으니까. 마지막 대상은 참새였다. 참새는 다시 종자로 쓸 곡식을 다 먹어치웠다. 참새 실험에선 뭘 배웠지? 참새는 농업에 가장 해로운 기생동물이라는 것, 그리고 수확은 근본적으로

---

85. 거세로 인한 호르몬의 영향으로, '자라나 떨어져나가는 것'을 반복하는 뿔의 성장이 억제되고, 보통 생후 1년 이내에 자라는 영구조직인 육경만이 관찰되는 것을 의미한다.
86. 딱정벌레의 일종.

올바른 파종에 달려 있다는 것을 배웠다. 로마르크의 유전학 지도 교수는 죽은 광대파리들을 보더니 실험이 원하는 방향으로 진행되지 않을 것 같으면, 원하는 결과가 나올 방법을 생각해봐야 한다고 말한 적이 있었다. 모두 그가 한 말이 무슨 뜻인지 알고 있었다. 실험이 잘 진행될 수 있게 살짝 조작하라는 말을 넌지시, 그러나 솔직하게 표현한 것이었다. 그렇게 하면 전체 실험이 성공하게 된다. 그러니까 맞지 않는 것을 맞게 하는 것이다. 마치 만물의 법칙에 이어 함구령도 뒤따라 나온 격이랄까.

"부다페스트에서는 광대파리를 중온성 생물의 상징으로 생각해 박멸해 버렸어요."[87]

"됐소, 로마르크. 당신의 미국 자본주의적 유전학이 이겼소."

그건 결코 로마르크의 유전학이 아니었다. 지금까지 계승되고 있는 생물학의 일반적인 기조였다.

틸레는 모욕감을 느끼며 팔짱을 꼈다. 모든 걸 늘 감정적으로 받아들이다니.

마인하르트는 책상에 팔꿈치를 괴었다.

---

87. 비교적 온난한 기후의 헝가리가 중온에서 아주 잘 자라는 광대파리를 유해한 생물로 여겨 국가적 차원에서 인위적으로 박멸해버린 일을 말하는 것으로 보인다.

"이해가 안 되는데, 유전학에서 뭐가 그리 자본주의적이죠?"

대답을 요구하듯 틸레를 쳐다보았다.

"모든 게 투자지 뭐…"

틸레는 손에 들고 있던 열쇠 꾸러미를 흔들었다.

"인생은 이미 정해져 있어. 가난한 사람은 계속 가난하고 부자는 계속 부자일 확률이 높지. 이런 망할 놈의 운명."

여전히 옛 격언을 인용해 댔다.

"사회 개조에 자연도 포함되어 있지. 자연은 사회의 일부분이니까! 사회와 마찬가지로 자연도 개혁되어야 해! 그리고 환경, 즉 관습이 변하면 머잖아 인간도 변하기 마련이야. 존재가 의식을 규정하지! 확실해."

열쇠가 책상 위로 떨어졌다.

"내가 말하는 건 종내 경쟁[88] 같은 거야… 종내 경쟁이란 사회에서 매일매일 실제로 일어나는 경쟁을 말하는 거지. 그건 자연 법칙이 아니라, 서구의 자본주의적 세계관의 부산물이지!"

틸레는 제대로 피력했다. 그러나 소귀에 경 읽기였다.

"아, 틸레 선생님, 우린 거짓말로 서로를 속였어요. 이런저

---

88. 같은 종인 생물의 개체 사이에 일어나는 경쟁을 말한다.

런 사람들 ─ 선한 사람들과 악한 사람들, 게으른 사람들과 부지런한 사람들 ─ 이 있다는 걸 부인했어요. 농부의 자식을 대학 교수로 쉽게 만들 수는 없어요. 교육이 다가 아니에요. 이는 생물 심리·사회적 통합 때문이죠. 우리는 가장 멍청한 아이들에게 많은 노력을 쏟아 부었죠. 여름 방학 내내 무료로 보충 수업하면서 그 아이들에게 열심히 공부를 시켰어요. 그러나 사회주의가 승리한다는 건 낙하 법칙만큼이나 불확실한 거죠."

틸레는 몸을 쑥 내밀었다.

"근데 그런 게 종종 성공하기도 했잖소. 그 해양 생물학자 말이오? 그 사람도 마르텐 씨네 같은 비슷한 가정에서 나왔잖소."

"잘된 아이들이 그렇게 많진 않아요. 반대로 알코올 중독자가 더 많아요."

규칙에 예외는 있었던 것이다.

"게다가…"

틸레는 자리에서 일어나 의자를 밀어 넣었다.

"아무런 이론異論의 여지가 없는 것만 가르쳐야 한다면 모든 학교가 문을 닫아야 할지도 모르지."

"그런데 수학은…"

또 마인하르트였다.

틸레는 손사래를 쳤다.

"됐어. 자넨 자네의 그 멍청한 방정식보다 인생엔 더 중요한 게 있다는 걸 좀 더 배우게 될 거요. 자네한테 한 가지 얘기할 수 있지. 현실, 그러니까 세상 사는 일이란 게 종잡을 수 없다는 거지. 지금 별안간 어디서 폭탄이 떨어져 폭발한다면 우린 3차 세계대전의 한가운데에 들어가 있게 될 거요."

틸레는 손으로 등받이를 짚어 몸을 지탱하면서 먼 곳을 바라보고 있었다. 그 모습이 마치 그들 머리 너머, 먼 곳을 향해 연설하려는 사람처럼 보였다.

"우리에겐 현존하는 모든 관계와 자본주의 사회 형태를 극복하는 것이 관건이오."

"자연은 극복되지 않아요."

그는 제대로 이해하지 못한 것 같았다. 로마르크는 서서히 그에게 짜증이 났다. 시험지 채점을 끝내려면 시간이 좀 더 걸릴 것 같은데.

"자연이 자본주의 같은 것이라면 극복되겠지!"

그야말로 조금도 나아질 기미가 없었다. 틸레는 짐짓 현자인 체하고 있었다. 황소는 늙을수록 더 괴팍스러워지는 모양이었다.

마인하르트가 한숨을 쉬었다.

"세상에! 선생님들, 아직도 그 얘기 중이세요."

"말해 봐요, 동료 선생. 이 학교 온 지 얼마나 됐소?"

틸레는 다시 자리에 앉더니 심문하는 듯한 자세를 취했다.

"1년 반요."

이곳이 시베리아나 되는 것처럼 아주 자랑스럽게 말했다.

"그래? 이 지역이 맘에 들어?"

틸레는 마인하르트에게 그런 걸 물어본 적이 없었다. 근데 갑자기 왜 그런 걸 알고 싶어 했을까?

마인하르트는 머뭇거렸다. 의아해 하는 것이 당연했다.

"아, 잘 모르겠어요. 좋아요, 이곳이 아주 맘에 들어요. 아직 다 끝난 게 아니니까요."

"봐, 맞지!"

틸레는 옛날 슐마이스터[89]처럼 집게손가락을 들어 올렸다.

"이곳이 유토피아이기 때문이지."

공산주의자들이 꿈을 다 꾸다니. 동유럽, 그것도 러시아에 대한 환상을 갖고 있다니. 이제 그는 완전히 자제력을 잃은 모습이었다. 전 인민을 위한 부富, 해초 발린 빵, 인민 모

---

89. "Schulmeister"는 대학 졸업장 없이 시골학교나 도시 하급학교에서 학생들을 가르치는 교사를 말한다.

두와 형제 맺기, 만년설이 녹는 것, 그리고 사막에 물을 대고 곰을 길들이는 것, 지중해 간척, 암과 노년과 죽음을 없애는 것, 어쨌든 이러한 것들이 많은 민간 탐사기를 우주로 쏘아 올리거나 양을 복제하는 것보다는 훨씬 더 독창적이었다. 봄이 되자 마침내 그들은 소와 인간의 혼합종인 잡종 배아를 만들어내, 사흘간 다섯 번이나 세포 분열 해보고는 파괴해버렸다. 이제 슈퍼 인간을 만들어내는 건 시간 문제였다. 인간 정신의 사고는 금지할 수 없는 것이니까. 다음엔 천재의 머리를 멍청이의 몸에 접목할 것이다.

"당신은 이미 카트너[90]처럼 말하고 있어요."

"아, 카트너, 내 장담컨대, 카트너는 우리 모두를 차례차례로 죽일 거요. 맨 마지막엔 그 혼자 남아 수업할 거요."

뭔가 작당하는 사람처럼 쳐다보았다.

"난 어떤 상황에서도 여기 머물 거요! 수도관 물이 썩을 때까지."

틸레는 신문지를 접었다.

"한 가지 더. 지금 여기 이건 일보 후퇴요. 그렇지만 다음 세대는 우리가 옳았다고 할 거요. 미래의 역사에서 이 일이 어느 정도 잊히면 사람들은 다시 진짜 혁명을 이루려고 할

90. 통일 후 동독사람들에게 민주주의를 가르치려는 순수한 의도와 달리, 학교장이 된 후에는 권력을 남용한다.

거요."

그는 의자 뒤로 몸을 기댔다.

"여기 이 교과서로 당신은 아이들을 가르칠 수 없소. 여기엔 변화를 혁명이라고 둔갑시켜 팔고 있소. 도저히 이해할 수가 없어. 모든 게 오염돼 버렸소."

"그때와 똑같은 오늘이죠."

사실이었다.

틸레는 다시 일어섰다.

"잉에, 우리가 그때 그랬던 데엔 이유가 있었소! 그땐 중요한 뭔가가 있었소. 그런데 지금은… 합병을 평화적 혁명이라 부르지. 혁명이라니! 한번 생각해 봐요."

이제 그의 목소리가 별안간 높아졌다.

"헛소리. 정말이지 얼마나 평화적이었소! 진짜 뭔가를 움직이기 위해서는 폭력이 필요한 거요. 요즘엔 나라를 위해, 옳은 일을 위해 싸운다는 게 무슨 말인지 아는 사람이 한 사람도 없소. 그땐 일이 생기면 그냥 넘어가지 않았고, 바리케이드를 불태웠는데."

틸레는 벌써 문 앞에 가 있었다.

"요즘 자칭 혁명이라고 하는 건 죄다 역사 왜곡인 거요!"

그는 아주 완강하게 마지막 말을 뱉고 나갔다. 문이 닫혔다. 대체 어딜 가려고? 쉬는 시간이 되려면 아직 멀었는데.

운동장에 전교생들이 학년별로 두 줄을 서 있었다. 운동장 왼편에는 고학년 학생들이, 오른편에는 저학년 학생들이 파손된 보도 블록 라인에 나란히 줄을 맞춰 서 있었다. 키 순서로만 섰어도 좋았을 텐데. 교사들은 학급 반장들 옆에 서 있었다. 예상한 대로 아니카는 반장 선거에서 이겼다. 그리고 지금 만반의 전투 준비를 하고 여기에 서 있었다. 등을 쭉 편 올바른 자세로 말이다. 이 아인 앞으로 훌륭한 자유독일청년당[91]의 여성 사무총장이 될 게 분명했다. 예전에 사람들이 B-96 가에서, 멍청해 보이는 인간 띠를 만들었던 것처럼 이제 모두 양 옆에 있는 사람의 손을 잡을 차례였다. 이렇게 만들어진 인간 띠는 양 독일, 즉 서독과 동독을 관통하는 거대한 십자가 모양으로 이어져 있었다. 웃기는 짓이었다. 무엇을 위해서 혹은 무엇을 반대하기 위해서 예전에 그런 짓을 했는지 로마르크는 더는 기억나지 않았다. 대중 행사에 참여하고 난 다음엔 매번 겪었던, 늘 똑같은 후유증이었다. 언제부턴가 꽃밭의 꽃이 라일락인지, 달리아인지, 작약인지를 보고 오늘이 5월 1일인지 공화국 건국일인지 혹은

---

91. 사회주의 청년동맹인 자유독일청년당은 구동독 정부로부터 승인되고 장려된 유일한 청년조직으로, 학교와 더불어 병행되는 구동독 교육시스템의 한 부분을 차지했다.

스승의 날인지를 알 수 있었다.

지금 이곳에는 행사 전문가도 와 있었다. 전공 교육관 건물에서 나온 카트너는 학생들과 교사들이 서 있는 줄 사이를 성큼성큼 빠르게 지나가서는 본관 문 앞 계단 맨 위에 섰다.

그러고는 서류 가방에서 여성용 권총만한 자그만 총을 꺼내, 하늘을 향해 치켜들었다. 머리를 숙이라는 신호였다. 드디어 매달 첫째 주 수요일 중간 휴식 시간에 전교생과 전 교직원에게 전하는 카트너의 연설이 시작되었다.

원래 카트너는 연설 때마다 작은 브라스 밴드의 연주를 원했지만, 교사들이 팀파니와 트럼펫 연주로 대신하자고 가까스로 그를 설득했다. 그래도 그는 여전히 뭔가 부족하다고 여겼다. 그래서 결국 로마르크가 총성으로 수요 연설을 시작하면 어떻겠냐는 아이디어를 내게 되었고, 이를 카트너가 매우 흡족하게 받아들였다. 그에게 준 권총은 운동회 때나 다시 필요하니까 뭐. 드디어 총성이 울렸다. 시작 신호였다.

"친애하는 여학생 여러분…"

일부러 잠시 말을 끊었다.

"그리고 친애하는 남학생 여러분. 그리고 존경하는 선생님 여러분."

그는 늘 과장된 말투에다 점원처럼 웃는 얼굴을 지어 보였다. 그러나 소들이라면 아무런 표정도 짓지 않았을 텐데. 그들은 오로지 몸으로만 대화했으니까.

"기본적으로 학교는 개혁과 변화의 장소입니다…"

그럼 그렇지, 또 깃발 행사[92]군. 깃발만 없을 뿐이군. 많은 인재를 키우자는 둥, 많은 학교를 서로 경쟁시키자는 둥, 이러한 호소들이 쏟아져 나왔다.

"이곳에서 여러분들은 외국어를 배우게 됩니다."

눈을 감으니 카트너 머리가 유리문 앞에서 반짝거리는 점으로 보였다. 모든 게 옛 20 마르크짜리 작은 녹색 지폐에 찍혀 있던 학교 정문 풍경과 똑같아 보였다. 지폐 속 아이들은 짧은 바지 차림에, 도시락을 들고 등에 딱 들러붙어 자란 것 같은 책가방을 메고 즐겁게 학교 문을 나서고 있었다. 그리고 이 학교 본관 건물 내에 유리문 쪽으로 짧은 계단이 나 있고, 그 층계참에 각 학년 때 찍은 여러 학급 사진들이 걸려 있었다. 그중 입학식 사진 속에 사탕 과자가 들어 있는 세모꼴 종이 주머니 너머, 뒤에서 세 번째 줄에 서 있는, 이가 빠진 키 큰 클라우디아의 모습이 보였다. 로마르크는 클라우디아가 아들이었으면 더 좋았을 걸 하고 생각했다. 가

---

92. 군 행사 식순에 따라 치러지는 일종의 학교 특별행사를 말한다.

꿈 그녀는 10살쯤 된 슬픈 눈을 가진 작은 남자 아이 꿈을 꾸곤 하는데, 꿈에서 그 아이는 강아지처럼 그녀의 무릎에 얼굴을 묻곤 했다. 어디선가 유럽 소나무 향과 바닷바람 냄새가 풍겨왔다.

"이곳에서 전승된 문화와 역사를 배웁니다."

카트너는 이 모든 말을 어디서 베꼈을까? 듣고 있는 사람이 있긴 할까? 달덩이 같은 얼굴의 마인하르트는 나이 든 중년 부인처럼 보였다. 그는 트렌치 코트 단추를 풀어놓고 있었다. 틸레는 장례식장에 온 것처럼 고개를 푹 숙이고 서 있었다. 그리고 학생들은 놀랄 만큼 조용했다. 아이들이 이렇게 잘 적응한 적은 아직 한 번도 없었는데.

바로 그때 베른부르크 부인이 열두 명의 사람들과 줄지어 걸어오는 것이 보였다. 모두가 팔에 녹색 책 한 권을 끼고 있었다.

카트너는 무시하고 흔들림 없이 계속 연설을 했다.

"이곳에서 자연 과학의 기초를 배웁니다."

무슨 냄새지? 화장실로 통하는 창문들은 닫혀 있었는데. 토한 냄새, 뷰티르산[93] 냄새가 났다. 누가 운동장에 토했나? 아이들이 자주 폭음을 해대더니.

---

93. 썩는 냄새가 나는 무색의 액체.

"인문주의를 지향하는 김나지움은 우리 자유 민주적 기본 질서의 업적입니다."

인문주의는 한때 모욕적인 말이었다.

카트너 뒤 쪽으로 보이는 벽에는 겹겹이 덧그려 놓은 그라피티[94]로 인해 흰 얼룩이 커다랗게 나 있었다. 하긴 건물 정면만 깨끗하면 됐지 뭐. 카트너는 이제 정치 구호를 외쳐 댔다.

"자유 민주 사회에서만 지식을 전달할 수 있기 때문입니다. 그…"

사람들이 민주주의와 자유를 받아들이는 것, 민주주의와 자유 대신 사회주의를 선택하는 것, 이는 모두 똑같은 것으로 별반 차이가 없었다. 그러나 겉으로 드러나는 것은 늘 전반적으로 성숙한 인성 교육이었다. 그러니까 교육의 중심에는 늘 인간이 있었다.

예전엔 아이들을 진취적이고 평화를 사랑하는 인간으로 키웠다면, 오늘날에는 자유로운 인간으로 키웠다. 여기에서 자유란 아이들에게 각자 자신의 운명을 깨닫게 하는 걸 의미할 뿐이었다. 그러니까 실제론 아무도 자유롭지 않았고, 또 아무도 자유로워서는 안 되었던 것이다. 그리고 아이들

---

94. 벽이나 화면에 낙서처럼 페인트 분무기로 그리는 그림을 말한다.

에게서 자유를 박탈하는 건 오로지 의무 교육을 통해 국가적 차원에서 조직적으로 행할 수 있었다. 이는 문화교육부 장관회의에서 궁리해낸 것으로, 학교가 지식 전달을 목적으로 존재하는 것이 아니라, 아이들을 규제된 일과에 끼워 넣어 당시의 지배 이데올로기에 길들이기 위한 목적과 안전하게 통치하기 위한 목적에서 존재했다. 그런 목적으로 학교는 최악의 사태를 막기 위해 수년간 아이들을 감시했다. 그러니까 김나지움은 아이들이 성년이 될 때까지 아무것도 못 하게 하는 수단인 셈이었다. 아이들은 그저 온순한 주민이자 순종적인 인민으로, 그리고 연금제도를 지탱하는 다음 세대로 길러질 뿐이었다.

"분석, 해석. 그리고 자주적 행동. 판단력, 비판적 사고…"

그건 로마르크도 알고 있는 개념들이었다. 비판적 사고는 늘 허용되었다. 대신 노선엔 충실해야 했다. 이런 병든 체제 속에서 사람들은 자기 자신의 안전에 신경을 써야 했다. 그들에게 안전할 수 있는 최상의 길은 순응하는 것이었다.

"무엇보다 창의력입니다!"

카트너는 지금 또 이런 판에 박힌 말만 해대고 있었다. 창의력은 신과 비견할 만한 것으로 측정될 수도 증명될 수도 없는 내재적인 것이며, 낙오자들이 목매달던 환상 같은 것이었다. 아무것도 못 하는 사람이 어떤 면에서는 창의적이었다. 그리고 또 하나 중요한 건 슈바네케가 모두 모인 자리에서 카트너한테 훈장을 받은 것처럼 기뻐하고 있다는 사실이었다.

"모든 학문을 각각 독립된 분야로 나누는 것은 임시방편일 뿐입니다. 모든 과목은 결국 서로 연관되어 있습니다."

그래서 뭐 어떻다고? 아, 뭐라고 하긴 했는데. 맞아, 이세상 모든 사람은 서로 친척 관계에 얽혀 있다고 했다. 그래서 태어나면서부터 세상 사람 모두는 빠져나갈 수 없는 덫에 걸려 있으며, 양쪽 부모의 자식으로 태어나 오랜 세월 그슬하에서 자유를 뺏긴 채 자라서, 의존적이게 되었다고. 가령, 긴 수염과 검은 눈동자 속 십자형 창살 모양, 그리고 뛰어오를 때 앞발을 모으고 있는, 뒤러의 '산토끼'95 수채화 아래에서 낮잠 잘 때 엄습하는 고요함, 데운 우유에 생긴 메스꺼운 더께나 스톡홀름 증후군96을 떠올려 보자. 이런 것들에서 느끼는 것처럼, 언제부턴가 사람들은 가까이 있는 걸, 익숙한 것으로 쉽게 착각해버렸다. 그러나 결국, 다음 세대인 자식에게 남는 건 유전자뿐이었다.

---

95. 독일 화가 알브레히트 뒤러는 이탈리아의 영향을 받은 화풍으로 독일의 르네상스 회화를 완성했다. 〈자화상〉, 〈어머니의 초상〉 등이 있다.
96. 인질범에게 동조하는 심리상태로, 이 용어는 1973년 스웨덴의 스톡홀름에서 발생한 은행 인질강도 사건에서 유래되었다.

"우리는 늘 새로운 걸 배웁니다… 평생 배웁니다… 학교 공부가 아니라, 인생에 관해서…"

그의 말은 달력에 격언으로 넣어도 정말 아깝지 않을 정도였다. 여기에 레닌이 부르짖은 '배우고, 배우고, 또 배운다.'는 말만 넣으면 완벽했다. 악취가 사라지지 않았다. 가장 좋은 방법은 입으로 숨을 쉬는 것이었다.

"…우리는 평생 교육을 받습니다."

사람들은 그렇게 했다. 근데 무슨 소용이 있었나? 여하튼 인간은 삶의 가장 큰 도전에는 준비할 순 없었다. 그러니까 태어나고, 자라고, 신진대사를 하고, 늙는 것을 배울 수는 없었다. 이 모든 건 순전히 저절로 이루어졌기 때문이다. 로마르크에겐 부모님이 왜 헤어지지 않고 함께 살았는지가 수수께끼로 남아 있었다. 부모님은 이해할 수 없는 이유로, 매일 밤 더블 침대에서 함께 잠을 잤다. 특별한 이유 없이 그냥 같이 잤던 것이다. 그러나 부부는 아니었다. 부부였던 적도 없었다. 그리고 부부가 되지도 않았다. 아버지는 일찍 돌아가셨다. 오랜 숲 속 산책에서 되돌아올 힘이 없었던 사람처럼 그는 퍽하고 쓰러져버렸다. 그녀는 자주 아버지와 함께 산책하러 나가서, 동물들을 관찰하고 버섯을 모아 집으로 가져오곤 했다. 그러면 어머니는 마지못해 그들에게 버섯 요리를 해 주었다. 그리고 그들 부녀는 눈에 보이는 깃털이란 깃털은 모두 주머니에 넣어 뒀다가, 연초에 둥지 트는 제비들을 도와 주려고 목장에다 한꺼번에 쏟아 붓기도 했다. 한 번은 사냥 가는 데 로마르크도 따라간 적이 있었다. 몰이꾼 무리가 몽둥이를 나무 줄기에 두드리며, 멧돼지를 엽총 앞으로 내몰아댔다. 덤불 속에는 사냥 자격증이 있는 사람들과 사냥 회원들, 그리고 아버지 동료들이 총을 들고 기다리고 있었다. 사냥은 아버지가 가진 직책인 크라이스 지부당 간부의 특권이었다. 지부당에서 그가 정말로 무슨 일을 했는지는 로마르크의 어머니도 몰랐다.

"우리는 지식 사회에 살고 있습니다. 교육은 가장 고귀한 자산입니다."

늘 교육에 투자해야 한다고 했다. 어쨌든 대학에 진학하는 아이들은 이곳을 떠나갔다. 교육열이 곧 번식이고 양육이며 복제였다.[97] 이는 곧 일부일처제에 대한 찬사, 종족 보존의 딜레마, 번식되었다 죽어버린 세포들, 원형질 덩어리들 같은 것이라고나 할까. 그리고 아주 작은 방, 미시적인 단위가 점점 크게 확대되어갔다. 모든 세포는 기존의 다른 세포에서 유래되고, 그 각각의 세포들이 모여 군체를 이루었다. 흡사 고도의 분업과도 같이. 모든 유기체는 아주 복잡한 조

---

97. 생물학에서 인간의 생존원칙 (또는 생명력)은 번식, 양육, 복제로 이루어진다. 이를 여기에서는 교육열에 적용해 표현했다.

직체로 이루어져 있었다. 이와 유사하게 한 국가의 가장 작은 부분도 전부 제각각의 임무가 있었다. 유전적으로 같은 단세포들의 군체들도 다른 세포들의 희생으로 사는 기생 세포들도 마찬가지였다. 이제 더 나은 국가, 더 아름다운 나라, 우리 고향 동독에 태양이 떠오르고 있다. 아버지는 '빛이 있는 곳으로 향한다.'고 말한 적이 있었다. 이는 식물도 매한가지였다.

"우리는 미래를 위해 좋은 학교를 만들 겁니다."

로마르크는 아버지를 따라 국경을 넘어 그가 태어난 도시를 방문한 적이 있었다. 그 도시에는 새로 건설된 교통망과 목적에 맞게 설정된 블록, 그리고 분화구 구멍 같은 광장 시장이 있었다. 하지만 아버진 자기가 태어난 그 도시를 도통 알아보지 못했다. 역 이름도 폴란드어로 바뀌어 있었다. 지리적 위치는 변하지 않고 예전 그대로라는 게 정말 놀라울 따름이었다. 이처럼 도시 유산이 심하게 변하면 사람들은 도시 이름을 바꿔버리기도 했다. 그러면 더는 예전과 같은 도시가 아닌 완전히 새로운 도시가 돼 버렸다.

"그리고 오직 함께…"

국가 권력과 동물 세계, 그리고 인간 세계와 협력하는 것, 이러한 협력은 또 다른 협력으로 응답하였다. 네가 나에게, 그리고 내가 너에게 응답하는 것처럼. 가끔 코요테와 오소리는 함께 땅다람쥐 사냥을 나갔다. 오소리는 땅 속 보금자리에서 땅다람쥐들을 꾀어내기 위해 구멍을 팠다. 그러면 입구에서 코요테가 공격했다. 이렇게 획득한 먹잇감을 코요테는 오소리에게 먼저 먹게 하고는 그 틈을 타 이따금 오소리까지 잡아먹기도 했다. 이처럼 협력에는 늘 위험이 따랐다.

"그리고 오로지 함께, 서로…"

주고받는 것. 카트너가 정말 말하고 싶은 게 뭘까? 예전에 닭에게는 소똥을, 아이들에게는 닭똥을 먹을 것으로 주었다. 비유하자면 단백질 대 바이오매스[98] 라고나 할까. 소화되지 않은 에너지들이 있듯 잠자고 있는 재능들도 있었다.

"진화는 오로지 성장에 관계하는 것이 아닙니다…"

어떤 대가를 치르고서라도 세포는 재생되었다. 일정한 방식에 따라 진행되는 세포의 활동은 원활하게 이루어졌다. 또한, 세포는 정치적이었다. 가족은 사회의 가장 작은 세포 단위인데, 나이가 들면 사람들에겐 이 가족이란 것이 영순위가 되었다. 근데 어떤 가족? 로마르크에겐 타조를 사랑하는 남편과 얼굴조차 떠올릴 수 없는 딸 아이가 있을 뿐이었다. 더욱이 세포는 모든 질병의 근원지, 모든 악의 근원지였다. 아버지가 그리 쉽게 돌아가시다니! 그 일이 있은 지 단

---

98. 에너지원으로 사용되는 식물, 미생물 등의 생물체를 일컫는다.

몇 주 만에, 그녀의 머리카락은 갑작스러운 멜라닌 감소로 백발이 되어버렸다. 막 서른 살이 됐을 때였다. 그때 클라우디아는 캠프장에 가 있었다. 집으로 돌아온 그 아이는 알아보지 못할 정도로 변해버린 그녀의 모습을 보고 얼마나 놀라던지.

"정반대로 우리는 쪼그라들고 있습니다. 그러나 우리는 건강하게 쪼그라들고 있습니다…"

정말이지 이제 더는 악취를 참고 있을 수가 없었다. 서너 명은 이미 코를 막고 있었다. 슈바네케는 후각을 잃은 사람처럼 여전히 환히 웃고 있었다.

서른 하나가 되던 해에 로마르크는 클라우디아 담임을 맡았다. 요즘엔 그런 걸 더는 허용하고 있지 않지만, 그때는 많은 동료 교사가 자신들이 담임을 맡은 학급에 자기 아이를 반 학생으로 둘 수 있었다. 그 일로 클라우디아가 괴로워한 적은 분명 없었다. 당시 사람들은 자기 자신이 어떤 처지에 놓여 있는지 잘 알고 있었고, 또 수입이 있으면 당연히 자식을 부양하는 것으로 알고 있었다.

"그러나 여기 이곳… 이곳은 비어 있는 곳이 아닙니다. 이곳은 미개발된, 가능성이 존재하는 곳입니다…"

카트너는 이미 틸레와 똑같은 몸짓에 똑같은 열정으로 허무맹랑한 얘기를 하고 있었다.

"새로운 것을 위한 자리, 아이디어를 위한 자리가 이렇게 나 많이 있습니다!"

카트너는 손을 쭉 뻗었다. 그는 목사가 돼야 했다. 수요일에 벌써 주일 말씀을 하는 카트너 목사 말이다.

마침내 악취를 내뿜는 게 뭔지 생각났다. 은행나무였다. 로마르크는 왜 일찌감치 그 생각을 못 했을까! 터져서 썩은 은행알 때문이었다. 은행알에서 나오는 찌르는 듯한 썩은 냄새였다. 기념패, 경구와 더불어 학교 자랑거리이던 이 나무는 어느새 흉물이 돼 버렸다. 한때는 옛 학교 정원의 흔적이기도 했는데. 줄기가 둘로 나뉜 이 은행나무는 활엽수도 침엽수도 아니었다. 1982년 괴테 해에 씨앗 한 알에서 싹이 튼 나무, 이 나무를 '괴테 나무'라고도 '괴테 골격'이라고도 불렀다. 정말로 괴테의 악간골[99]을 찾아낼 수 있을 것으로 생각한 카트너는 나무를 속속들이 조사해본 적도 있었다. 기니피그 경우와 마찬가지로 이 나무가 수나무인지 암나무인지는, 20년이 지난 후 첫 열매가 열렸을 때 알게 되었다. 그러니까 첫 열매가 열리기 시작한 몇 년 전부터 매년 이 은행나무에 열매가 맺었고 가을엔 고약한 냄새를 내뿜었다. 가엾은 겉씨 식물 같으니.

---

99. 앞니가 박혀있는 위턱뼈의 부분을 말한다.

"이 지역이 어떻게 될지는 여러분에게, 친애하는 학생 여러분에게 달려있습니다."

'젊은 민중이여, 외침을 들어라!'[100] '기회보다는 실패를.'[101]이라고 부르짖었던 것처럼 카트너는 학생들의 지각知覺에 호소했다.

"여러분 세대는…"

늘 다음 세대에 달렸다지. 카트너는 아이들에게 거듭 미래를 들먹이고 있었다.

바람은 역효과를 냈다. 정말이지 악취를 더는 참고 있을 수가 없었다. 다른 사람이라면 나무 줄기에 구리 못을 박을 수 있겠지만, 카트너는 자기 손으로 그렇게 하지 못할 것 같았다. 이 나무를 훼손할 순 없었으니까. 갈라파고스 제도[102]에 서식하는, 움직이지 않는 거대한 도마뱀들처럼 살아 있는 화석이나 다름없었기 때문이다. 히로시마에서조차 살아남았던 건 은행나무였다. 어쩜 이 나무도 수천 년 된 것일 수도 있었다. 로마르크가 클라우디아와 함께 구경하려고 했던

---

100. "Jungvolk, hört die Signale!"는 전 세계 사회주의자, 공산주의자, 아나키스트, 환경운동가 등이 즐겨 부르는 노래의 후렴구 첫 소절이다.
101. "Scheitern als Chance"는 독일 영화·연극 감독, 작가이자 행위예술가인 크리스토프 마리아 슈링엔지프가 1998년 실업자와 사회소외자들을 위한 정당 '기회 2000'을 창당, 그해 연방의회선거에서 내걸었던 선거구호이다.
102. 남아메리카 동태평양에 위치한 에콰도르 영토로, 19개의 섬으로 이루어진 독특한 해양 생태계로 '살아 있는 박물관'이라 불리는 지역이다.

원시 시대 나무, 세쿼이아[103]처럼. 하지만 그녀와 클라우디아는 북쪽으로 올라가 보진 않았다. 원시 시대 경관이 유일하게 남아 있는 곳이 바로 그들이 찾아간 그 땅이었는데, 뭐하러 북쪽으로 갔겠나. 모든 게 엄청나게 광활했다. 계곡과 사막, 당일 여행, 그리고 몇 주에 걸친 대여행. 한눈에 다 보기엔 너무나 광활했다. 그 대륙을 발견하고 이주했을 때만 해도 그들에겐 모든 가능성이 열려 있었다. 그런데 무슨 일이 일어난 걸까? 판지와 나무로 지은 집들, 그런 집들에 비하면 로마르크의 집은 견고한 편이었다. 방 넓이만한 옷장, 5차선 고속도로, 텔레비전 시리즈물 제목이 붙었다가 나중엔 아예 없어져 버린 보도와 길, 그리고 에어컨 발명 덕분에 존재할 수 있었던 도시들로 가득한 그 땅. 순진한 미국인처럼 생긴 외국인 가이드의 얼굴에는, 이민 간 유럽인의 생김새가 아직 남아 있는 것을 엿볼 수 있었다. 그래도 그 사람은 이민자로 이루어진 그 땅의 국민이었다. 클라우디아가 여행 내내 통역을 해 주었다. 가이드는 줄곧 사람들에게 주위를 둘러보라고 하면서 언젠가 그곳에 있었던 바다, 즉 거대한 해양에 관해 쉴 새 없이 설명했다. 그러니까 거기 그 사막은 한때 거대한 해양의 바닥이고 그 진기한 붉은 산들은 해저 언덕이었

---

103. 상록수로, 세상에서 가장 큰 나무이다.

다는 것이다. 그러나 그곳에는 죽은 경치만 있었다. 딱따구리들이 선인장을 쪼아 구멍을 내 거기에 둥지를 틀고, 늦은 시각 인디언 보호구역 주거용 컨테이너 앞엔 퉁퉁한 인디언 여자들이 쪼그리고 앉아 있었다. 울타리에 둘러싸인 불모의 땅에서 그들은 플라스틱 봉지를 재배하고 있는 것처럼 보였다. 관광객들은 그런 그들을 쳐다봐서도 그들의 무덤 사진을 찍어서도 안 되었다. 자유의 땅, 그 땅 사방에는 금지 표지판이 여기저기 세워져 있었다.

벨이 울렸다. 중간 휴식 시간이 끝났다. 하지만 카트너한테는 그 시간이 충분치 않았던 모양이다. 지난번에도 그는 독재자처럼 자신이 가진 권력을 행사해, 쉬는 시간을 삼사 분 연장하여 민주주의를 설교하고 자신의 의지를 관철했다. 누가 뭐라 하든 염두에 두지 않는데, 어쨌거나 바람직한 행동은 아니었다.

"거침없어라! 여기 머물러라! 변화시켜라! 꿈을 가져라!"

그건 로마르크도 이미 알고 있는 말이었다. 이처럼 모든 연설은 늘 구호로 끝이 났다. 어떠한 국가 형태도 최고라 할 순 없다. 그리고 모든 건 자연히 이루어지리라.

아니타 아주머니는 많이 먹으라며 로마르크에게 쾨니히스베르거 클롭스[104]를 접시 한가득 담아 주었다. 이 음식은 학교 급식 인기 메뉴였다. 식탁으로 이동하면서 소스를 리놀륨 바닥에 흘리지 않도록 주의해야 했다.

로마르크가 너무 일찍 왔는지 교사 전용 식탁은 텅 비어 있었다. 그녀 뒤로 학생 서너 명이 있을 뿐 정말 조용했다. 드디어 혼자 있을 수 있게 되었다. 심지어 음식도 맛있었다.

그런데 누군가 열쇠 꾸러미를 식탁 위에 탁하고 소리를 내며 내려놓았다. 열쇠 꾸러미엔 꼬아놓은 작은 끈이 달려 있었다.

"모두 맛있게 드세요!"

슈바네케였다.

"금방 선생님께로 올게요. 그래도 되지요…"

묻기는 왜 묻지? 불운이다. 어느 곳도 그 여자로부터 안전하지 못했으니. 슈바네케는 카트너의 설교로 지나치게 흥분한 마음을 아직 가라앉히지 못한 것처럼 보였다. 그 여잔 자리에 앉더니 외투를 벗었다.

"교장 선생님이 옳아요. 사람들이 실제로 모든 걸 다 배우진 못하죠, 그렇죠?"

어찌나 앵무새처럼 지껄여대던지. 모든 걸 꼭 그대로 지껄여대야 하나.

---

104. "Königsberger Klopse"는 송아지고기를 갈아서 청어나 정어리를 섞어 만든 대표적인 독일 요리이다.

"정말이지, 우린 평생을 학교에 다닌다니까요."

슈바네케는 냅킨을 펼쳐서 무릎 위에 얹었다.

음식이 서서히 식고 있었다. 근데 배가 그리 고프지 않은 모양이었다. 아마 다이어트 중이겠지. 여자들은 늘 다이어트를 했으니까. 로마르크는 화가 난 건 아니었지만 거기 앉아 있는 모양새가 우습게 여겨졌다.

"슈바네-케- 선생님?"

학생들은 늘 사람 이름의 끝음절을 길게 빼 부르는 버릇이 있었으나 다행히 슈바네케 이름은 그리 길게 빼 부르진 못했다.

자그마한 코에 눈이 커다랗고, 입술이 얇은 한 여학생이 말을 걸어왔다. 존칭을 사용하는 걸로 봐서 10학년 학생인 것 같았다. 말을 놓는 건 11학년 학생들부터였으니까.

"으응?"

한결같이 과장된 어조였다. 슈바네케는 느릿느릿 돌아보았다. 즐기듯이.

"내일 정말 시를 발표해야 합니까?"

"그럼, 카롤린, 그렇게 하기로 했잖니."

슈바네케의 이가 얼마나 크던지 선홍색 잇몸이 작아 보였다.

"근데 전 이제 막 시작해서요."

"참 잘했어요. 그러면 내일 수업 시간에 어떻게 계속해 나갈지 얘기하자. 알겠지?"

최대한 상냥하게 알랑거렸다.

"감사합니다, 슈바네케 선생님."

이제 그 아이가 무릎 구부려 인사하는 것만 남았다.

슈바네케는 어쩜 그리 인기가 많던지.

"아, 사랑스러운 학생들…"

슈바네케는 음미하면서 노래하듯 말하고는 감자를 으깼댔다.

"이러니 저러니 해도, 학생들 모두 내 아이나 마찬가지죠."

귀담아들을 필요가 없었다. 늘 똑같이 읊어댔으니까. 이제 드디어 포크를 입으로 가져간 슈바네케는 입안에 음식을 조금 집어넣었다.

"그들 중 학생 몇을…"

슈바네케가 음식물을 씹으면서 말했다.

"전 얼마 전에 분명히 알았어요. 사랑해야 하는 걸…"

드디어 씹던 걸 삼켰다.

"그들을 참아내기 위해서는…"

먹으면서 말을 하면, 음식물 조각이 기관지로 쉽게 들어갈 수 있기 때문에 조심해야 했는데.

"아이들은 선생님 앞에 서면 완전히 의기소침해지고 작

아지죠. 가끔은 좀 뻔뻔스럽기도 하지만요. 그럴 경우 할 수 있는 건 두 가지밖에 없어요…"

슈바네케는 인간과 동물의 차이가 이성이 아니라, 언어 표현 능력인 걸 보여 주는 살아 있는 증거였다.

"도망치거나…"

슈바네케는 마치 용서를 구하는 듯한 눈빛으로 쳐다보았다.

"사랑하는 거죠…"

이 인간은 부끄러움이라곤 몰랐다. 입술에 남아 있는 립스틱 자국과 밝은색 파우더로 모공을 꽉 메운 슈바네케의 모습에는 큰 무대에 서고 싶은 여배우의 열망이 담겨 있었다.

"그래서 전 늘 사랑을 택했어요."

목소리에 열정이 가득 묻어났다. 슈바네케는 정말 배우가 돼야 했었다. 아니, 이미 배우인거나 마찬가지였다. 사람들이 있는 데서 대놓고 자신의 호르몬 변화에 도취해 있었으니까.

"저는 생각을 나누는 건 정말 좋은 거라고 여겨요. 그리고…"

요염하게 웃자 끔찍스런 이가 드러났다.

"… 아주 사적인 것."

슈바네케는 왜 그녀에게 이런 얘기를 할까? 도대체 원하는 게 뭘까? 이곳에는 라임 라이트[105]도 관객도 없고, 박수갈채도 받을 수 없는데 말이다. 하긴 후각을 잃은 사람은 육감도 없는 법이었으니.

"교육적인 사랑."

슈바네케는 맛있게 냠냠거렸다.

학생들에게 자꾸 자기 이름을 부르라고 하는 인간들은, 그들을 안고 만져보려고 침대로 데려갈 게 불 보듯 뻔했다.

여학생들 체육복 바지 길이가 아주 짧은 걸 본, 남자 체육 교사는 구조의 손길을 가장해 바지를 잡아 끌어내리고, 그렇게 늘어진 여학생용 속바지 여러 장이 그의 책상 맨 아래 서랍에 들어 있었다. 늘 그런 짓거릴 원하는 인간들에게 학교는 아이들을 만질 수 있는 곳이었다.

"아."

별안간 슈바네케는 깜짝 놀라며 손을 입에 갖다 댔다.

"고기 끊은 걸 새까맣게 잊고 있었어요."

슈바네케는 클룹스를 굴러 접시 가장자리로 빼냈다. 눈을 뗄 수 없는 구경거리였다.

이런 시기가 클라우디아한테도 있었다. 볼프강이 축산

---

105. 연극무대용 조명.

업을 청산하고 실업자가 됐을 때였다. 그 당시 클라우디아는 맛이 없다며 더는 고기를 먹지 않았다. 그러나 학교에서처럼 집에서도 로마르크는 누구도 특별 대우하지 않았다. 그리고 클라우디아도 오래가진 못했다. 클롭스가 굴러 접시 중앙으로 다시 되돌아왔으니까.

"저는 온실 효과도 환경 오염이라고 생각해요. 진정한 '기후 살인자'인 거죠. 메탄올은 싹 다요."

로마르크는 너무도 멍청한 슈바네케가 안쓰러웠다. 그런 말은 대체 어디서 주워들었을까? 슈바네케는 밤에 잠이 안 와 켜 둔 텔레비전에서 흘러나오는 아주 심오한 얘기를 무의식 속에서 들은 것 같았다. 예전에 한창 떠들어댔던 오존층 구멍 얘기를 못 듣게 된 지도 한참 되었다. 요즘엔 기후 변화가 화젯거리로 떠올랐다. 수십 억 년의 지구 역사에서 기후 변화가 닥칠 수도 있었던 것이다. 생태계 분야에서 강조하는, 지구 온난화의 주범이 인간이라는 불편한 주장만으로도 인간은 엄청난 죄책감을 느끼게 되었다. 그런데 사람들은 그런 죄책감을 키우는 데에만 몰두했다. 〈지옥의 묵시록〉[106]을 보고, 교회에서 얘기하는 것을 들어만 봐도 알 수 있듯이. 단지 파라다이스가 없는 것이 다를 뿐

---

106. 여기서는 지구온난화로 인해 곧 세계가 끝나게 될 것이라고 믿는 사람들의 두려움과 공포를 이 영화에 빗대어 풍자했다.

이었다.[107] 생물학에서는 정치만큼이나 도덕과 관련된 것도 환영받지 못했다. 흡사 인간이 자신의 환경을 파괴하는 유일한 존재인 것처럼 보였다. 그러나 실은 모든 생물체가 자신들의 환경을 파괴했다. 종이란 종은 모두 공간과 자원을 필요로 했고 쓰레기를 남기며, 생물체는 모두 다른 생물체의 생활공간을 빼앗았다. 그러니까 어느 한 생물체가 있는 곳엔 다른 생물체가 살 수 없었다. 그래서 새들은 둥지를, 벌들은 벌집을, 인간들은 조립식 건물을 제각각 지어 살았다. 자연에는 균형이란 없었다. 오로지 불균형을 통해서만 모든 걸 살아 숨 쉬게 하는 물질 순환[108]이 일어나는데, 다름 아닌 매일 떠오르는 태양이 우리를 살아 숨 쉬게 하는 엄청난 에너지의 흐름이다. 그러므로 자연에서의 균형이란 끝이자 죽음을 의미한다.

이제 슈바네케는 먹지도 않을 클롭스를 포크로 자르기 시작했다.

"불쌍한 동물들."

슈바네케가 한숨을 쉬었다. 마치 클롭스를 두고 하는 말 같았다. 인간이란 동물이 얼마나 어리석을 수 있을까? 게다

---

107. 지구온난화로 인한 세계종말과는 달리 기독교에서는 세계종말 이후 파라다이스가 도래한다는 데 차이가 있다는 것이다.
108. 생물에 필수적인 물질이 비생물 환경의 생산자에 의해 먹이연쇄를 거쳐 소비자로 옮겨가며 분해자에 의해 다시 생물환경으로 되돌아가는 과정.

가 사막에서 살아남는 건, '설탕 핥기'[109]처럼 쉬운 일이 아니었다. 그곳 사막에서 죽음을 맞이하는 건 잔인했다. 어쩜 그런 폭력적인 죽음이 가장 자연스러운 죽음일 수도 있었으나. 우린 이 모든 동물로 뭘 해야 했을까? 또 선택 교배와 인위적 이종 교배의 결과로 뭘 해야 했을까? 소는 인간의 발명품이었다. 그들은 우유 제조기이고 위를 7개나 가진 풀 뜯는 고깃덩어리였다. 우리는 그들을 사육했다. 그리고 이젠 그들을 먹어치우는 일도 해야 했다.

"선생님은 좋으시겠어요. 따님은 언제 또 오나요?"

"곧요."

음험한 인간 같으니.

슬쩍 덧붙이듯 이런 말을 꺼내다니. 양날의 칼 같은 질문이었다. 슈바네케는 무슨 엉뚱한 생각을 했던 걸까?

"그럼 선생님 남편 분은?"

그럼 그렇지. 내 생각이 적중했지. 감자가 포크에서 도로 접시로 떨어졌다. 그러고는 나이프와 포크 소리가 쟁그랑하고 났다. 인제 그만 입 좀 다물었으면 했다.

"그이는 다른 여자가 있어요."

물론 지어낸 말이었다.

---

109. '누워서 떡 먹기'란 의미로 쉬운 일이라는 의미이다.

"훨씬 어린 여자죠."

간을 봤다.

"그리고 지금 임신 중이에요."

있을 법한 일이었다.

"전 아기를 가질 수 없어요."

부끄러움을 모르는 슈바네케는 아이도 못 갖는다는 말이었다. 자기 폭로나 다름없었다. 이 여잔 자기 자신에 대해 아무 거리낌도 없는 모양이다.

"어렸을 때 엄마한테 아이가 어떻게 생기는지 물어본 적이 있었어요."

슈바네케는 숨을 들이켰다. 이 여잔 죽을 때도 열변을 토할 것이다. 뭘 할 말이 더 남았지?

"엄마가 말하기를…"

입술이 파르르 떨렸다.

슈바네케는 하던 말을 멈추려 하지 않았다. 하필이면 자신의 민감한 부분을 떠벌리고 다니는 인간이 다른 사람에게 이토록 끈질기게 자기 감정을 강요하다니.

"진심으로 바라면…"

이젠 멈출 수가 없었다. 정말이지 거리낌 없이 노골적으로 다 드러냈다. 로마르크는 '쳐다보지 마'하고 속으로 소곤거렸다. 쳐다보면 격려하는 꼴이 될 뿐이었다.

"잉에."

어깨를 으쓱했다.

"잉에."

소리 없이 입술만 움직였다. 우는 건 아니겠지?

"잉에라고 불러도 되지요?"

그건 협박이었다. 모든 게 의도적이었다.

"네, 그래도 돼요."

달리 무슨 말을 할 수 있었을까? 눈물은 강력한 무기였다. 근데 하필 점심 먹는 자리에서 눈물을 쏟아 내다니.

어쩌지? 흐느끼는 소리가 들렸다. 로마르크는 야윈 손으로 슈바네케 목을 감싸더니 두 팔로 그 여잘 꼭 껴안았다. 그러자 슈바네케의 부드럽고 따뜻한 가슴이 느껴졌다.

버스 정류장에는 통학생들이 오늘따라 일찌감치 나와 떼 지어 서 있었다. 학교 근처 빵집이 문을 닫아서, 아이들이 용돈을 쓸 수 있는 곳은 슈타인슈트라세 거리에 있는 담배 자판기뿐이었다.

남학생들은 따분한 표정으로 휴대폰을 만지작거리고, 여학생들은 이어폰에서 흘러나오는 음악에 맞춰 몸을 흔들고 있었다. 튀는 아이는 없었다. 엘렌도 혼자 조용히 책에 빠져 있었다. 이 일대에는 오가는 자동차도 없었다. 주중인데도 꼭 일요일 같았다. 근데 에리카가 보이지 않았다.

그 아이는 어딨지? 로마르크는 한군데 자리를 잡고 서서 시내 쪽으로 나가는 길과 학교 안으로 들어가는 길을 번갈아 바라보았다. 또 담 쪽도 살펴보고 광장으로 가는 길도 살펴보았다. 횅했다. 에리카는 어디에도 없었다. 버스가 오자 모두 우르르 몰렸는데, 아이들은 서로 먼저 타려고 다투지도 않았다. 버스 운전기사의 멍청한 얼굴을 쳐다본 그녀는 다시 한 번 사방을 둘러보았다.

"출발하세요. 두고 온 게 있어서요."

버스 문이 닫혔다.

버스는 그녀를 남겨놓고 출발했다.

차창으로 제니퍼의 어리둥절한 얼굴이 보였다. 이제 어쩌지? 정말 춥고 어두컴컴했다. 11월의 스산한 기운이 거리를 휩쓸고 있었다.

학교 복도는 어두컴컴했다. 수업은 다 끝이 났고 시민 학교 수업도 없었던 터라, 으스스하고 고요했다. 제일 먼저 가느다란 철제 버팀대들과 창살이 시야에 들어왔다. 로마르크가 한 손으로 난간을 짚고 계단을 올라가자 이어 콘크리트 돌 창틱도 보였다.

그 당시 로마르크는 혼자 찾아갔다. 아무하고도 그 일에 관해 얘기하지 않았다. 대체 누구와 얘기할 수 있었겠나? 한

프리트와는 이미 끝난 사이였고 볼프강과는 아무 상관 없는 일이었다. 아랫도리 용무였으니. 병원에서 하룻밤 보내면서 간단한 치료를 받으면 되는 일이었다. 볼프강은 원래 걱정이 많은 사람이었다. 또 당시는 불안한 시기이기도 했다. 국경이 열리고 새 화폐가 들어오고, 작물 재배가 앞으로 수십 년간 장려될 것으로 알려진 때였다. 근데 그러한 것들이 나쁜 결과가 되어 사람들에게 되돌아왔다. 그리고 가축 사육자들의 봉기도 일어났다. 앞으로 어떻게 진행될지는 아무도 몰랐다. 다만 그리될 줄 알았다는 사람들만 넘쳐났다. 사람들은 먼저 새로운 낙농 설비를 갖춰놓고 그런 다음에 젖소를 개량 사육해야 한다고들 했다.

담당 의사는 수술이 가능한 시기가 지났을지 모른다고 했으나 그럼에도 수술을 해 주었다. 그 당시에도 이른바 '과도기 규정'이라는 것이 있었다. 그 의사는 대머리였지만 몇 가닥 없는 머리카락이 짧은 전기 철사처럼 쫑긋 세워진 모습은 멋있어 보였다. 분명 이곳 출신은 아니었다. 음부를 밀어준 간호사가 마취 기운으로 잠이 들 때까지 로마르크의 손을 꼭 잡아 주었다. 몇 시간 후, 마취에서 깨어난 로마르크 눈에 맨 먼저 병실 창문의 젖빛유리가 보였다. 부모님 집 부엌문과 똑같은, 병실 물결무늬 유리문은 거미줄 장막 같기도 하고 사진첩 속 얇은 양피지 같기도 했다. 어렸을 때부터 클라우디아는 '개구리 한 마리가 유제품 가게에 들어갔다. 그러자 점원이 "자, 개구리 친구, 뭘 찾아요?"하고 묻는다. 이에 개구리가 "콰릅"[110]하고 말한다.'는 이야기를 들을 때마다 매번 웃어댔는데, 심지어 다 커서도 웃곤 했다. 그 이야기는 클라우디아가 좋아하는 유머였다. 근데 유제품 가게가 있기는 했나? 당시에는 있었던 것 같다. 언제부턴가 낙농업장이 문을 닫게 되고, 하루아침에 문을 닫게 된 주인들은 우유를 어디로 보내야 할지 몰라 속을 태우고 있었다. 학교에서는 모두 우유가 아닌, 콜라를 마셨기 때문이다. 방목 기간이 끝난 후, 그들은 예년처럼 소를 도축장에 넘겨 주려고 해도 넘겨 줄 도축장이 없었다. 또 겨울 동안 소들을 가두어 둘 외양간도 없어서 어디로 보내야 할지 몰라 막막해 했다. 결국, 정처 없이 떠돌아다니는 행상인들이 소들을 거의 공짜로 가져갔고, 우유는 밭에 쏟아 버려졌다.

당시 로마르크는 둘째 아이까지 감당할 자신이 없었다. 클라우디아는 사춘기이고 볼프강은 일자리를 찾고 있었다. 암소는 젖을 주기 위해 송아지를 낳아야 했다. 젖을 주는 암소가 진짜 암소였기 때문이다. 그리고 아이를 낳은 여자가 진짜 여자였다. 그런데 엄마와 아기의 Rh 항체가 달랐다. 그

---

110. '콱콱' 하고 우는 개구리소리를 '콰릅'(Quark, 응유 치즈)이라고 여긴 것.

냥 같지 않았다. 로마르크는 클라우디아를 낳고 젖을 먹이며, 의무를 다했다. 뭘 더 해 줄 수 있었을까? 다만 젖이 안 나와 배불리 먹이지는 못했다. 음모는 이내 다시 자라났다. 신체 부위에 따라 음모가 일정한 길이만큼 자라는 것이 놀라웠다. 분명 유전 프로그램 때문이었겠으나.

갑자기 서늘해진 공기 탓에 로마르크는 어깨가 오싹오싹 떨리고 머리에 소름이 돋는 걸 느꼈다. 그러는 게 정상적이었다. 원시 시대에 살았던 털북숭이 인간의 특징 중 하나였으니까. 그 시대 때는, 위로 쫑긋 세워진 남자의 머리카락은 마주한 상대에게 그를 더욱 강하게 보이게끔 했다. 그러나 다행히 로마르크 앞에 마주 선 상대라곤 없었다. 모든 게 정상적이었다. 아, 근데 뭐가 정상적이라는 거지? 가끔 규칙에도 예외는 있었다. 꽃이 피지 않는 식물, 진딧물의 처녀 생식[111], 날지 못하는 새들과 같은 예외 말이다. 로마르크는 이혼을 할 수 있었지만 실제로 이혼할 생각을 해본 적은 단 한 번도 없었다.

어디선가 중얼대는 소리가 들려와 살펴보니 교실 문 하나가 열려 있었다. 데데론[112] 앞치마를 걸친 한 여자 청소부가 의자를 책상 위로 올리고 있었다. 마루용 왁스 냄새가 은

---

111. 정자가 관여하지 않는 생식 방법.
112. 구동독에서 생산된 화학 섬유 직물.

행알의 시큼한 냄새보다 더 심한 악취를 풍겼다.

처음엔 로마르크 눈에 한프리트가 들어오지 않았다. 그녀는 완전히 자발적으로 참여하는, 주민 주도로 실시한 자원봉사[113]를 간 적이 있었다. 볼프강은 그런 자원봉사를 끔찍이 싫어해서 함께 가지 않았다. 참여한 사람들은 각자 할당받은 양의 쓰레기를 치우고, 신축 건물 블록 뒤편 밭길 농로[114]에 나무를 심었다. 자원봉사 초기엔 한스와 클라우디아, 깡마른 목사 아이들도 함께 와서 그 일에 참여하곤 했다.

한프리트는 늘 야생나무, 캄페스트레 단풍나무, 너도밤나무, 밤나무를 가지러 산림 감시원한테 갔고 로마르크도 가끔 동행했다. 그녀는 정말이지 다시 임신하게 될 것이라곤 생각지도 못했고 아기를 가질 수 있다는 것도 잊고 있었다. 그 당시 클라우디아가 이미 생리를 하고 있을 때였다. 주기적으로 성숙한 난자를 배출하는 것 말이다. 그래서 로마르크는 생리는 자기와는 무관한 것으로 생각했다. 실제로 임신하고 한참 지나고 나서야 아직 생리가 완전히 끝난 게 아니라는 생각이 들었다. 그녀는 엑스레이 촬영하려고 서명할 때만 해도 임신이 아닐 것이라고 생각했다. 그리고 중절

---

113. 구동독에서 여가나 주말에 실시했던 자원봉사.
114. 농가와 경지 사이에 또는 경지와 경지 사이에 나 있는 길.

할 땐 언젠가 나중에 다시 임신할 수 있을 것처럼, 다음번에 아이를 낳겠다는 생각을 했다. 그녀는 두 아이, 그러니까 태어나지 않은 아이와 태어난 아이 모두를 잃어버린 셈이었다. 헛소리. 그런 생각은 집어치워. 어쨌든 그때 심은 나무들은 지나친 보살핌과 돌봄을 받아서인지 벌써 시들시들했다.

어쩌면 로마르크가 그 입상의 손에 입을 맞추었기 때문에, 스페인 코스타브라바 해안[115]으로 첫 해외여행을 가게 됐는지도 몰랐다. 언젠가 산속 어느 수도원에서 건강과 다산의 상징인 흑인 성모 마리아를 숭배하는 걸 보게 되어, 거기에 입을 맞춘 적이 있었다. 그렇다고 해서 로마르크가 그런 걸 믿는다는 뜻은 아니었다. 모성, 그 모성이란 것은 호르몬에 의해 생겨났을 뿐이니까. 농경 시대 훨씬 이전, 배고팠던 시대의 비만한 여신, 바로 빌렌도르프의 비너스[116]에 관한 신화가 전해져 내려오고 있었다. 빌렌도르프의 비너스는 땅딸막한 석회암 몸통에 불룩한 배 위로 축 늘어진 커다란 젖가슴과 엄청나게 풍만한 엉덩이를 갖고 있고, 짧은 곱슬머리를 얼굴 위로 드리우고 있었다. 그 모습은 그야말로 출산의 상징이었다.

교장실 문이 열려 있었다. 교장실에는 반일제로 일하는

---

115. 스페인 카탈루냐 지역에 위치한 해안 지역.
116. 오스트리아 빌렌도르프에서 발견된 구석기시대의 여인 조각상.

비서가 있었으나 실제로 그녀를 본 사람은 아무도 없었다.
비서 의자에 카트너가 앉아 있었다.

"로마르크? 아직 여기서 뭘 하고 있소?"

"두고 간 게 있어서요."

또다시 로마르크는 뭔가 숨기듯 말했다.

"뭘?"

그가 늘 하는 대로 로마르크도 대답 대신 되물었다.

"그럼 선생님은요?"

"낱말 맞히기 퍼즐을 하고 있었소."

그가 신문을 들어 올려 보였다.

"저승에 있는 이집트 신."

방금 질문한 건가?

"이름이 열세 글자로 된 오스트리아 여배우는?"

모르겠다.

"좋아. 또 뭐가 있지? 잠깐. 아, 이건 쉬워. 세 글자로 된
최초의 인간은?"

"원숭이."

반사 작용하듯 완전 자동이었다.

카트너는 푸하고 숨을 내쉬었다.

"원숭이라니! 믿을 수가 없군."

그는 의자를 뒤로 민 후, 머리를 뒤로 젖혔다.

이제야 정답이 떠올랐다.

"원숭이라니. 원숭이. 원숭이."

그는 마음을 가라앉히지 못했다.

"로마르크, 상으로 작은 꿀벌[117] 하나를 주겠소."

그는 가까이 오라는 손짓을 했다.

"여기 앉아 보시오."

의자가 불편했다.

카트너는 의자를 책상 앞으로 좀 더 끌어당겼다.

"당신한테 할 말이 있소."

그는 늘 일부러 말을 끊어 하는 버릇이 있었다.

"그게 말이지, 조만간 화학 수업을 당신 교실에서 하게 될 거요. 그러니까 놀라지 않았으면 해요."

"대체 왜요?"

"그게 말이오, 창작 수업을 꼭 세면대가 있는 교실에서 해야 한다는군. 물감을 사용해야 하는가 봐요. 게다가 슈바네케가 교실을 내놓지 않으니. 상식적으로 생각할 수 있겠죠. 생물과 화학 두 과목은 서로 떼어놓을 수 없는 과목이잖소."

화학은 말이 필요 없는 과목이고, 생물은 말이 필요한 과목이었다. 로마르크는 단 한 번도 화학을 잘한 적이 없었

---

117. 성적이 좋거나 칭찬받을 만한 일을 한 학생에게 상으로 주는 스티커.

다. 크렙스 회로[118]니 전자 수송 사슬이니 하고 떠들어대는 화학이 그립기는 했어도. 하지만 로마르크 교실에서 화학 수업을 하게 둘 수는 없었다. 운동장에서 나는 악취만으로도 이미 충분했다.

"지금까지 원자를 확대해 볼 수 있는 현미경은 없었어요."

로마르크가 듣던 세미나 강사가 늘 하던 말이었다.

"있습니다, 있어요. 모르셨어요?"

누군가의 그 말에 강사가 화들짝 놀랐다.

"그 사이 분자를 볼 수 있는 전자 현미경도 나왔습니다."

그래, 맞다. 로마르크도 어디선가 그와 같은 걸 읽은 적이 있었다.

"괜찮소. 나도 화학은 그리 잘하지 못했소. 지금도 뭐가 사례고 실제인지 전혀 모르겠다니까."

카트너는 친근한 미소를 지어 보였다.

"난 늘 평점 3을 받았소. 근데 정확히 풀어서 뭐라고 했더라? 아, 3을 '만족스럽다'고 했지. 만족스럽다는 것보다 더 좋은 게 뭐가 있겠소?"

그는 거의 노래 부르듯 말했다.

"그렇지 않소?"

---

118. 정식 명칭은 트라이카복실산 회로로, 고등동물의 생체 내에서 피루브산의 산화를 통해 에너지원인 ATP(아데노신3인산)를 생산하는 과정이다.

"전 오래전부터 계속 교육은 받고 있지 않아요."

마지막 교육을 받은 게 10년 전이었다.

"잉에, 이해해 주시오. 그래 봤자 소용없소."

"오늘 평생 교육 받아야 한다고 사방팔방 외쳐댄 사람이 대체 누구였죠!"

"당신도 그래야 해요. 난 당신의 전공 실력을 의심치 않소. 하지만 우리 주의 교사 90%가 40살이 넘었소. 그게 무슨 뜻인지 알겠소?"

"노련미가 많다는 거죠."

"전반적으로 고령화됐소. 분명 나이 든 사람들이 미래이긴 하지, 경제적인 면에서만 보더라도. 유일하게 성장하는 시장이니까. 그리고 생물학적으로 보면 지금 60살인 사람들이 20년 전 40살인 사람들보다 훨씬 젊지."

바람에 팔랑거리는 작은 종이 깃발이 눈에 들어왔다.

"근데 생존을 위한 투쟁이 뭔지 당신은 알잖소. 당신은 그 분야 전문가잖소. 젊은 교사 몇 정도는 우리에게 이로울 거요. 아주 강한 자들만이 살아남는 법이잖소!"

카트너는 자신의 배를 가볍게 쓰다듬었다.

"당신도 알다시피 우리 모두, 그러니까 나도 어떻게 될지 확실치 않소… 4년 이내에 당신들한테 무슨 일이 닥칠지 모르잖소. 상황이 어떻게 될지 모르니 미리 다른 지역을 알아

봐 두는 것도 매우 바람직할 거요."

그는 대체 무슨 말을 하고 싶은 걸까?

"예를 들면, 노이브란덴부르크[119]도 좋지."

무슨 말이지?

"그럴 경우, 물론 당신 전공을 유지할 수도 있소."

전공? 왜? 대체 무슨 소리를 하는 걸까?

"아니면 …"

그는 숨을 들이마셨다.

"아니면 여기 이 도시에 머물든지."

"레기온알슐레에요?"

로마르크는 동요하지 않았다. 이건 협박이었다.

"아니, 아니. 그 학교들도 꽉 찼소. 처음으로 되돌아가는 게, 훨씬 낫다는 거요. 당신은 맨 처음부터 다시 시작할 수 있다는 말이지."

전부 헛소리였다.

"초등학교 말이요!"

완전히 돌았나 보다. 그가 왜 그런 말을 했는지 바로 설명될 것이다. 로마르크는 두려워할 필요가 없었다. 영리한 동물은 기다릴 줄 아는 법이다.

---

119. "Neubrandenburg"는 메클렌부르크-포어포메른 주에 위치한 도시이다.

"내가 대체 초등학교에서 뭘 가르쳐야 하죠?"

그는 인사를 결정할 수 있는 위치가 아니었다.

"자, 실과 과목, 그러니까 숲, 집, 인간, 온도 측정, 구름 관찰, 버섯 찾기 등엔 당신이 적임자지. 실과 과목을 가르치면서 당신이 늘 원하는 기초를 닦을 수 있소. 난 당신이 아이들에게 뭔가 가르치기 위해서 선생이 됐다고 생각해요."

분명 그 때문에 그녀가 선생이 된 건 아니었다.

"2년간 실업 급여가 지급되는 건 알잖소. 그리고 지금보다 조금 덜 즐겁기는 하겠지만, 그래도 비슷한 일자리는 얼마든지 있소. 다루기 힘든 아이들을 돌보거나 혹은 정신 병원 야간 근무나 보육원 교대 근무를 설 수도 있소."

그는 로마르크에게 아무 짓도 할 수 없었다. 사회주의적 인간은 최우선적으로 노동의 과정을 통해 만들어졌다. 그러니까 규정에 따른 업무를 통해서 말이다. 해고 통보를 받은 중국인 공장 노동자들이 고층 건물에서 뛰어내린 일이며, 일자리를 잃은 한 가정의 가장이 가족 모두를 살해한 일도 있었다. 그리고 남은 것은 갚지 못하게 된 빚뿐이었다. 지금도 고아원이 있을까? 인간이란 동물은 이 세상에서 가장 위대한 가축이고, 그런 인간에게 노동 없는 삶이란 아무 쓸모없었다. 그런데 그녀는 왜 선생이 됐지?

"근데 이 모든 건 아직 추측일 뿐이요. 물론 당분간 당신은 계속 이곳에 있게 될 거요. 그냥 그런 생각을 해 봤을 뿐이라는 거요."

그러나 불안에 떨게 하는 데는 성공했다. 부모님이 교사란 직업이 그녀에게 맞을 거라고 했고, 통합상급학교[120]에 가려면 직업란에 희망 직업을 써넣어야 했기 때문에, 그리고 세상에 태어난 아이들을 위해, 교사들을 필요로 했기 때문에 로마르크는 교사가 되었다. 어쨌든 예전엔 늘 교사들을 필요로 했으니까.

"근데 무슨 일 있소? 이미 오래전에 정비 공장에서 차가 나와야 했잖소. 왜 아직도 버스를 타고 다니는 거요?"

"생태계를 위해서요."

그는 이마를 찌푸렸다. 그녀가 한 말을 한마디도 믿지 않는 눈치였다.

"안색이 좋지 않소, 로마르크. 난 당신이 걱정돼. 너무 지쳐 보여. 피곤해 보인다고. 긴장을 풀어요. 그리고 강좌를 한 번 들어보시오. 예전에 러시아 어 수업 하던 교실에서 곧 15시 30분에 장신구 디자인 수업이 있을 거요. 잠깐, 내가 확인해 보겠소."

---

120. "Erweiterte Oberschule"는 구동독 최상급 인문계학교로, 이 학교에서 12학년을 마치면 대학입학시험을 볼 수 있는 자격을 획득했다.

그는 종이 뭉치에서 노랗게 인쇄된 종이를 끄집어냈다.

로마르크는 당장 뛰쳐나갔어야 했다. 여기 조금이라도 더 오래 앉아서 서커스 단장처럼 구는 인간한테서 굴욕을 당하는 건 쓸데없는 짓이었다. 다음 버스는 6시에나 있었다. 내일부턴 다시 자동차로 출근해야지. 근데 왜 아직도 여기 앉아 있는 거지?

카트너가 그녀를 도전적인 눈빛으로 쳐다보았다.

로마르크는 몸에서 힘이 빠지고 머리가 무거워지는 걸 느꼈다. 뇌란 엄청난 에너지를 잡아먹는 놈이었다. 무척추 척삭 동물문[121]의 해초강[122]은 자라서 서식지에 정착하면 바로 자가 분열을 했다. 뇌가 없는 해파리도 신경계로 평생을 잘 살아갔다. 반면, 인간의 머리는 세상 밖으로 나오기엔 너무 컸다. 그래서 분만이 쉽지 않았다. 흡사 빙하기 거대한 사슴의 뿔처럼, 매머드[123]의 어금니처럼, 고양잇과 동물[124]의 송곳니처럼 거대한 인간의 뇌는 이른바 지식 저장소이기도 했다. 이 거대한 뇌를 달고 다니는 인간은 이러지도 저러지도 못하는 슬픈 운명에 갇혀 거기서 빠져나올 수

---

121. 소화관 등 쪽에 척삭이 형성되어 있는 동물문(門)이다.
122. 척삭 동물문에 속하는 한 강(綱)으로, 우렁쉥이와 미더덕 등이 있다.
123. 포유류에 속하는, 절멸한 동물이다. 신생대 제4기, 즉 약 480만 년 전부터 4천 년 전까지 존재한 것으로 알려졌다.
124. 대표적인 동물로 살쾡이, 호랑이, 표범 등이 있다.

가 없었다. 이 거대한 뇌에 우리 인간이 과거에 몰랐던 것과 현재에 모르고 있는 것, 그리고 앞으로 알게 될 모든 지식을 축적한들 무슨 소용이 있겠나? 그저 잡다한 지식이었을 뿐인데. 그리고 이젠 계속 교육이라는 것도 쓸모가 없었다. 모든 것이 점점 더 복합적이고 복잡해져서 사람들이 더는 따라가지 못했으니까. 아직도 연구되지 않은 문제들이 산적해 있었다. 생물학에도 이해하기 어려운, 뒤엉킨 종간의 관계처럼, 여전히 풀리지 않는 문제들이 쌓여 있었다. 대부분의 가설이 오늘날 사실로 간주되었다. 물론 앞으로 계속되는 연구에서, 오늘날 사실로 간주하는 가설들이 거짓으로 입증될 수도 있는 일이었다. 생명의 비밀은 네 개의 알파벳 문자만[125]으로 이루어져 있다. 그래서 이를 '꾸며낸 소설'이라고 생각한 사람들도 있었다. 그러면 '꾸며낸 소설'이라는 게 무슨 의미일까? 생명 비밀의 모습이 그림으로 설명될 수 있다는 말이지 뭐. 우리는 이 생명의 설계도에 관한 암호는 풀었지만 암호 중 해석할 수 있을 만한 건 아무것도 없었다. 엮여 있는 많은 진주 알처럼 간혹 한 단어 같은 단위들이 염색체 사슬에 길게 이어져 있을 뿐이다. 돼지에게 진주를 던져 준 격이랄까[126]. 생물체가 실제로 자신이 가지고 있는 유전자의

---

125. DNA를 구성하는 네 개의 염기들, 즉 A(아데닌)-G(구아닌)-C(시토신)-T(티민)를 말한다.

노예일 뿐이라면, 생물체의 주인인 유전자를 이해 못 하는 건 어찌 보면 당연한 일이다. 그러면 그런 DNA에 무엇이 산재해 있을까. 일단 RNA[127]에 전사된 알려지지 않은 유전자의 여러 기능과 일시적으로 유전자 기능을 상실한 위유전자 僞遺傳子였나. 유전자 조직의 잔재물인 위유전자는 유전자 중간 중간에 흩어져 있고, 발현되지 않는 불필요한 유전 정보를 담고 있었다. 일란성 쌍둥이를 봐라. 그들의 지능이 똑같진 않았다. 그리고 인간이 일생 단 한 번도 유전적으로 자기 자신과 일치해본 적도 없었다. 요즘엔 매일같이 엄청난 지식이 쏟아져 나오기 때문에, 우린 교과서를 고쳐 써야 하고 더 광범위한 내용을 실어야 했다. 또 많은 연구를 새롭게 수행하기는 하지만 새로운 점을 밝혀내지는 못했다. 어쩜 이성도 인간들을 더 영리하게 만들지는 못하는 모양이었다. 인간은 그저 인과의 사슬에 강제로 묶인 채, 정신적 환상을 자아로 여기며 멀티미디어 쇼에 엄청난 돈을 쏟아 붓고만 있었다. 그러고 보면 인간이란 욕구를 누를 수 있는 능력이 부재한, 진정한 동물임이 틀림없었다. 그러나 동물들은 늘 자신들이 뭘 하는지 알고 있었다. 아니, 오히려 모르는 게 더 좋을 수도 있었지만. 도마뱀은 위험에 처했을 때 자기 꼬리를 떼어

---

126. 성경 마태복음 7장 6절에서 인용한 문구.
127. DNA와 함께 유전정보 전달에 관여하는 핵산의 일종.

버렸다. 불필요한 건 재빨리 떼어버린다는 식의 행동이었다. 반면, 인간은 늘 다음에 뭘 할지, 어떻게 하면 처신을 잘할지 생각하고 있었다. 대개 동물들은 배가 고픈지 부른지, 자고 싶은지, 자고 싶지 않은지, 불안한지, 짝짓기 준비가 됐는지 등 자신들의 욕구를 잘 알고 있고 본능이 시키는 대로 단순하게 행동했다. 떼 지어 강으로 헤엄쳐 다니다 피곤해지면 하품을 하고 햇볕이나 그늘에 드러눕기도 했다. 또 다른 동물의 살덩어리를 배불리 먹기도 하고 겨울잠을 자기도 했다.

주위가 이미 어두워져 있었다. 카트너가 책상 위 전등을 켰다. 그의 입 언저리가 불빛에 드러났지만, 눈은 어둠에 가려져 있었다. 로마르크의 본능은 어디 있지? 여긴 어떻게 왔지? 지금 떼어버릴 그녀의 꼬리는 대체 어디 있는 거지?

진화론

나무 너머로 떠오른 태양이 지금은 숲 위에 걸려 있었다. 만발한 버들강아지와 노란 개나리속[1], 초록빛 가지가 매달린 자작나무가 환하게 모습을 드러냈다. 며칠 전부터 비만 내리더니 오늘 아침 하늘은 진한 남색 빛을 띠고 구름 한 점 없었다. 그 푸르고 맑은 하늘이 촉촉이 젖은 초원의 물웅덩이 여러 군데에 모습을 비추고 있었다. 여기저기 움푹 파인 거대한 물웅덩이들은 바다만큼 엄청나게 컸다. 곧 부활절이다. 그리고 다음 주엔 열흘간의 방학이 시작된다. 방학할 때도 됐지 뭐. 주위가 어찌나 조용하고 한적하던지. 자동차도 다니지 않고 차도 가에는 학생들 모습도 보이지 않았다. 버스는 벌써 한참 전에 지나갔는지, 수년 전에 문을 닫은 것처럼 정류장마다 을씨년스런 분위기가 감돌았다.

로마르크는 힘들게 차창을 내렸다. 조만간 자동차를 새로 장만해야 했다. 그런데 얼마 전에 볼프강이 알 40개가 들어가는 부화 기계를 사 버리고 말았다. 벌써 부화 시즌이 시작된 것이다. 차창을 통해 들어오는 상쾌한 바깥 공기는 좋지만, 햇볕에 피부가 탈 것 같았다. 오늘은 따뜻하겠군. 부드러운 서풍이 부는 봄, 아니 초여름이나 다름없었다. 벌써 보리수들이 한창 피어 있고, 숲 속에는 아네모네[2]가 온 사방

---

1. 노란 꽃을 피우는 키가 작은 낙엽 관목.
2. 미나리아재빗과에 속하는 다년초 알뿌리 식물.

에 하얗게 흩어져 있었다. 그리고 초록빛 보리는 푸르스름하다시피 했다. 갑자기 역광에 어두운 실루엣 하나가 비쳤다. 누군가 뒷짐을 지고 발을 세게 내디디며 들판을 걷고 있었다. 공기 저항을 뚫고 앞으로 나아가야 하는 것처럼 그 사람은 몸을 앞으로 구부린 채 짧은 보폭으로 걷고 있었다. 로마르크는 가속 페달을 밟았다. 순간 그 사람 그림자 옆으로 작은 적갈색 동물 하나가 휙 하고 지나가는 것이 보였다. 끝이 휘어 있는 꼬리는 위로 치켜 올라가 있고, 껑충껑충 뛰는 모습은 균형감이 있었다. 어쩜 고양이였는지도 몰랐다. 아, 한스, 그제야 그녀는 그를 알아보았다. 엘리자베트와 함께 풀 사이를 헤치며 가고 있는 건 한스였다. 엘리자베트는 한스 뒤로 처지지 않으려고 이따금 껑충껑충 뛰었다. 그 둘은 서로에게 천생 배필이었다.

그건 카트너가 잘한 일이었다. 모두 방학만 기다리며, 하루하루를 힘겹게 견뎌내고 있었으니까. 피곤하게 하는 아이들과 떨어져 로마르크도 집과 마당에서 오로지 자신만을 위해 열흘의 시간을 갖게 되었다. 물론 매일 마당 울타리 가에서 한스와 대화도 나눌 게 뻔했다. 사실, 살 곳을 제대로 찾은 사람은 오직 한스 뿐이었다. 한스는 자신의 동굴 같은 집에서 외부 온도계 두 개를 관찰하고 일기예보 듣는 것을 낙으로 삼으며 그곳에 자리 잡고 살고 있었다. 그는 일기예보가 안 좋은 날에는 체스판에 매달려 있었다. 로마르크는 벌써 연금 생활자로 살 걸 생각하면 정말이지 끔찍스러웠다. 한번은 그녀가 이벤아크[3]에 있는 떡갈나무를 보러 간 적이 있었다. 그 나무들은 캘리포니아 세쿼이아 나무보다 더 오래 돼 보이진 않았으나 적어도 그 만큼은 돼 보였다. 그리고 백악질 절벽과 플린트[4] 백사장을 간 적도 있었다. 그곳 해변에서는 산책도 했다. 이 모두가 로마르크가 사는 곳에서 그리 멀리 떨어져 있지 않았다. 그 외에도 털에 흰점 무늬가 있는 다마사슴[5]이 자유롭게 뛰어다니는 구역도 가 보았다.

버스가 왜 저기 앞, 거리 한복판에 멈춰 서 있지? 버스는 까맣게 색칠된 차창에 파란색과 흰색 줄무늬가 그려진, 다름 아닌 학교 버스였다. 버스가 멈춰 서버린 게 분명했다. 버스에서 내린 아이들이 도로에 서 있는 모습이며 길섶의 도랑에 알록달록한 아노락[6] 재킷들이 놓여 있는 게 보였다. 들판에 떼 지어, 어슬렁거리는 케빈 일당이 엄청나게 즐거워하고 있다는 건 안 봐도 뻔했다. 결국, 뭔 일이 터진 모양이었다. 그런데 그런 일 따위엔 아랑곳없이 여자 아이들 서넛은 길가에서 고무줄 놀이를 하고 있었다. 마리 슈리히털 버스

---

3. "Ivenacker"는 메클렌부르크-포어포메른 주에 위치한 지방자치단체이다.
4. 아주 단단한 회색 돌로, 쇠에 대고 치면 불꽃이 튀긴다.
5. 사슴과의 포유류에 속하는 동물.
6. 추위와 바람을 막고 보온을 위한 모자 달린 상의를 말한다.

정류장을 코앞에 두고 멈춰 서버린 버스가 있는 거리 한복판에서 왁자지껄한 소리가 들려왔다. 운전기사가 휴대폰을 귀에 댄 채 버스 주위를 살피고 있고 엘렌은 그 옆에 딱 붙어 있었다. 이제 그는 보닛 뚜껑을 열고 그 안에 머리를 밀어넣고 있었다. 바로 그때 제니퍼가 자동차 가까이 와서 로마르크에게 손짓을 하더니 무슨 말을 하려고 했다. 때마침 반대 방향 차선이 비어 있는 걸 본 그녀는 속도를 내어 멈춰선 버스를 지나쳐 달렸다.

완전히 망친 하루였다. 아이들 절반이 지각할 것이다. 그래도 로마르크는 진화에서부터 오순절 바로 앞 내용까지, 진도를 나간 다음 복습과 전망까지 끝낼 작정이다. 더는 전국적인 공통 커리큘럼이 없다는 게 유감스러웠다. 요즘엔 주마다 자체 교과서가 있고, 또 자체적으로 아비투어를 실시하고 있었다. 이는 마치 바이에른 주에서는 다른 자연 법칙들이 통용되는 것처럼 융통성이란 말을 잘못 해석한 예였다. 그런데 모든 주에 신경계 관련 내용은 공통으로 들어 있었다. 하지만 그것 또한 자유 선택은 아니었다. 그 외 다른 것들은 주마다 다 달랐다. 예전엔 길어야 14일 정도 교과서를 붙들고 있으면, 항상 진도는 따라잡을 수 있었다. 반면, 요즘엔 이사라도 가면 끝장이었다. 하긴 어차피 어디서나 끝장인 건 마찬가지인데 뭘. 로마르크는 다시 자동차로 출근

한 게 천만다행이라고 생각했다. 예전에 그녀는 리젠 산맥[7]까지 히치하이크한 적이 있었다. 그러나 요즘엔 히치하이크하는 사람은 아무도 없었다. 그때가 그리웠다. 로마르크는 떼 지어 억지로 소풍이라도 가는 날에는 사고가 나길 바란 적도 있었다. 비상 사태가 발생해 모로 누워 있는 아이들, 사경을 헤매는 아이들을 상상하곤 했다. 하지만 현실에선 다친 사람도 구급차도 타튀타타[8]도 없었다. 아무 일도 일어나지 않았다. 만약 사고가 났어도 진짜 심각하진 않았을 것이다. 무릎에 찰과상 정도 입어 나중에 커서 결혼할 때쯤에는 상처가 완전히 아물어 있을 테니까. 언젠가 아버지는 '사람은 그리 빨리 죽진 않는다.'고 말한 적이 있었다. 하지만 그렇지 않았다. 아버진 갑자기 쓰러졌다. 물론 그로 인해 이른바 '독일의 변혁'이라는 그 모든 걸 겪지 않아도 되긴 했지만 말이다. 그러고는 그의 생명의 빛은 꺼져버렸다. 마침내 구급차가 도착했을 땐, 이미 모든 게 끝난 뒤였다. 아버지와 달리 오랜 지병을 앓던 어머니는 아버지가 죽은 지 얼마 후 뒤따라 죽었다. 죽기 얼마 전 어머니는 약을 2배 과다복용하고는 곧 죽을 거라는 소리를 늘어놓았다. 그건 협박이었다. 그렇지 않을 거라고 반박하게 하려는 일종의 술수였다. 그 나이

---

7. "Riesengebirge"는 폴란드 서남부와 체코의 국경에 걸쳐 있는 산맥이다.
8. "Tatütata"는 소방교육용 소방노래를 말한다.

가 되면 모두가 몹시 심약해지는데, 그건 죽음에 대한 공포에서 생기는 부작용이었다. 별안간 그 오랜 세월 동안 단 한 번도 의심해보지 않았던 것을 후회하기도 했다. 이처럼 인간은 인생의 마지막 몇 미터를 남겨두고 주저앉아 굴복해 버리는데, 그건 신체 기능이 점점 떨어져 제 역할을 하지 못하기 때문이다. 축 늘어져 버린 손에 피부는 누런 양피지 같이 돼 버렸다.

저기, 다음 정류장이 눈에 들어왔다. 사스키아가 레알슐레[9]에 다니는 남학생 서너 명과 함께 서 있었다. 이어폰을 끼고 손은 바지 주머니에 찔러 넣은 채 어쩔 줄 몰라 하는 모습이라니. 그들은 오래 기다려야 할 것이다.

그 아이들 뒤로 엄청나게 커다란 개 집 같은 시커먼 판잣집이 서 있었다. 개 줄에 매인 개처럼 그 아이들은 사슬에 매인 동물이나 다름없었다. 사슬이 미치는 매일매일의 그들 활동 반경이 시간적 공간적으로 정해져 있었으니까. 한참 동안 버스를 기다리며 아이들이 밟아대서인지 모랫바닥은 단단하게 굳어져 있고 움푹 팬 구덩이 몇 군데엔 뼈다귀가 묻혀 있는 게 보였다.

바로 여기가 분기점이었다. 숲 방향을 가리키고 있는 노

---

9. "Realschule"는 실업계 중등 직업학교이다.

란 화살표가 보이자 로마르크는 깜빡이를 켰다. 그러고는 브레이크를 밟으며 커브를 돌자 짙게 그늘진 길이 눈 앞에 나타났다. 서늘한 공기가 들어와 오싹해지자 그녀는 차창을 다시 올렸다. 숲 땅바닥에는 가문비나무[10]의 노란 잎들이 흩어져 있고 나무 줄기들이 시커먼 숲을 배경으로 흔들리고 있었다. 그녀는 손으로 눈을 가렸다. 다행히 반대 방향에서 오는 차는 없었다. 그녀는 지금 도망치는 중이었다. 앞으로, 앞으로 도망치고 있었다. 그렇게 도망치듯 내달려 농가 몇 군데를 지나 깨진 아스팔트로 들어섰다. 아스팔트 구멍엔 아직도 빗물이 고여 있었다. 또다시 '매각'이라고 쓰여 있는 푯말이 서 있는 농가 한 곳을 지나 포석 깔린 포장도로로 접어들자, 마침내 마지막 마을이 나타났다. 낮은 울타리와 닫혀 있는 커튼이 눈에 띄는 이 마을은 인적이 드문 곳이었다. 그런데 거기 그 아이가 서 있었다. 정말로 거기 서 있었다. 당연히 거기에 서 있지 달리 어디에? 로마르크는 얼굴을 차 장 가까이 가져갔다.

차 문이 열렸다.

"타요. 버스가 멈춰 섰어요."

에리카는 조수석에 앉더니 책가방을 무릎 사이에 꾹꾹

---

10. 소나뭇과에 속하는 키 큰 상록 침엽 교목.

밀어 넣고는 문을 닫고 안전띠를 맸다.

엔진이 굉음을 내질렀다. 가속 페달을 너무 세게 밟았던 모양이다. 에리카는 입을 다문 채 로마르크에게 눈길 한 번 주지 않았다. 옆 모습에서 맨 먼저 황새에 물린 상처 자국이며 파란 방풍 재킷 옷깃 안감이 비어져 나와 있는 게 그녀 눈에 들어왔다. 그리고 옷깃 사이로 드러난 목에 나 있는 불그스름한 반점들과 갈색 머리카락 밑으로 핏기 없는 허연 두피도 보였다. 침묵 속에서 부르릉거리는 엔진 소리만 들렸다.

조수석 앞 글러브 박스와 운전석과 조수석 사이에 있는 작은 콘솔 박스에는 온갖 잡동사니가 들어 있었다. 불현듯 로마르크는 자신의 비밀을 드러낼지도 모르는 물건이 거기 놓여 있을 수 있다는 생각이 들었다. 또 자신의 행동이 그 아이에게 무슨 나쁜 짓이라도 하려는 것처럼 비칠 수 있다는 느낌도 들었다. 사실 거기엔 볼프강의 명함 한 장과 그녀의 두툼한 열쇠 꾸러미와 기침을 잦아들게 하는 갈매 보리수나무 맛이 나는 드롭스 서너 알 이외엔 별다른 게 없었다. 혹시나 미성년자를 꾀어내는 것으로 생각하진 않을지. 라디오를 켤까? 아니, 그러지 않는 게 낫겠다. 그럼 공기 전환이라도 해야겠다. 신선한 공기를 쐬려고 로마르크는 차창을 다시 살짝 열었다. 숨 쉴 공기가 필요했다. 이제 숨쉬기가 훨씬 편해졌다. 마음이 좀 진정되자 바깥 들판에 드문드문 서 있는 나무들이 눈에 들어왔다.

"저건 빙하구혈[11]이에요."

마침내 그제야 그 아이는 뒤를 돌아보았다. 로마르크가 하는 말을 듣고 있었던 것이다.

"이 들판 위에 있는 나무들과 습지들은 빙하기 때부터 있었어요. 빙하는 녹아 없어졌지만 저건 그대로 남았어요. 그리고 얼음 덩어리가 녹자 그 얼음 덩어리가 있던 바닥 여기저기에 구멍이 생겼어요. 더러 지하에도 빈 구멍들이 생겨났고요. 트랙터로 들판을 직진으로 달릴 수 있도록 농업 생산 조합[12]이 예전엔 늘 그 빈 구멍에다 모래를 채워 넣었어요. 그런데도 들판 바닥은 늘 축축이 젖어 있었어요. 빙하기에 다다를 정도로 그 구멍들이 아주 깊었기 때문이죠. 그래서 들판을 말라 있게 만들 수 없었던 거예요. 어쨌든 서식지라는 건 아주 중요했어요."

에리카는 정강이를 긁는 척했다. 어린아이처럼 무관심하고 염치가 없었다. 정말로 여자 소아성애자[13]가 있었을까?

"야생에서 새끼 사슴을 본 적이 있나요?"

---

11. 빙하가 수직으로 녹아 내려가면서 생겨난 원통형 구멍.
12. 1952년 7월 12일 제2차 공산당대회에서 사회주의 건설을 위해 결성된 농업생산조합(Landwirtschaftliche Produktionsgenossenschaft)을 말한다.
13. 어린아이에게 애욕을 느끼는 성 변태자.

에리카는 이젠 보란 듯이 차창 밖을 내다보고 있었다.

"아니요, 왜요?"

마침내 한마디 했다.

"어렸을 때 난 이런 나무들 사이에서 새끼 사슴 한 마리를 발견한 적이 있어요. 높은 오두막 아래 덤불에서 말이죠. 우리는, 그러니까 나와 새끼 사슴이 딱 마주쳤던 거죠. 새끼 사슴은 눈부시게 아름다웠어요. 반 미터 정도 떨어진 거리였는데, 손에 잡힐 만큼 가까이 있었죠. 손만 뻗으면 쓰다듬을 수 있었으니까요. 흰색 반점 무늬가 있는 털은 적갈색이었어요. 그런데 난 새끼 사슴을 만지지 않았어요. 왜 그랬는지 잘 알 거예요. 이상한 냄새 난다고 엄마가 날 쫓아냈을 테니까요."

에리카는 무릎을 딱 붙인 채 자리에서 몸을 이리저리 움직였다. 누가 알겠는가? 어쩌면 에리카는 겁먹고 있을 수도 있었다. 로마르크는 에리카에게 무슨 짓이든 할 수 있었다. 무슨 짓이란 게 뭐겠는가? 에리카가 그녀한테 원하는 건 대체 뭘까? 볼프강 명함에 찍힌 타조 실루엣 그림일까? 혹은 열쇠일까? 사탕일까? 아직 아무 일도 일어나지 않았다. 지금까지 그들을 본 사람도 없었다. 그녀는 대체 에리카와 뭘 하려는 거지? 에리카가 원하든 원치 않든 간에 손잡고 숲으로, 높은 오두막으로, 쬘레[14]로 가고 싶은 걸까? 그렇게 붙

잡고 있다 어딘가에서 풀어 주는 것이다. 아무 이유 없이, 그저 어린아이를 유괴하는 것이다. 에리카가 아직 어린아이였나? 어쨌든 미성년자인 건 분명했다. 그리고 그리 예쁘지도 않았다. 암튼 지금 이 아인 그녀의 손아귀에 들어와 있었다. 근데 지금 누가 누구에게 덫을 놓은 걸까? 왜 이 아이를 차에 태웠을까? 그럼 차에 태운 후엔 무슨 일이 일어났을까? 그녀는 야비하게 에리카를 여기 버리고 갈 수도 있었다. 지금 그녀는 사실이 아닌 것을 진짜라고 여길 정도로 심한 착각에 빠져 있었다. 도무지 장단이 맞지 않았다. 에리카는 아무것에도 관심이 없었다. 다른 아이들보다 나은 게 없었다. 멍청히 앞만 노려보면서 로마르크가 하는 얘길 듣고만 있었다. 당연히 잘 들어야지! 근데 방법은 이 아이를 나무에 묶어 자신이 말한 곳을 억지로 쳐다보게 해서 대답하게 하는 수밖에는 없었다. 어쩜 새끼 사슴이라도 지나갈지 모른다. 이제 로마르크는 이 모든 게 지겹게 느껴지기 시작했다. 에리카는 한번 입을 닫으면 꿀 먹은 벙어리가 되었다. 이 아인 어떻게 거기 그렇게 무심히 앉아 있을 수 있단 말인가. 에리카는 대수롭지 않다는 듯 숨만 쉬고 있었다. 하긴 그리 대수로울 것도 없었으니까. 이제 더는 할 말도 없었다.

---

14. "Sölle"는 장소명이다.

차창 밖으로 하얀 풍력 발전용 터빈들이 번쩍이며 지칠 줄 모르고 돌아가고 있었다. 길 잃은 백조 서너 마리가 습지에서 서성이고 있는 것도 보였다. 그리고 회양목[15]사이에 끼어 있는 쓰레기며 덤불 사이에 끼어 있는 플라스틱 봉지들이 눈부시게 반짝이는 모습도, 정원이 들어선 곳에 야생 튤립이 벌써 빨갛게 피어 있는 모습도, 그리고 아우토하우스[16] 앞에 게양된 깃발들이 펄럭이는 모습도 차례로 눈에 들어왔다. 그리고 온 거리엔 나뭇가지 그림자가 옅게 드리워져 있었다.

여느 때와 마찬가지로 교사 전용 주차장에 로마르크 자리는 비어 있었다. 그녀가 핸드브레이크를 조였다. 그러자 에리카는 안전띠를 풀고 책가방을 들고 내리더니 문을 꽝 하고 닫았다.

"안녕하세요!"

되는 일이 없었다. 슈바네케가 빨간 자전거를 타고 다가왔다.

"안녕하세요, 잉에."

슈바네케가 알겠다는 듯 씩 웃었다. 자동차 안에서 있었던 일을 그 여잔 다 보았던 모양이다. 작은 약점 하나 잡혔

---

15. 회양목과의 키 작은 상록관목.
16. 자동차판매사업소.

군. 이제 그만하자. 영원히.

"안녕하세요."

오늘 교실에 앉아 있는 아이들은 몇 안 되었다. 나머지 아이들은 아직도 오지 못하고 있었다. 그래서 진도도 못 나가고 제자리에서 맴돌고 있었다. 이건 정상적인 수업이 아니라 보충수업이나 다름없었다. 오랫동안 이런 적이 없었는데. 유행성 독감 바이러스가 대유행이었을 때도 이렇진 않았는데. 오뚝이 같은 몇몇 학생들은 반사 작용이 작동하는 한 아침 햇살에 부신 눈을 비비며 일어나 학교에 왔다. 그건 그렇고 생물 수업 범위도 너무 광범위하긴 했다.

"앉으세요."

학칙에 따라 수업하고, 더는 어떤 예외도 두지 않을 것이다. 극장에서는 관객이 배우보다 압도적으로 많을 때만 공연을 했다. 어쨌든 지금도 관객이 배우보다 6배 더 많았다. 그러니까 에리카와 시내에 사는, 다른 아이를 놀려먹기 좋아하는 다섯 아이가 현재 그녀의 여섯 관객이었다. 그리고 무대 위에는 로마르크 선생 홀로 서 있었다. 이제 드디어 막이 올랐다.

"교과서 182쪽을 펼치세요."

교과서 한쪽 면에 생명 속에 감춰져 있던 것이 모조리 다 펼쳐져 있었다. 즉, 지구의 지질시대 — 시생대[17]에서 제4기[18]까지, 그리고 무에서 현재까지 — 를 거쳐 온 생명의 행진이 달팽이껍질의 나선형 꼬임처럼 묘사돼 있었다. 또 다양한 진화 단계별로 생김새별로 해면동물, 해초[19], 삼엽충[20], 완족류[21], 무척추동물, 극피동물[22], 조개[23], 태형동물[24], 두족류[25], 절족동물[26], 판피어류[27], 개똥지빠귀[28], 나무만 한 양치식물[29], 바다 이구아나[30], 왕잠자리, 석탄 원시림 동식물[31], 날아다니

---

17. 생명체가 처음 출현한 시대.
18. 인류 포유류 동물이 나타난 시대.
19. 해산 종자식물을 통칭하며, 미역, 다시마, 톳, 우뭇가사리 등이 대표적이다.
20. 절지동물문에 속하는 화석동물의 한 분류로, 고생대 후기에 멸종하여 화석으로만 남아있다.
21. 전항동물에 속하며, 타 생물에 붙어서 서식하거나 진흙 속에서 서식한다.
22. 가시 피부와 방사대칭 형태의 생물. 성게류, 해삼류, 불가사리류 등이 있다.
23. 연체동물에 속하는 변사류(쌍각조개), 굴족류(각조개), 복족류(권조개)을 통틀어 칭한다.
24. 이끼벌레라고도 불리며, 바다와 민물에서 서식한다.
25. 연체동물에 속하는 생물로, 앵무조개·오징어·낙지 등이 대표적이다
26. 뼈가 없는, 여러 개의 환절로만 이루어진 몸과 마디로 이루어진 발을 지닌 동물로, 곤충류, 거미류, 갑각류 등이 포함된다.
27. 고생대 데본기, 약 4억 년 전에 번성했던 멸종된 원시 어류로, 어류 중에서 턱을 지녔던 최초의 어류이다.
28. 딱샛과의 새.
29. 관다발식물 중에서 꽃이 피지 않고 홀씨 번식하는 식물로, 대표적으로 고사리와 석송 등이 있다.
30. 이구아나 과의 파충류에 속하는 동물.
31. 고생대 석탄기, 약 3억 5천만 년 전에 생겨난 지구 최초의 원시림에서 서식

는 용[32], 목이 긴 왕이구아나, 날개 없는 타조, 원시 말 마카이로돈티네[33], 매머드[34], 원시인[35]이 분류돼 있었다.

이 생명의 나선 중심부는 어두운 회색빛 심연으로, 상상할 수 없는 원시시대로 빨려 들어가는 소용돌이이자 대양의 심연으로 휘말려 들어가는 회오리 같았다. 초기의 모든 이론 — 헤켈의 원시 점액[36], 오파린의 원시대기[37], 밀러의 가스로 채워진 플라스크 속의 원시대기[38] — 과 마찬가지로 심연 속의 모든 것도 안개에 싸여 신비롭게 탄생하였다. 그러면 대체 생명은 어디에서 왔을까? 모든 벌레는 썩은 진흙에서 생겨났다. 엄청난 굉음 소리가 나고 방전이 되었다. 그리고 유

한 동식물로, 소철, 석송, 나무고사리, 큰 잠자리 등이 포함된다.
32. 신화나 전설 속에 등장하는 상상의 동물로, 거대한 뱀을 닮은 형상에 신성한 힘을 지닌 존재로 여겨졌다.
33. 고양잇과에 속하는 육식성 포유류들의 아과로 멸종된 동물이다.
34. 포유류에 속하는 멸종된 동물로, 약 480만 년 전부터 4천 년 전까지 존재했다. 이 동물의 특징으로 긴 코와 길이가 4m나 되는 어금니를 들 수 있다.
35. 오스트랄로피테쿠스, 네안데르탈인, 호모 사피엔스 사피엔스를 말한다.
36. 독일의 생물학자이자 철학자 에른스트 하인리히 헤켈은 원시 점액으로부터 생겨난 최초의 단세포 생물에게서 발생한 생물군이 다수 있을 것이라는 예언을 한 인물이다.
37. 구소련의 생화학자 알렉산드르 이바노비치 오파린은 1936년 생명의 기원에 관한 가설에서, 어느 시기에 지구에서 형성된 탄화수소가 질소, 산소와 반응하여 간단한 유기화합물을 만들고, 그것이 여러 변화를 거쳐 원시 생물이 되었다고 주장한 인물이다.
38. 미국의 화학자이자 생물학자 스탠리 로이드 밀러는 생명의 기원에 관한 연구에서, 무기물에서 유기물을 합성하는 실험을 통해 원시지구 생명탄생의 가능성을 증명한 인물이다.

기분자들이 수십억 개 단세포 생물로 발달했다. 이처럼 생명의 구성 요소가 갖춰지자 시공간으로의 도약이 시작되었다. 그리고 드디어 생명이 출현했다. 그 생명 출현의 한가운데에 숫자 하나가 있었다.

"37억 년."

37억 년이라니, 상상을 초월하는 엄청난 시간이었다. 로마르크가 그 숫자를 소리 내어 말했든, 말하지 않았든, 그건 중요하지 않았다.

교과 과정 지침에 지질 시대의 감성을 전달하라는 사항이 명시돼 있었다. 해마다 생일이 다가오길 학수고대하는 아이들에게 지구 나이가 관심거리가 된다고 생각했던 모양이다. 아이들은 자신들의 생애가 얼마나 짧은지, 자신들의 존재가 얼마나 공허한지, 그리고 매 순간이 얼마나 보잘것없는지를 이해하기에는 아직 너무 미숙했다. 그런 것들에 대해 그들은 아는 게 별로 없었다.

원시 시대에 관한 얘기가 나오면 아이들은 씩씩거리는 공룡, 번쩍이는 어금니를 가진 털북숭이 코끼리, 살인적인 결투를 벌이는 집채만 한 왕이구아나, 적의 등을 꽉 물던 육지 파충류로 만든 고르디우스의 매듭[39], 겨울 풍경 속에서

---

39. 마케도니아의 왕 알렉산드로스 대왕이 칼로 잘랐다고 하는 전설 속에 나오는 매듭.

매머드를 사냥하는 싸움쟁이 동굴 인간들 같은 것만 떠올렸다. 모닥불 가에서 털가죽을 걸치고 뭔가를 열심히 깎고 있는 네안데르탈인[40]은 수백만 년 내로 '생각하는 것'을 배우지 못할 것이다. 또 그들 주위에 살아 있는 모든 생물이, 아주 오랜 시간을 거치면서 한 발짝 한 발짝 내디딘 발걸음의 결과물이라는 것도 이해하지 못하리라. 그것은 예측할 수 없는, 긴 시간 계속되어 온 지루한 변화의 과정이었다. 그 변화의 과정은 관찰하고 경험할 수 없는 것으로 오직 퍼즐처럼 힘들게 짜 맞춘 증거들을 통해서만 추론되었다. 이 과정에서 숫자는, 그러니까 머리를 지끈거리게 하는 긴 숫자 대열은 아무 쓸모가 없었다. 거기가 종점이었다. 바로 거기서 뇌는 중도 포기하고 멈춰버렸다. 상상력만으론 더 나아갈 수 없었다. 그것만으로는 정말로 더는 나아갈 수 없었다.

"다세포 생물은 약 5백만 년 전부터 진화했어요. 그전의 생물은 단세포였죠. 30억 년간 지구에는 박테리아와 유사한, 가장 단순한 생물들이 살았어요."

지금까지 가장 성공한 생명체는 기생 생물이었다. 생명력이 긴 이 기생 생물은 세계를 제패한 진정한 지배자였다. 박테리아와 바이러스는 그 오랜 시간 동안 진화할 필요가 없

---

40. 사람속(homo genus)에 속하는 종으로, 유럽과 아시아 서부에서 살았던 인류의 조상이다.

었다. 그것들은 뇌와 신경이 없어도 영원불멸하고 완전했기 때문이다. 이처럼 완전한 것만이 진화하지 않았다. 고로 진화는 불완전하다는 걸 나타낼 뿐이었다. 수정된 난세포에서 시작해 여러 단계를 거쳐, 죽음으로 최후를 맞는 생물체의 변화는 정해져 있는 것이며 되돌릴 수 없었다. 인간이 학교에 다니는 것만 봐도 인간의 존재가 불완전하다는 걸 알수 있었다. 거의 모든 다른 동물들은 태어나면서부터 생존을 위해 완성돼 있고, 또 생존에 대처할 능력도 갖추고 있었다. 태어난 지 몇 시간 만에 그들은 제 발로 설 수 있었다. 반면, 인간들은 평생 미완성의 불완전한 존재로 남아 있었다. 미숙한 존재인 그들은 성에 눈뜬 생리학적인 조산아나 다름없었다. 그들은 선천적으로 아무런 준비가 안 돼 있었다. 마지막 순간, 그러니까 죽을 때에야 비로소 삶을 완성했다. 그때까지 끊임없이 많은 걸 배워야만 하는 인간들은 그저 나이만 먹어갈 뿐이었다.

"동물과 식물을 시대별로 분류해 오라는 게 숙제였지요. 그럼 페르디난트, 오르도비스기[41] 때엔 어떤 동식물이 있었죠?"

페르디난트는 헛기침했다. 그러고는 드디어 그의 변성기

41. 지질시대의 한 기(紀)로서, 즉 약 5억 900만 년 전부터 약 4억 4,600만 년 전까지인 약 6,300만 년의 기간을 가리킨다.

목소리가 들려왔다.

"우선 척추동물, 턱이 없는…"

"완전한 문장으로 말해요."

"음… 우선 척추동물, 그러니까 턱이 없는 물고기[42], 조개, 산호충[43]과 성게[44]. 그리고 해초."

"여전히 완전한 문장이 아니군요."

"해초는… 이파리를 활짝 펼칩니다."

"해파리를 빼먹었어요. 해파리도 몸을 활짝 벌리죠. 해파리를 빼먹으면 안 돼요. 오르도비스기의 바다는 영롱한 빛을 내는 해파리들로 가득했어요. 이미 캄브리아기[45] 때부터 바다는 복도에 걸려 있는 해파리들과 비슷한 것들로 가득했어요."

"네."

페르디난트는 영리한 조랑말 포니처럼 고개를 끄덕였다.

"아니카, 그럼 석탄기를 소개하겠어요?"

아니카가 더 안절부절못하기 전에 시켰다. 똑똑한 체하

---

42. 고생대(5억 8천만 년 전부터 2억 2,500만 년 전까지의 시대) 전기에 살았던 초기 어류.

43. 고착성 무척추동물에 속하는 산호류를 통틀어 칭한다.

44. 극피동물에 속하는 생물로, 표면에 가시가 많아 밤송이처럼 생긴 것이 특징이다.

45. 고생대의 한 기(紀)로서, 약 5억 4천2백만 년 전부터 4억 8천8백만 년 전까지의 기간을 가리킨다.

는 아가씨였다.

"그 시기에는 양치식물과 40m 높이의 석송, 그리고 10m 높이의 쇠뜨기와 왕잠자리가 사는, 좀 더 넓은 석탄 원시림이 생겨났습니다. 또 원시 파충류가 진화하는 시기입니다. 이 원시 파충류엔 양서류 익티오스테가[46]도 포함됩니다. 육지로 올라온 첫 번째 척추동물인 익티오스테가는…"

"네, 고마워요. 그것으로도 충분해요."

아니카는 정말이지 페스트 같은 아이였다. 로마르크 눈에는 자신들이 늘 모든 일을 똑바로 한다고 믿는 인간들이 아니꼽게 보였다.

"그럼 백악기[47] 때는요?"

반 아이들 전체를 바라보았다. 발표를 안 한 아이가 거의 없었다.

"야콥."

오늘 소매 없는 스웨터를 입고 있는 야콥의 모습은 여느 때와 다름없어 보였다.

"상록의…"

복도에서 왁자지껄한 소리가 나더니 문이 획 하고 열렸

---

46. 데본기 후기(3억 7천만 년 전)에 나타난 최초의 양서류에 속하는 동물로, 바다에서 육지로 올라와 살았을 것으로 추정한다.
47. 중생대의 한 기(紀)로서, 즉 약 1억 3,500만 년 전부터 6,500만 년 전까지의 기간을 가리킨다.

다. 란드슈트라세 거리에서 빠져나온 한 떼거리의 아이들이 교실로 우르르 쏟아져 들어왔다. 재킷 단추가 열린 채로 손에는 가방이 들려 있었다. 등산을 마치고 난 뒤처럼 얼굴은 상기돼 있고, 머리카락은 뒤엉킨 채였다.

"자리에 앉아 조용히 하세요. 얘기는 쉬는 시간에 하도록 해요."

"그럼, 야콥!"

야콥은 헛기침을 하고는 표를 들여다보았다.

"상록의 활엽수림이 생겨났습니다. 그리고 조류가 진화하고, 공룡이 전성기를 맞이했습니다."

"그러면 말기엔 그들에게 무슨 일이 일어났죠?"

"멸종했습니다."

야콥의 목소리는 건조했지만, 그 목소리에 측은한 마음은 가득 담겨 있었다. 흡사 시체를 매장하는 사람이 내는 것 같은 목소리였다.

"맞아요."

당시 지구에 존재한 전체 종의 99% 이상이 멸종되었다.

하지만 모두가, 테니스공만 한 뇌를 가진, 몸무게가 40톤이나 나가는 우스꽝스러운 공룡 생각만 하고 있었다. 공룡이란 동물은 자기 체온도 조절하지 못하는 동물이었는데.

"맞아요. 정말로 대량 멸종 사태가 발생했어요! 전체 동물과 식물 종의 4분의 3이 사라져버렸으니까요. 그런데 여러분은 어떤 하나가 죽으면 어떤 다른 하나가 태어난다는 것을 알고 있지요. 그리고 생물의 멸종은 계통 발생사적 과정에서 나타나는 가장 중요한 특징 중 하나예요."

생명의 역사는 근본적으로 죽음의 역사였다. 그리고 모든 전쟁과 참사는 새로운 것의 시작이었다.

주위를 한번 쭉 훑어보았다. 창문 밖 밤나무들의 자랑거리인 꽃봉오리들이 떨어질 준비를 하고 있었다. 벌써 나뭇가지 서너 개에 나 있는, 반짝이며 빛을 발하는 자그마한 어린 잎들은 출생의 고통으로 녹초가 되어 축 처져 있었다.

"공룡이 쇠퇴하자, 척추 동물군에 속하는 털 달린 것들이 세력을 떨쳤기 때문이에요. 포유 동물의 개선 행진이 시작되었던 거죠. 어느 순간부터 털가죽이 있다는 것, 늘 따뜻한 피가 흐른다는 것, 그리고 새끼를 산 채로 나아 젖을 주는 것이 강점이 되었어요. 아주 딱딱한 알 껍데기를 깨고 나오는 것보다 불룩한 어미 배 속에서 부화하는 것이 훨씬 더 안전했어요. 어미 배를 훔치는 건 불가능했으니까요. 그런데 배 속에서 새끼를 부화하는 어미의 생명이 다른 동물 강(綱)에 속하는 어미의 생명보다 훨씬 더 위태로워졌어요."

어미들은 죽을 수도 있었다. 그들은 생명을 걸고 새끼를 낳아놓고는, 새끼 침대에서 죽음을 맞이할 수도 있었다. 이렇듯 모험이나 다름없는 임신은 어미의 몸을 쇠약케 하는 근본적인 신체 변화도 가져왔다. 임신 중에는 모체와 태아의 혈액 순환이 같이 이루어지기 때문에 어미가 중독성 강한 기호품을 너무 많이 섭취하는 것은 태아에게 해로웠다. 또 출산 때 어미가 출혈하는 것만 봐도 출산이 모체를 다른 어떤 상처에 비할 수 없는 치명적인 상처를 입힌다는 걸 알 수 있었다. 그에 비해 알을 낳는 건 애들 장난이었다. 오래전에 마르타 아주머니는 다섯 번째 아이를 낳다 죽었다. 그 당시에는 아이 셋 중 하나꼴로 죽었는데, 대부분 갓난아기일 때 죽었다. 그러니까 조기 도태되었던 셈이다.

"생존 투쟁에서 살아남은 모든 생물체는 끝까지 살아남지 못하는 다른 수많은 경쟁자의 도전을 받아요. 여러분은 다른 많은 아이가 중도 포기 했기 때문에 여기 있을 수 있는 것뿐이에요."

몇 주 전에 한 남자가 시내 버스 안에서 뇌졸중 발작을 일으킨 일이 있었다. 그 남자는 종일 버스를 타고 쓰레기 처리장 근처에 위치한 종점과 시내에 있는 작은 항구 구간을 빙빙 돌았다. 하지만 버스가 배차장으로 들어간 저녁 때가 되어서야 운전기사는 그 남자가 쓰러져 있는 쪽을 봤다. 그때는 이미 더는 아무 손도 쓸 수가 없는 상태였다. 그러니까 그 남잔 12시간 동안 초주검 상태로 버스를 타고 끝에서 끝으로 왔다 갔다 한 것이었다. 결론적으로 우리 모두 각자 자기만을 생각하고 위하는 세상이 된다면, 결국 이 세상엔 배타적인 공동체만 남게 될 것이다.

"생물이 죽으면 보통 분해가 시작됩니다. 진드기와 등각류[48], 그리고 일련의 미생물들은 사체를 분해하죠. 특히 균계[49]가 주로 이 임무를 떠맡고 있어요. 동물에도 식물에도 속하지 않는 균계는 일찍이 다른 모든 것들로부터 분리되어 나왔어요. 그들 균계에는 그들 고유의 제국이 있어요. 그들은 제3의 생물이에요!"

균계는 우리와 같은 단세포 생물의 후손이자 원시 대륙을 개척한 이주자였다.

"나는 지금 여러분들이 저녁 때 프라이팬에 굽는 살구버섯[50]이나 촉성 재배[51]된 아가리쿠스 버섯[52]에 관해 얘기하는 것이 아니라, 매일매일 생겨나 다시 분해되는 모든 이 물질과 죽어 소멸하는 모든 것에 관해 얘기하고 있는 거예요. 균계가 분해 못 하는 것은 없어요."

---

48. 절지동물 갑각강에 속하는 생물로, 대표적으로 갯쥐며느리, 주걱벌레, 바다송충, 모래무지벌레 등이 있다.
49. 균류에 속하는 생물군으로, 효모와 곰팡이, 버섯 등이 있다.
50. 나팔버섯과의 버섯으로, 깔때기 모양의 갓이 특징이다.
51. 온실, 비닐하우스를 이용하여 과일, 채소, 버섯 등을 일찍 심어 수확 시기를 앞당겨 재배하는 방법이다.
52. 주름버섯과의 버섯으로, 생김새가 양송이와 비슷하다.

균계는 소화 기관과 감각 기관이 없는데도 불구하고 다른 생물들이 죽어 남긴 것을 먹어치웠다. 그들은 오로지 남겨진 것만 먹고 사는 것을 전업으로 삼았다. 하지만 그들의 가치가 얼마나 대단한지는 충분히 평가되지 못했다. 그럼에도 분해자[53]는 늘 생명의 기본 원칙, 그러니까 다른 생물들의 죽음으로 생존해가는 것을 꾸준히 실천하고 있었다. 물론 모든 생물이 다 마찬가지였다. 이는 살아 있는 모든 생물체와 고도로 진화된 생물에도 적용되는 원칙이었다. 그렇지만 이 원칙이 금기시돼 왔기 때문에 아무도 이것을 인정하려고 하지 않았다.

"물론 소수 몇몇 생물들은 분해되지 않아요. 그들 시체는 퇴적돼, 오랜 시간을 거쳐 후세에 그들 존재를 보여 주지요. 단, 발굴 때 발견되는 경우에 한해서요."

분해되지 않은 생물들의 대표자들과 대리인들은 발굴자들에 의해 선택받지 못할 수도 있었다. 은빛을 발하는 편암[54] 속의 원시 십각목[55], 진흙 속의 검은 구과목[56], 광택제

---

53. 생태계에서 생물의 사체나 배설물 중에 있는 유기물을 분해하는 미생물을 일컫는다.
54. 화성암이나 퇴적암이 지하에서 심한 열과 압력을 받아 수직방향으로 재배열된 변성암.
55. 갑각류에 속하는 생물로, 새우, 보리새우, 바닷가재, 가재, 게 등이 있다.
56. 나자식물 중에서 일반적으로 잎이 피침형 또는 좁은 선형인 식물을 말한다.

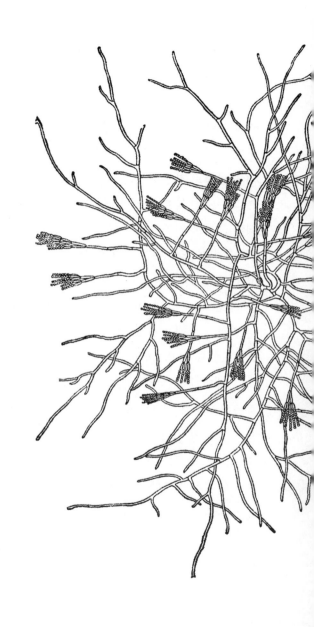

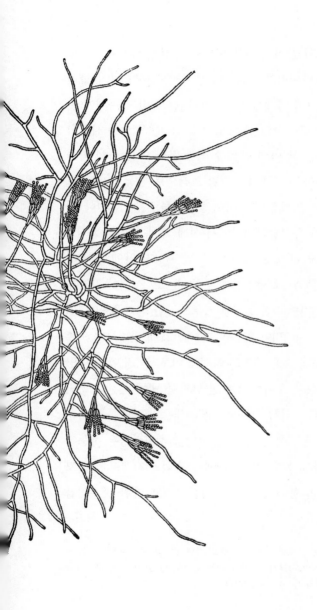

를 칠한 도자기 같이 두꺼운 비늘을 가진 원시 어류. 이 모든 것들이 말라버린 꽃처럼 석회층 사이사이에 납작 눌려 있었다. 그러니까 복제를 위해 기다리는 시간의 무게에 눌린 채, 유해의 흔적만이 남아 있었다. 이렇게 석회층 사이사이에 눌려 있는 색 바랜 몸통 화석과 바싹 마른 사체 화석은 발굴된 뒤에는 쪼개져서 그림 조각으로 만들어지고, 그 조각들은 진정한 예술이자 아이들의 보물로 승격되었다. 언젠가 어머니가 유고슬라비아에서 섬게 화석, 투명한 호박[57] 속에 12개씩 들어 있는 모기 다리, 활자 상자 안에 들어 있는 돌도끼, 멸종된 오징어 유해물을 가지고 온 적이 있었다. 그것들은 제3기[58] 토끼 똥처럼 거무스름한 작고 둥근 열매 화석에서부터 시베리아 얼음 바다 해안가에 완벽하게 보존된, 급속 냉동돼 죽은 매머드 화석에 이르기까지 아주 다양한 화석들이었다. 로마르크는 한 남자를 냉동 인간으로 만들어 수십 년 후 다시 해동시킨다는 내용의 영화를 클라우디아와 함께 본 적이 있었나? 영화 속에서 사람들은 해동된 그 남자를 위해 그가 살던 시대에, 특별히 존재했던 것을 모조리 복원해야 했다. 그래서 사람들은 가느다란 콧수염을

---

57. 송진이 땅속에 묻혀 탄소, 수소, 산소와 화합하여 굳어진 누런색 광물.
58. 신생대의 한 기(紀)로서, 즉 약 6,500만 년 전부터 200만 년 전까지의 약 6,300만 년 간의 기간을 가리킨다.

기르고 페티코트[59]를 입어야 했다. 그리고 마차는 공원에 세워두고, 텔레비전은 고풍스러운 책장에 넣어두어야 했다.

"화석이 있어서 우리는 오래전에 어떤 생물이 살았는지 알 수 있는 거예요. 화석은 진화 과정을 알 수 있는 가장 중요한 증거고, 종種이 시간에 따라 변한다는 학설과 종의 기원이 같다는 학설을 뒷받침하는 증거예요. 그리고 상상할 수 없이 긴 시간에 걸쳐, 한 발짝 한 발짝 내디딘 발걸음의 힘이 어마어마하다는 학설을 뒷받침하는 증거이기도 하죠. 따라서 모든 생물이 서로 친척 관계고 서로 떼어 놓을 수 없으며, 그렇게 보이진 않지만 모든 생물이 서로 밀접한 관련이 있다는 것은 사실이에요."

숫자와 공식, 그리고 실험 없는 이론을 이해한 사람은 생물을 이해하며, 또 세상의 비밀도 풀었다. 그런 것들에 관해 카트너는 연설해야 했다.

"화석은 진화의 증거이고, 진화 과도기에 있었던 동물은 진화의 핵심 증거예요."

사람들은 진화를 간접적으로 증명하는 길을 걸었다. 하지만 그 과정은 오래 걸리고, 증거 조사는 완결된 적이 없었다. 계속해서 새로운 원시 시대 흔적들이 확보되었으며, 뜻

---

59. 치마를 퍼지게 하려고 받쳐 입는 속옷.

밖의 증인인 희귀 동물들 — 백악기 이후 멸종했으나 다시 복원된 실러캔스[60], 상상의 피조물로 서로 다른 여러 종의 부위를 모아 놓은 오리너구리[61], 일찌감치 군거群居에서 떨어져 나와 외톨이 생활을 했던 독거성 동물이자 온갖 종의 부위를 모아 놓은 생존하는 혼합생물로 포유류에 속하는 단공류[62] — 이 발견되었다. 또 언제라도 머리, 몸통, 엉덩이를 작은 단추 구멍 같은 눈으로, 아주 작은 귀 구멍으로, 오리 주둥이로, 물갈퀴로, 비버[63]꼬리로 새로이 조합할 수 있는, 동화책에나 나오는 동물도 있었다. 무엇으로든 새로이 조합할 수 있었던 이 동물은 배합이 잘된 곳이라곤 한 군데도 없었지만, 살아는 있었다. 그러면 분화의 결정적인 분기점은 무엇이었을까? 무성한 숲속에서 말라죽은 나뭇가지였을까? 아니면 계통수[64]의 큰 줄기였을까? 어쨌든 이러한 것들은 건전한 인간의 이성에 대한 모독이었다.

교실 뒤쪽 벽에는 최근에 새로 붙여놓은 알록달록한 화

---

60. 고생대 데본기(약 4억 1,000만 년 전부터 3억 6,000만 년 전까지)에서 중생대 백악기(약 1억 3,500만 년 전부터 약 6,500만 년 전까지) 사이에 바다에서 살다 멸종된 바닷물고기이다.

61. 오리너구리과 포유류에 속하는 동물로, 현생 포유류 가운데 가장 원시적인 동물 중 하나이다.

62. 가장 원시적인 난생(卵生) 포유류에 속하는 동물이다.

63. 비버 과에 속하는 동물을 통틀어 칭하며, 수중생활을 한다.

64. 동물이나 식물의 진화과정을 나무의 줄기와 가지의 관계를 통해 보여주기 위한 도식이다.

학 주기율 표가 번쩍이고 있었다. 작은 반짝이 상자 안에 원소 기호 하나하나를, 정교하고 깔끔하게 삽입해 놓은 주기율표는 잘 정돈돼 있었다. 우리 인간, 즉 생존경쟁에서 살아남아 원래 없던 질서를 뒤늦게 만들어내야 했던, 사람속[65]의 유일한 종인 인간은 수집가의 본능을 버리지 못한 모양이다. 그리고 우리 인간의 삶을 완성하는 데는 두 가지 전략이 있었다. 하나는 삶을 있는 그대로 받아들이는 것이고 다른 하나는 삶을 이해하려고 노력하는 것, 즉 삶을 명확히 파악하고 그 삶의 어두운 부분에 빛을 비추며 삶의 숲에서 길을 찾아내는 것이었다. 그리고 동물 화석 발굴 사슬에서 아직 밝혀지지 않은 부분을 추론하여, 어떤 두 동물강 사이에 엄청나게 벌어져 있는 간격도 메워야 했다. 어떤 두 종의 사라진 공통 조상과 그 두 종 사이에 끊어진 연결고리, 그리고 바다로 돌아간 육상 동물[66] 고래의 조상을 찾아내어, 계통발생사를 다시 고쳐 쓰고 싶은 우리 인간의 소망은 고된 가시밭길을 가는 것이나 다름없었다. 어쨌든 사람들은 뭘 찾아야 할지는 알고 있었다. 이렇듯 찾아야 할 것들은 전부 다 알려졌다. 다만 발견되지 않고 있을 뿐이었다. 숨겨져 있는

---

65. 사람속(Homo)은 현생인류와 그 직계 조상을 포함하며, 약 250만 년 전에 등장했다.
66. 동물 군집 종류 중 하나로, 육지에서 생활하는 동물이다.

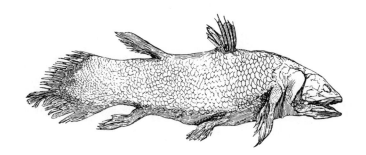

증거의 근원이.

발굴된 화석 조각들이 새로 끼워 맞춰지는 작업이 이루어지고, 그런 와중에 뼛조각 몇 개가 스포트라이트를 받았다. 점점 더 커진, 웃고 있는 듯 보이는 두개골들, 즉 뇌 물질이 들어 있는 이 공간은 다시 몇 세제곱센티미터 더 커졌다. 이러한 진화 과정을 겪은, 인간의 신체 기관 중 가장 으뜸인 뇌는 위험할 정도로 과대 평가되었다. 그리고 인류의 진화 과정에서 존재했던 포유류 뼈대 구조 네 개도 세상 밖으로 나왔다. 그러한 것들을 근거로 현생 인류의 조상이 곧추선 털 없는 원숭이와 닮은 점이 있다는 것이 밝혀졌다. 그 조상은 기어오를 수 있는 능력 대신 직립 보행을 함으로써 평평한 발 두 개를 갖게 되어 자유로워진 두 손으로 마침내 노동할 수 있게 되었다. 또한, 턱이 넓고 눈썹 위가 불룩하며, 온몸에 털 한 오라기 없는 반들반들한 원숭이 그림도 있었다. 그 그림 속 흡사 노인 같은 모습의 그 원숭이는 유일하게 아직 살아 있는 우리 인간의 친척이었다. 거울을 보는 침팬지[67], 안개 속에 싸여 있는 고릴라[68], 혹 우리가 이 원숭이들

---

67. 영국의 생물학자 찰스 로버트 다윈은 『인간과 동물의 감정 표현』(1872)을 집필할 때, 거울을 들고 동물원에 가서 동물들의 반응을 관찰했다. 그리고 1970년 미국의 심리학자 고든 갤럽이 침팬지를 대상으로 거울 실험을 통해 침팬지들이 거울 속에 비친 자신의 모습을 인식한다는 점을 관찰했다.
68. 미국의 동물학자 다이앤 포시의 1983년작 『안개 속의 고릴라』를 말한다.

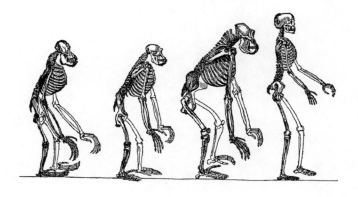

의 후손이었을까? 한 줌의 뼈 위로 몸을 구부린 채, 뼛조각을 맞춰보던 인류학자들은 어둠 속을 한 걸음 한 걸음 내딛듯 발굴해낸 골격의 비밀을 밝혀냈다. 전체 골격 중 절반만 남은 뼈에 여자 아이 이름을 붙여 '루시의 반골격'[69]이라 불렀다. 그리고 '이다'라는 이름이 붙은 또 다른 화석은 여우원숭이 종의 원시 포유류로, 축축한 코, 돌출된 고양이 꼬리, 흡혈귀 손처럼 기형으로 생긴 양손을 가진, 흡사 태아처럼 움츠린 자세로 있던 소형 영장류였다. 애처로운 모습의 '이다'는 움츠린 자세 그대로 발견되어 사람들에게 연민의 정을 불러일으켰다. '이다'는 우리가 찾던 조상이었을까? 우리가 '이다'를 얼마나 간절히 기다리고 애틋하게 그리워했던가. 근데 '이다'는 증고모 할머니뻘도 되지 않았다. 그래도 간접적으로 보면, 우리 인간은 이 지구에 존재했던 모든 세포 덩어리와 친척 간인 셈이었다.

"다음 페이지로 넘기세요."

거기에 시조새가 있었다. 온몸이 깃털로 덮여 있는, 파충류에 속하는 그 새는 진화의 과도기를 대표하는 유명한 동물이자, 오늘날 따로 분류된 서로 다른 두 종의 중간형 동물로, 다리는 파충류처럼 꺾여 있고 두 날개는 조류처럼 활

---

69. 1974년 11월 에티오피아에서 발견된, 여성의 것으로 추정되는 골격으로 전 골격의 절반 정도를 발견했다고 하여 '루시의 반골격'으로 불렸다.

짝 펼쳐져 있으며, 목은 뒤로 휘어져 있었다. 흡사 자동차가 밟고 지나간 것처럼 납작 눌려 있는 모습이었다. 로마르크는 시조새 화석 중에서도 가장 유명한 베를린 표본을 박물관에서 본 적이 있었다. 당시 유리 진열장 뒤에 서 있던 한 아이가

"이거 천사예요?"

하고 묻던 일이 새삼 떠올랐다.

"시조새는 서로 다른 두 종의 특징을 갖고 있어요. 시조새는 깃털이 있어요. 그리고 부리가 없는 대신 이빨이 붙은 턱, 발톱 달린 집게 발가락, 기형적인 앞가슴뼈, 꼬리까지 뻗쳐 있는 척추가 있어요. 이 새는 비둘기보다도 크지 않고, 날아봐야 닭이 나는 정도밖에는 날지 못해요. 그래서 나뭇가지에 매달려 있다 이따금 땅바닥으로 활강하거나 나뭇가지에서 나뭇가지로 옮겨 날아다니곤 했어요. 그러니까 그런 걸 진짜 난다고 할 수는 없겠죠."

시조새라기보다는 오히려 원시 조류라고 하는 편이 더 나았다. 이처럼 시조새의 깃털은 별 쓸모가 없었다. 그러나 새라고 하면 당연히 날갯짓을 해보는 초보 단계를 거치기 마련이었다. 진화사적인 측면에서, 날 수 있는 새를 기준으로 봤을 때, 시조새는 그 이전의 새로, 타조는 그 이후의 새로 분류되었다. 시조새는 반사 작용을 이용하여 날아오르려

고 애를 썼지만, 공기를 가르며 비행하는 데 필요한 강한 날개 깃털이 부족했던 것이다.

"계통 발생사에 대한 힌트는 물론 인간의 몸에서도 발견됩니다. 그 힌트라는 것이 보잘것없고 그리 중요해 보이지 않는 것 하나하나에서 나타나죠. 그러니까 충수, 꼬리뼈, 사랑니 같은 것에서 말이죠."

이러한 퇴화기관은 인체에 거의 해가 없는 것으로, 몸에 남아 있는 쓸모없는 특성들이고 과거의 동물적인 흔적들이었다. 그러니까 화석이 우리 몸 안에도 숨어 있으며 원시인이 우리 몸 안에 살고 있었다.

"이따금 퇴행이 나타납니다. 그러면 인간은 자신의 과거로 역행하게 되죠. 별안간 소수의 몇몇 사람들한테서 오래전에 사라진 특성들이 나타나죠. 예를 들면, 젖가슴 위아래로 정상적인 것보다 더 많은 젖샘[70]이 생겨나고 개와 고양이처럼 귀 끝이 뾰족해지며, 꼬리뼈가 꼬리처럼 엉덩이 위로 뚝 튀어나오죠."

아이들은 믿을 수 없다는 듯 쳐다보았다. 그들은 로마르크가 거짓말한다고 생각하는 모양이었다. 하지만 사실이었다. 우리가 모두 겪은 일이었다. 태어나기도 전에 이미 엄마

---

70. 포유류의 유방 속에 있는 젖을 분비하는 샘(腺).

자궁 안에서 우리 모두가 겪은 일이었다. 무려 370만 년이란 세월 동안 우리는 아홉 달 만에, 한 인간을 온전하고 어렵게 탄생시키는 과정을 치러내고 있었다. 우리 인간의 뼛속에 쓸모없는 이 모든 것들이 들어 있었다. 이런 쓸모없는 특성들로 가득한, 졸작품이나 다름없는 우리는 과거에 존재했던 모든 특성을 합쳐 놓은 존재였을 뿐 아니라, 제 역할도 못 하는 임시적인 존재였다. 우리는 그러한 과거를 달고 다니고, 또 그런 과거는 우리를 예전의 우리 모습으로 되돌려 놓았다. 하지만 우리에겐 그런 과거를 잘 받아들이는 것이 무엇보다 중요했다. 또한, 우리 인간에게 삶은 투쟁이자 버거운 짐이고, 우리는 그 짐을 짊어질 수 있는 만큼 짊어져야 했다. 그것은 우리가 첫 숨을 쉬기 시작하면서부터 떠안게 된 임무였으니까. 그래서 우리 인간은 늘 그 임무를 수행해왔다. 그러나 결국 우리는 병 때문이 아니라 현재를 준비 못 하게 하는 과거 때문에, 죽음을 맞이할 수밖에 없었다.

"신체 구조상으로 봤을 때, 우리에겐 아직 채집가의 본성이 남아 있어요."

작은 무리를 지어 여기저기 어슬렁거리던 사바나[71]의 고대 인간들은 오래전부터 현시대에 적응하지 못하고 있었다.

---

71. 남북 양 반구의 열대우림과 사막 중간에 있는 열대초원.

여전히 구석기 시대에 집착하고 있던 그들은 시대에 뒤처져 절뚝거리며 뒤따라오고 있었다. 아마 우리 후손들이라면 현 시대를 잘 대처해 나갈 수 있으리라. 하지만 그들 역시 지금과는 완전히 다른 세계에 살게 되리라. 그런데 그 세계가 지금의 우리에겐 석기 시대 동굴 생활만큼이나 낯설 거라는 건 불을 보듯 뻔하다. 문득, 교실 밖 나뭇가지들이 바람에 흔들리는 게 보였다. 그리고 아스팔트 위를 지나간 트랙터 한 대가 남겨놓은 흙 자국도 보였다. 어렸을 때 로마르크는 '대체 어떻게 하면 자기보다 나이 많은 사람들과 같은 나이가 될 수 있을까'하는 생각을 하곤 했다. 그러면 늘 '2년만 기다려, 그럼 나도 너만큼 나이가 들 테니'하는 생각에 미쳤다.

교생 베른부르크는 울면서 교실에서 뛰쳐나가, 화장실에 틀어박혀 나오지 않았다. 절망한 그는 울부짖다 탈진해 실신했다. 그러고는 다행증[72] 진단을 받고 몇 주 전에 병가를 내버렸다. 자존감이 강한 사람이었는데. 교사들 모두 한 번씩은 탈진해본 경험이 있었다. 그 또한 일선에서 아이들을 가르치는 교사라는 직업의 일부분이기도 했다. 아주 강한 사람이 아니면 이 직업을 오래 견뎌내지 못했다. 로마르

---

72. 조증이라고도 한다.

크도 실습 나간 당시 초반에는 몹시 힘들어했다. 대학 4학년 말에 나간 교생 실습은 얼음물에 뛰어드는 것만큼 혹독했다. 새로 온 교생들은 졸업을 앞두고 있고, 그런 그들에게서 아이들은 불안의 낌새를 맡았다. 그래서인지 아이들은 매주 어떻게든 골탕먹일 새로운 장난거리를 생각해 내곤 했다. 이른바 교실 권력은 그들이 갖고 있었고 늘 수적으로도 우세했으니까. 반면, 교생들은 홀로 칠판 앞에 서서 처음에는 아이들이 웃을 때 따라 웃기도 하고 처지를 바꿔 생각하기도 하며, 아이들과 어울리고 싶어 했다. 하지만 로마르크는 학교 내에서 유명해져야 한다는 걸 금방 알아차렸으며, 앞으로 늘 칠판 앞, 반 아이들 앞에 홀로 서 있게 될 걸 알고는 정면 돌파를 했다. 교실 문은 닫혀 있었다. 45분은 엄청나게 긴 시간일 수도 있었다. 먼저 그 45분이라는 시간을 극복해야 하고, 또 아이들의 주의도 집중시켜야 했다. 반면, 아이들은 꿋꿋이 기회를 엿보며 교생 중 누구 하나 나가떨어지는 걸 보는 데만 급급해 했다. 그런 그들은, 한번 실수한 사람은 영원한 패자로 간주하였다. 그들은 실수한 사람을 잊어버리지 않는 코끼리 기억력[73]을 갖고 있을 뿐 아니라 서로 네트워킹도 잘했다. 그래서 로마르크는 다른 사람보다 빨리

---

73. 여기에서는 매우 영리하고 기억력이 좋은 동물로 알려진 코끼리를 아이들에 빗대어 표현했다.

명성을 얻어야 했으며, 어떠한 실수도 하면 안 되었다. 단단히 아이들의 콧대를 꺾어놔야 했다. 그래서 처음부터 엄격하게 대하는 게 제일 중요했다. 고삐를 늦추는 건 언제라도 할 수 있었으니까. 적어도 아이들 사이에서 로마르크는 엄한 선생으로 통하고, 그러한 그녀의 태도도 늘 한결같았다. 또 그 누구에게도 예외를 두지 않고, 총애하는 학생도 없으며 늘 예측불허의 행동을 했다. 로마르크는 아이들이 자신의 천적이라고 여겼다. 그것도 학교 지배 구조에서 맨 아래에 있는 천적 말이다. 이렇게 정면 돌파를 시도한 로마르크는 얼마 지나지 않아 금세 유명해졌다.

"딸꾹질을 예로 들어볼게요. 딸꾹질은 인류의 조상이 아가미로 호흡했다는 흔적 말고는 별 의미하는 바가 없어요."

이제 로마르크는 실제로 자신의 앞가슴뼈74를 가볍게 치기 시작했다.

"유전 형질은 다양하게 나타날 수 있어요. 하지만 유전 설계도는 한눈에 봐도 금방 알 수 있을 정도로 명확해요. 그러니까 꽃에는 잎사귀가 다섯에서 최대 여섯 개 달리고, 육생 척추 동물의 손가락은 다섯 개라는 걸 말이에요."

척추 동물들은 비틀어 놓은 벌레들 같았다. 그들의 창

---

74. 가슴 한복판에 있는 세로 모양의 길쭉하고 납작한 뼈.

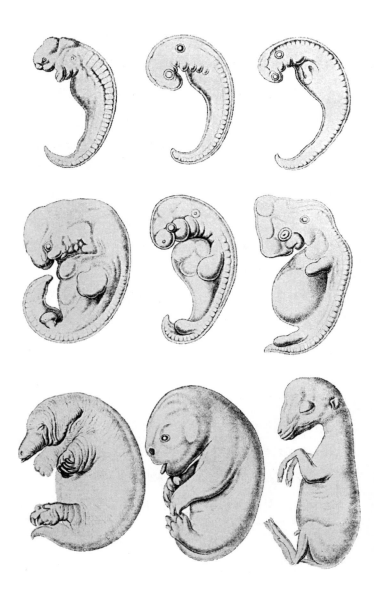

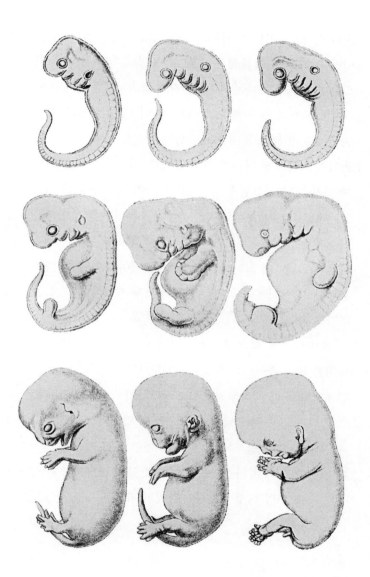

자와 신경기관이 각각 앞쪽과 뒤쪽으로 자리 바꿈을 한 탓이었다. 이 척추 동물들은 내골격[75]을 갖고 있어서 피부 바깥은 보드라웠다. 마찬가지로 인간도 양면적인 동물에 속했다. 눈 두 개와 심장 하나, 그리고 척추를 갖고 있었다. 하지만 줏대는 없는 동물이었다. 교생들은 실습 시작 전으로 되돌아가 처음부터 다시 시작해야 했다. 하지만 아무도 그렇게 하지 못했다. 그렇게 하는 것만이 유일하게 올바른 길이었는데도. 그런데 로마르크의 전략이 소문나게 되면 아이들 기강 잡는 것은 물 건너가 버리게 된다. 그러면 누구나 쉽게 다가와 그녀에게 그녀의 이름을 부를 것이며 30년, 정확히 30년하고도 6개월이나 되는 그녀의 교사 생활이 수포로 돌아갈 것이다.

로마르크는 회색 빔프로젝터를 교탁 앞으로 밀어놓고 유리판 위에 슬라이드를 올려놓았다. 램프 불빛은 아주 약한데 햇빛이 너무 강해 커튼을 조금 닫았다. 렌즈를 통해 그림과 함께 기계 위에 쌓인 분필 가루도 확대되어 보였다. 그 때문에 프로젝터를 사용할 때마다 매번 분필 가루를 닦아 내야 했다. 이제야 나뭇잎을 뜯어먹고 있는 노루 비슷한 동물의 흑백 그림 여섯 장, 녹슨 갈색의 커다란 각진 반점들,

---

75. 체내에 있는 골격으로, 몸을 떠받쳐주는 역할을 한다.

그리고 기다란 목이 뚜렷하게 보였다. 더욱이 그 기다란 목이 그림 속에서 훨씬 더 길어 보이는 것 같았다. 또 다른 그림 속에 보이는, 사바나 초원에 사지를 뻗고 누워 있는 목이 짧은 두 마리 동물은 온전한 기린이 되기 전의 모습을 하고 있었다.

"여러분들이 알고 있는 대로 기린은 아프리카 중심부에서, 그러니까 짧은 우기와 긴 건기가 있는 사바나에서 살고 있어요. 그곳 땅은 메마르고 척박해서 뿌리 깊은 나무에만 잎이 달려 있어요. 그 나뭇잎은 기린들이 뜯어먹을 수 있는 유일한 주 식량이에요. 기린들은 목을 쭉 뻗으면 약 6m 높이까지 올라갈 수 있어요. 뒷다리보다 긴 앞다리에 엄청나게 늘어나는 목이며, 길쭉한 머리와 엄청나게 긴 혀도 갖고 있어요. 또 기린의 전체 골격 구조는 높이 있는 나뭇잎을 모조리 다 뜯어 먹어치우기 위해 만들어진 것처럼 지나치게 특수화되어 있어요. 그런데 어떻게 기린이 …"

그때 문 두드리는 소리가 났다. 아마 바깥 어디 다른 문을 두드리는 소리겠지.

"근데 기린 목이 길어진 데 관한 학설은 아주 다양했어요 …"

또다시 문 두드리는 소리가 났다. 교실 문에서 나는 소리였다. 무슨 일이지?

"들어오세요!"

힘차게 외쳤다.

갑자기 문이 획 하고 열렸다. 카트너, 그가 문 앞에 거의 사무적인 모습으로 서 있었다. 그는 창백한 얼굴로 교실로 들어와 멈춰 서더니 반 아이들에게 고개를 끄덕이며 인사를 했다. 갑자기 아이들 모두 똑바로 앉았다.

"실례합니다, 로마르크 선생님."

어쨌든 그는 학생들 앞에서 로마르크에게 존댓말을 썼다. 카트너의 눈빛이 불안해 보였다. 대체 뭘 하려는 거지? 뭘 알아내기라도 했나?

"부득이하게…"

입에 손을 대고 헛기침을 했다.

"선생님 수업을 방해하게 됐습니다…"

그 말이 전부였다.

"예?"

로마르크가 선수를 쳤다. 아이들 앞에서는 아니었다. 아이들이 아무것도 눈치채지 못하게 해야 했다. 이곳은 그녀의 구역이었으니까. 빔프로젝터의 윙윙거리는 소리만 들렸을 뿐 교실은 쥐죽은 듯 조용했다. 그녀는 교탁 모서리에 양손을 짚었다. 모서리가 떨어져 나가 있었다.

"같이 좀 가실 수 있겠습니까?"

교탁에서 손을 뗐다.

"물론입니다."

가방을 갖고 가야 했다. 어떤 일이 벌어질지 확실히 알 수 없었으니까. 머리를 치켜들고 똑바로 걸으며 뒤따라 갈 수밖에 없었다. 아이들이 아무것도 눈치채지 못하게 하는 수밖엔 없었다. 어떤 일이 벌어질지 확실히 알 수 없었으니까. 카트너가 머리를 숙인 채 기다리고 있는 꼴이라니. 그는 연행하듯 로마르크를 앞장 서 가게 하려는 낌새를 보였다. 그리고 정말로 그렇게 했다. 카트너는 어떻게 알았을까? 가방 지퍼를 닫은 그녀는 기린 그림 슬라이드를 반듯하게 제 자리에 옮겨 놓았다. 그러고는 문 쪽으로 다가갔다.

갑자기 소곤거리는 소리가 들려왔다. 대개 소곤거리는 건 거짓말한다는 신호였다.

"조용히 학습하고 있어요. 금방 다시 올 테니."

오래 걸리지 않을 것이다. 아니, 어쩜 오래 걸릴지도 몰랐다. 이번을 끝으로 다시 볼 수 없을지도 모르는 일이었다. 그러고는 문이 닫혔다.

"무슨 일입니까?"

"기다리시오."

복도 벽에는 해파리와 말미잘이 걸려 있었다. 로마르크는 그의 뒤를 따라 계단을 내려갔다. 카트너는 더는 못 기다리겠다는 듯, 발걸음을 재촉했다. 그는 교무실 문을 열어 주면서도 그녀에게 눈길 한번 주지 않았다. 그리 다정하지 않았다. 교무실에 들어서서 신선하고 서늘한 공기를 느끼자, 그녀는 외투를 더 겹쳐 입을 걸 하는 생각이 들었다. 목에 엄청나게 서늘한 느낌이 들었다. 카트너는 교무실 앞쪽으로 사라져버렸다. 그는 수요 연설을 못 하게 된 후부터 비위가 상해 있었다. '학부모의 밤' 행사 때, 학부모들이 불만을 쏟아낸 이후 여성 교육청장이 쉬는 시간을 단축하지 못하도록 지시를 내렸기 때문이다. 분명 무슨 일이 생긴 모양이었다. 지난 학년 때 레기온알슐레 교사 한 명이 정직을 당한 일이 있었다. 그가 음악 수업 시간에 아이들에게 '사병의 노래'[76]를 부르게 하고, 술자리를 만들어 아이들을 과음하게 했다는 의혹 때문이었다. 분명 미성년자에게 금지된 행동이긴 했다. 다시 카트너의 대머리 부위와 목덜미 부분의 곱슬머리가 눈에 들어왔다. 혹시 미국에서 전화라도 왔나? 거긴 지금 한밤중인데. 그러면 혹시 누가 몸값을 요구하려고 아니면, 숲 속에서 발견한 흔적을 알려 주려고 전화를 했나?

엄한 눈길에 진지한 얼굴을 한 카트너가 문고리를 잡고 문을 열어젖혔다. 거기 책상 앞 의자에 엘렌이 앉아 있었다.

---

76. "Landserlieder"는 2차 세계대전 때 전방에서 싸운 독일 병사를 위한 노래를 말한다.

어깨를 축 늘어뜨린 가여워 보이는 모습으로. 그리고 각진 얼굴에 드리워진 머리카락은 마구 헝클어져 있고, 눈도 부어 있었다. 로마르크는 엘렌을 완전히 잊어버리고 있었다. 근데 그 가엾은 아이가 거기 맥없이 처량하게 앉아 있는 게 아닌가.

카트너가 자신의 재킷을 벗어 옷장에 걸고는 양손을 허리춤에 대고 말할 자세를 취했다.

"감독 의무라고 들어본 적 있소?"

그는 무릎을 꿇고 엘렌 쪽으로 몸을 구부렸다.

"엘렌, 그들이 너한테 어떤 짓을 했는지 말해 봐."

울라는 명령이라도 받은 듯 엘렌은 흐느끼기 시작했다.

카트너는 쪼그린 무릎을 펴고 일어서서 한숨을 내쉬었다.

"이제 됐어, 괜찮아. 밖에서 기다려. 오늘은 교실로 가지 않아도 돼."

엘렌이 힘겹게 교무실 밖으로 걸어나갔다. 그러자 녹색 줄무늬 아노락 재킷이 시야에서 사라졌다.

엘렌이 나가자 카트너는 문을 닫고 머리를 내저었다.

"저 아이는 지금 제정신이 아니야."

그는 커튼을 옆으로 젖히고 창문을 가볍게 두드렸다. 그러다 돌아서서 숨을 들이쉬었다.

"자, 당신 반에서 무슨 일이 일어나고 있는지 알겠소? 저 아인 몇 주 전부터, 아니 몇 달 전부터 조직적으로 괴롭힘을 당하고 있었소. 아니, 괴롭힘을 넘어 학대를 당하고 있었소."

카트너가 자리에 앉았다. 정말로 놀란 것 같았다.

"남학생 화장실에서 저 아일 발견했소. 저 아이가 어떤 상태였는지 당신은 상상도 못 할 거요."

창밖 연약한 나뭇잎 너머로 시커먼 해자^{核子} 77가 보였다. 원형 광장 가에 늘어선 집들의 정면은 햇빛을 받아 황금빛으로 빛나고 있었다. 거기 있는 집들은 조만간 철거될 게 분명했다.

카트너가 일어서서 가까이 다가왔다.

"근데 당신은?"

팔짱을 꼈다.

"이 일에 대해 할 말 없소?"

오래전부터 나이 든 여자들에게 함께 모여 살라는 권고가 있었다. 그렇게 모여 살게 하면 적어도 집 한 채는 건질 수 있었던 것이다. 어쩌면 '강요된 사회화'가 양로원보다 더 좋을 수도 있었으니까.

"얼마나 오랫동안 이 일이 계속되고 있었소?"

---

77. 성벽 주위를 둘러싸고 있는 도랑.

"뭐가요?"

그는 이제 정말로 화를 냈다.

"당신 반 여학생 하나가 수 주일간, 아니 아마 수 개월간 학우들에게 괴롭힘을 당하고, 그 일로 고통받고 있었소. 그런데 당신은 아무것도 눈치채지 못했다는 거요?"

이곳 동쪽 동독 지역 밖에 있는 사람들은, 아직도 여기에 사람이 사는 모습을 보고, 그 모습을 앞으로 50년은 더 보게 될 것이다. 보통 어떠한 관계라도 관계를 만들어 나가는 데는 관계가 지속하는 시간보다 두 배는 더 들기 마련이었다.

"듣고 있소?"

그래, 그녀는 듣고 있었다. 한 마디도 놓치지 않고 다 듣고 있었다. 하지만 이 일은 대참사도 아니고 소규모 운석 충돌도 아니었다. 그저 한 아이가 도태되었을 뿐인 일이다. 그런 일, 이른바 '집단 역동'[78]은 늘 누구한테나 일어나는 일이었다. 그래, 로마르크는 한마디도 놓치지 않고 다 듣고 있었다.

"당신 반 분위기는 아주 좋지 않소. 난 당신이 그 반을 맡을 적임자가 아니라는 걸 꿰뚫어봤어야 했는데. '당신은

---

78. 집단구성원들 간에 발생하는 지속적인 상호작용과 상호관계를 말한다.

판서 위주로 수업하고 사교 능력이 부족한 고루한 사람'이라고 보고서에 쓰여 있었소. 그래도 난 어찌 됐건 오래된 쇠가 견고하다고 생각해서, 학년이 끝날 때까지 당신이 여기 남아 있을 수 있도록 온갖 노력을 다했소. 근데 이 일은 너무 나갔소. 책임져야 할 거요."

교무실 벽에는 공중에서 촬영한 사진들이 걸려 있었다. 그 사진들 속에 담긴 것들은 교외에 서 있는 글자 모양 같이 생긴 집 두 채, 탯줄처럼 굽이굽이 흐르는 도랑, 멈춰버린 그래서 더는 바다로 흘러가지 않는 강, 그리고 염수[79]에서 풍겨 나오는 악취 같은 것이었다. 이제 와서 볼프강과 헤어지기엔 이미 너무 늦어버렸다.

"이제 가 보시오."

교무실 밖 복도는 텅 비어 있었다. 매 수업 시간이 영원처럼 길었다. 45분이라는 그 시간이 끝없이 길게 느껴졌다. 다음 주 대체 시간표에는 베른부르크의 수업이 모두 휴강으로 표시되어 있었다. 심지어 자살할 생각도 해봤다는 베른부르크가 또다시 단기 병가를 낸 모양이었다. 시간표에는 작은 칸들이 빼곡하게 들어서 있었다. 카트너는 책임져야 한다고 말했다. 그래, 모든 건 나름대로 옳았다. 이곳은 지금까

---

79. 소금물.

지 그래 왔던 것처럼, 앞으로도 변함없이 늘 똑같을 것이다. 그래, 모든 건 나름대로 질서가 있었으니까. 주위는 쥐죽은 듯 조용했다. 흡사 폭풍 전의 고요, 폭풍 후의 고요처럼 조용했다. 그래서인지 로마르크의 발걸음 소리가 아주 크게 들렸다. 근데 학칙은 어쩌고? 이제 여기가 종점이었다. 그건 그녀가 알 바 아니었다. 학칙이라는 걸로 뭘 할 수 있을까? 아무것도 없었다. 각자가 자신을 책임져야 했다. 어딘가에서 아이들 목소리가 들려왔다. 물론 그녀 잘못이었다. 어디로 가야지? 어디긴. 교실로 돌아가 수업을 계속해야지. 직무와 학칙 이외에 그녀에게 뭐가 더 남았나. 남은 건 아무것도 없었다. 언젠가 모든 것은 사라질 것이다. 대부분 갑자기 지금처럼 이렇게.

복도 바깥에 있는 벽에 높이 날아가는 미사일 그림이 그려져 있었다. 그 위로 눈물이 날 정도로 아직 파란 하늘에는 흰 뭉게구름이 둥실 떠 있었다. 그리고 길가에 늘어선 라일락은 금방이라도 꽃을 피울 것만 같았지만, 딱총이라는 별칭을 가진 스노우베리[80]는 바싹 말라 있었다. 그곳 벤치에 앉아 있는 엘렌이 보였다. 벤치 아래 포장도로 틈새에는 온통, 피우고 버린 담배꽁초가 가득했다. 맞은 편에 보이는 전

---

80. 학명 "Symphoricarpos albus"에 속하는 식물로, 높이 3m 이내로 자라고 열매가 열린다.

공 교육관 건물의 알록달록 채색된 창문은 흡사 하나의 예술 공간과도 같았다.

계단 세 개를 올라가자 벌써 숨이 가빠왔다. 그녀의 평소 체력은 어디로 가버렸지? 여느 때와 다름없이 벽에 걸려 있는 해파리들은 빛을 발하며 천상의 아름다움을 자아내고 있었다. 갑자기 화장실 물 내려가는 소리에 섞여 케빈이 지껄이며 크게 웃는 소리가 들려왔다. 로마르크가 교실로 들어서자 금세 다시 조용해졌다.

거기 칠판 옆에서는 아직 두 기린 떼가 서로 힘겨루기를 하고 있었다. 목이 긴 기린 떼와 목이 짧은 기린 떼. 그들 중 어느 쪽이 이길까? 기린이 된다는 건 괴물이 된다는 의미였다. 심장에서 2m 떨어져 있는 머리, 즉 기린은 엄청나게 튼튼한 심장을 끊임없이 펌프질해서, 긴 목을 통해 많은 피를 뇌로 올려보내야 했다. 그 긴 목의 뼈는 통틀어 일곱 개에 불과하지만 전체 길이는 1m나 되었다. 그 긴 목 덕분에 기린은 육지에 사는 포유 동물 중에서 키가 제일 컸다. 이는 살아남기 위한 기린의 올바른 전략이었는지도 모른다. 모든 것은 저마다의 영향력과 책임이 있었으니까. 쉬는 시간이 되려면 아직 5분 남았다. 그러니까 아직 수업 시간이었다. 그래, 잘 됐어.

"여러분들이 본 대로, 기린의 조상은 높이 있는 나뭇잎에 접근하기 위해서 더 긴 목이 필요했어요. 당시의 기린들은 기린이라기보다는 영양이나 사슴처럼 보였어요. 자, 이제 건조기 때 아카시아 나무 밑에 서서, 몸을 쭉 펴고 있는 기린들을 상상해 보세요. 너무 배가 고픈 나머지, 어쩜 기린들이 뒷다리로 서서 높이 뛰어오르려고 할지도 몰라요. 물론 그들 중 선천적으로 목이 더 긴 기린이 그렇지 않은 기린보다 더 큰 생존 기회를 얻는 건 확실하죠. 왜냐하면 먹이를 두고 다른 어떤 동물도 그들과 경쟁할 수 없기 때문이죠. 따라서 목이 더 긴 기린이 그렇지 않은 기린보다 더 오래 사는 건 당연한 일이에요. 또 더 오래 사는 기린은 번식할 가능성도 훨씬 더 높은 법이에요. 물론 목이 길지 않은 다른 많은 기린도 높이 있는 나뭇잎을 뜯어먹으려고 최선을 다하죠. 매일매일 되풀이해서 시도하기 때문에 여기저기서 바로 코앞에 있는 목표물에 도달하기 위해 애를 쓰는 기린들로 넘쳐나죠. 그렇게 매일같이 나뭇잎을 향해 몸을 뻗는 훈련을 반복하며 습관을 기르는 거예요. 물론 이런 습관은 하루 아침에 이루어지진 않지만, 반복하다 보면 분명 생활 습관이 되죠. 그리고 언젠가 새끼들과 후손들에게 보탬이 되요. 그러니까 지속적인 반복 훈련과 그러한 훈련으로 생긴 습관으로 기린들의 목이 서서히, 그러나 지속해서 조금씩 조금씩 늘어나는 거예요. 세대를 거쳐 꾸준히 지속하여 온 그 모든 노력은 후손들에게 전해지고, 그 후손들도 그들 조상처럼 그러한 노력을 게을리하지 않고 계속해 나가죠. 그런 식으로 세대가 이어지고, 그렇게 지속해온 꾸준한 노력 덕분에, 기린은 긴 목을 갖게 되는 거예요. 반면, 충분한 노력을 기울이지 않은 기린들은 모두 짧은 목을 가진 채 비참히 사라지게 되죠. 이처럼 우리는 모두 우리가 처한 환경에서 최선을 다하도록 강요받고 있어요. 기린들이 닿기 힘든 곳에 있는 나뭇잎과 아주 높이 매달려 있는 열매를 갖고 싶어 하는 것처럼 말이죠. 그래서 우리는 목표를 가져야 해요. 그러면 훈련으로 다 이룰 수 있어요. 기린은 늘 자신보다 더 높이 있는 나뭇잎을 향해 목을 뻗어 나갔어요. 그런 끈기 있는 노력과 확고한 습관을 통해 기린의 목은 서서히 늘어나게 되고, 마침내 지금과 같은 긴 목을 기린은 갖게 된 거예요. 이는 우리가 운동을 하면 근육이 생기는 것과 같은 원리에요. 우리 개개인 모두에게 삶이란 기지개를 켜는 것과 같아요. 가끔 목표가 손에 잡힐 수 있을 만큼 가까이에 있는 것 같지만, 실제로 목표에 도달하기 위해서는 우리 모두 노력을 해야 하는 거예요. 우리 모두에겐 더 높은 곳으로 올라가려는, 더 고차원적으로 진화하려는 열망이 숨어 있어요. 사람들이 신체의 특정 부위나 어느 한 기관을 지나치게 사용하면 꾸준한 사용으로 인해 그 부위나 기관이 발달하게 되죠!

그런 부위나 기관의 단련은 아주 특정한 방향, 즉 바로 우리가 원하던 방향으로 진행되어 가요. 왜냐하면 단련이야말로 발달의 가장 기본적인 핵심이니까요! 다시 말해 외부 영향력은 지속적이지 않으면 남아 있지 않아요. 이것은 성격, 소질, 행동과 체격 등 인간의 모든 것에 영향을 끼쳐요. 그리고 모든 일에는 결과가 있어요. 모든 건 어디든 도움이 되며 저마다의 의미가 있어요. 삶이든 죽음이든 상관없이 말이죠. 그러므로 이 모든 노력이 헛된 짓은 아니에요. 에너지는 소멸하지 않으니까요! 물론 우리는 환경의 영향을 받죠. 그러니 적응하는 것 말고 다른 방법이 없어요. 그리고 습관도 인간을 만들죠. 또한, 환경이 변하면 그 환경 속에 사는 생물체도 변하기 마련이에요. 생물체란 환경 없이는 살 수 없으니까요."

벨 소리가 났다.

하지만 로마르크는 아직 할 말이 남아 있었다.

"기린의 조상들이 아카시아 나뭇잎을 향해 꾸준히 목을 뻗었던 노력은 당연히 효과가 있었어요. 수많은 세대를 거쳐 오랜 시간이 흐르는 동안 그들은 엄청나게 긴 목을 만들어냈으니까요. 이는 인간의 조상들이 언젠가 직립 보행할 때까지 적이나 노획물의 움직임을 살피려고, 줄곧 스텝 초원을 홀쩍홀쩍 뛰어다니던 것과 다를 바가 없었어요. 모든 세대는 그 이전 세대의 열매를 수확하기 마련이에요. 모든 것은 쌓여서 만들어지는 거예요. 그래서 우리가 노력만 한다면 뭐든 이루어낼 수 있어요. 그러나 게을러지면 습득했던 능력도 잃어버리게 돼요. 그러니까 습득해서 우리 것으로 만든 모든 걸 잃게 되는 거예요. 모든 게 소용없게 돼 버리죠. 근육은 늘어지고 사고력은 감퇴하게 돼요. 그래서 우리는 훈련을 해야 해요. 그리고 모든 일에 최선을 다하고, 배우고 복습하는 것을 절대로 중단해서는 안 돼요. 모든 사람이 사방에서 지속해서 도움을 받는다면, 아무도 자신을 돌봐야 할 필요가 없게 돼요. 그러므로 우리는 모두 각자 성장해야 하는 거예요. 또 우리가 진정으로 노력하기만 한다면 모든 걸 이룰 수 있어요."

대체 무슨 소릴 한 거지? 로마르크는 기진맥진해져 자리에 앉아야 했다.

"숙제는 없어요. 가도 됩니다."

두들겨 맞은 것처럼 녹초가 돼 버렸다.

"슈포르트프라이."

여학생들이 한 줄로 서서 똑바로 앞을 보고 있었다. 내리쬐는 햇볕에 아이들이 연신 눈을 깜박거렸다.

"오늘 여러분의 체력 단련을 위해 피구 게임을 할 거예요. 두 팀으로 만들어요."

로마르크는 현기증이 나서 서 있을 수 없었다. 그래서 바로 옆 벤치에 앉아 다리를 쭉 펴자 그제야 좀 나아졌다. 그들은 서로 같은 조가 되고 싶은 아이들을 골랐다. 스포츠 정신보다 늘 인기가 먼저라니, 참 대단도 하지. 한 아이가 코트 안으로 공을 던져 넣자 경기는 시작되었다.

인생은 우연으로 이루어진 것 같았고, 막막했으며 또한 어쩔 수 없었다. 이론적으로는 모든 걸 할 수 있었다. 하지만 실제로 할 수 있는 건 아무것도 없었다. 사람들은 마음속으로 뭔가 그리며 살았지만 하루하루가 똑같을 뿐이다. 상황에 맞추고, 맞추고 또 맞추기만 했다. 뭔가 변하기까지는 늘 오랜 시간이 걸렸다. 그러다 정말로 뭔가가 변해도 그것 또한 가짜였다. 게다가 모든 것이 너무 빨리 지나가 버렸다. 어떤 시스템이 다른 어떤 시스템보다 더 나빴는지 돌이켜보며 판단할 수가 없었다. 그저 둘 중 하나가 더 적합한 것으로 입증되었을 뿐이다. 자연은 급격하게 변하지 않았지만, 역사는 급격하게 변했다. 그 때문에 오직 한 곳만 바라본 사람은 곤경에 빠지게 되었다. 급기야 모든 사건이 오직 역사로 서술되기에 이르렀다. 반면, 자연사는 한 걸음 한 걸음 나아갔으며 오직 순서대로, 차례차례로, 하나씩 하나씩, 하나에서 다른 하나로 서술되어 갔다. 영장류는 시각이 발달한 포유류,

즉 시각적 동물이었다. 그리고 아메바에서 원숭이로, 모기에서 코끼리로 이어진 생명의 사슬은 바로 인류의 발달 과정을 보여 주었다. 하지만 늘 불완전하고 미완인 중간 상태의 생명만 연달아 태어났다. 그렇다면 진화의 성과라는 건 무엇이었을까? 카드는 늘 새로 다시 섞이고, 그때마다 적합한 패를 가진 자가 승리했다.

여자 아이들이 각자 제 위치에 섰다. 그리고 바로 공이 휙 하고 날아갔다. 어찌나 잘도 공을 피하던지. 공에 맞아 죽은 아이가 없는 게, 그리 놀랍지 않았다. 또다시 아이들이 옆 줄 안쪽에 몰려들었다. 공을 잘 던지려면 기술이 필요했다. 목표 지점으로 복부를 겨냥하여 던지는 게 제일 좋은 방법이었다. 그래서 제일 먼저 공격할 부위가 많은 뚱뚱한 아이들을 한 번의 공격으로 아웃시키는 것이었다. 명중했다. 아웃.

사람들은 늘 공격할지 도망칠지, 아니면 남아 있을지 결정해야 했다. 성공적인 결정을 위한 해답은 순전히 본능에 따라 행동하는 데 있었다. 그래서 사람들은 자신들의 선천적인 본능을 되살려야 할 것 같았다. 즉 3백만 년 전처럼 다시 네 발로, 네 발 짐승으로 다시 걸어야 할 것 같았다. 이러한 퇴행은 더 진화된 단계에서 다시 장점으로 드러날 수도 있다. 그러니까 시간이 흘러 나중에 잃어버린 것보다 더 많은 것을 얻을 수도 있다. 전진하기 위한 이 작은 퇴행의 움직임은 활동하지 않고 정지된 것과 다를 바가 없었다. 그러나 중요한 건 움직인다는 것이고 미래로 회귀한다는 것이었다. 그래서 들소를 복제하려는 시도도 있었다. 그런대로 들소와 닮은 굵고 힘센 목과 돌출된 뿔을 가진 소를 복제해내기도 했다. 게다가 그 소를 야외 목초지에서 키워, 그 소가 가지고 있는 성질을 특성으로 바꿔놓기도 했다. 이런 시도와는 반대로, 밀렵꾼들은 사냥터에서 고단한 삶을 사는 동물들 — 다마사슴[81], 무플론[82], 유럽 들소[83], 야생마, 불곰[84], 늑대 — 을 모조리 다 사냥해 버리려는 듯 보였다. 그렇다면 인간은? 인간은 자발적으로 자신을 스스로 가축화한 동물이고, 이러한 인간의 가축화는 생물학적 필연성이 아니라 우연성의 산물로 이루어졌다. 그럼 대체 누가 진화는 좋은 것이라고 했나? 진화는 진화일 뿐 그것 외엔 아무것도 아니었는데. 손을 들고 기다리는 순서가 없으면 할 말도 없고 원급, 비교급, 최상급으로 매기는 평가가 없으면 생각이라는 걸 할 필요도 없는 것처럼. 완벽한 시력도 다시 나빠질 수 있었다. 퇴행은 이른바 적응전략이기도 했으니까.

---

81. 사슴과의 포유류 동물로, 수컷에게만 뿔이 있는 것이 특징이다.
82. 솟과의 포유류 동물로, 야생 양 중에서 몸집이 가장 작다.
83. 솟과에 속하는 포유류로, 작은 몸집에 적은 털, 그리고 긴 뿔이 특징이다.
84. 곰과의 포유류로, 곰 종(種) 가운데 몸집이 가장 무겁고 거대하다.

축축이 젖은 모래 위에, 끈적끈적한 작은 밤나무 꽃봉오리 껍질들이 널려 있고 운동장에는 비닐봉지 한 장이 바람에 날리어 춤을 추고 있었다. 일찌감치 죽은 아이들은 옆 줄바깥쪽에 모여 자기 팀을 응원하고 있었다. 경기는 아직 끝나지 않았다. 아무도 승패를 점칠 수 없었다. 모든 끝은 시작이었다. 진화는 진화에서 발생하고 숨어 있던 형질도 갑자기 불쑥 나타났다. 핵심 교과 지침서 내용처럼 진화는 단순한 것에서 복잡한 것으로, 완전함을 향해 늘 끊임없이 적응하며 진화해 왔다. 흡사 모든 생물체가 하나의 목표를 향해 전진하는 것 같았다. 그러니까 그 목표라는 것이 원시 어류, 원시 나비, 원시 파충류는 모두 포유류가 되고 싶어 했고, 모든 호모 사피엔스[85]는 결함이 없는 완벽한 미래의 생물체가 되고 싶어 한 데 있었다. 또 경쟁 말고는 그 어떤 것도 타고난 소질을 계발하라며 우리를 몰아치는 것은 없었다. 우리는 체력을 길러 더 높이, 더 빨리, 더 멀리 뛰어야 했다. 하지만 기린 목, 목까지 가득한 물, 가장 높은 나뭇가지 위에 달린 버찌들, 그린란드 빙하, 그리고 긴 목의 기린에게 우리 인간은 필요 없었다.

더는 할 일도 남아 있지 않았다. 숲 간벌, 식물 재배, 동

---

85. 현생인류를 포함한 종(種)의 개념으로 사용된다.

물 사육은 이미 사양길에 접어들고 있고, 하나뿐인 야외 박물관에는 고체, 액체, 기체 상태의 유기물과 무기물이 각각 제자리에 아주 잘 정돈되어 있었다. 근데 우연이란 무엇이었을까? 목표 때문에 사람들은 우연에 대해선 생각조차 하기 어려웠다. 목표를 향해 나아가는 것은 아무 의미도 없는데 말이다. 하지만 일시적 최후인 죽음에 온 세상이 의미를 부여했다. 앞서 간 모든 것은 뒤따르는 것을 위한 전제조건이었으니까. 사람들은 적어도 일이 끝나고 난 다음엔 조금이나마 더 영리해진다고 생각했다. 그럼 인간 다음엔 뭐가 나타날까? 원래대로 되돌아가는 건 있을 수 없는 일이었다. 그렇다면 현재가 당위적인 존재가 아니라면 대체 뭐였나?

옆 줄 바깥쪽에는 이미 죽은 아이들이 곧 죽어 나올 아이들을 기다리고 있었다. 몇몇이 위험한 고비를 넘기고 아직 살아 있었다. 점수는 3대 3. 또다시 터져 나오는 아이들의 한바탕 웃음소리. 그리고 다시 날아간 공이 한 아이 옆으로 살짝 빗나갔다. 공을 피하려고 그 아이가 손발을 꺾거나, 무릎을 쪼그리거나, 혹은 한 손으로 땅을 짚고 몸을 받치거나 뒤로 꺾으면, 죽을 것 같은 생각이 들었다. 바로 그때 그 아이가 나자빠졌다. 그러자 옆에 있던 다른 아이가 일어서는 것을 도와 주었다. 다시 경기가 속개되었다. 이제 공이 더 세게 날아가 퍽하고 허벅지에 명중했다. 아웃.

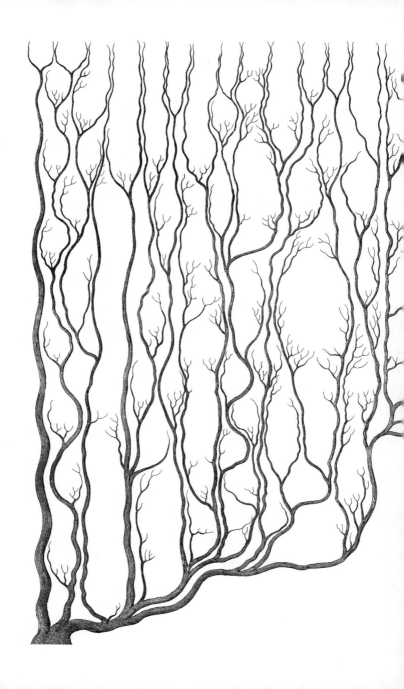

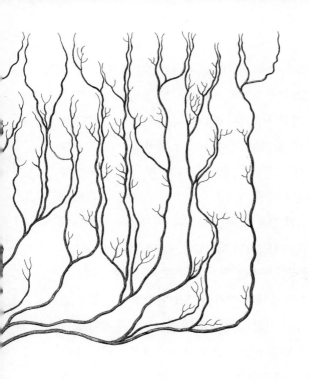

이긴 아이들은 능력자였다. 그러니까 이긴 아이는 이길 만한 자격이 있었다. 자연에는 부당함도 불공평함도 없으며, 모든 것이 자연의 이치에 따랐다. 살아남은 자가 승리했다. 아니, 천만에. 살아남은 자는 그저 살아남은 것이다. 그게 다다. 오늘 예외인 것이 내일 보편적인 것이 될 수도 있었다. 그리고 한번 시작된 경쟁은 더는 막기 어려웠다. 확실한 건 예전 그대로인 것은 아무것도 없다는 사실이다. 지속해서 변화해나가는 것도 막기 어려웠다. 당연히 일어날 일이기 때문이다. 역동적인 행성은 완전해지려고 애를 썼다. 하지만 꼭 그렇게 될 걸로 정해져 있지는 않았다. 진화라는 것은 없었다. 진화, 그것은 사고의 오류일 뿐이었다. 모든 것이 불완전했지만, 아예 희망이 없는 건 아니었다. 현재는 과도기 단계이고 인간은 일시적 존재였다. 또 지금까지의 결과는 중간 결과일 뿐이며, 모든 건 일시적이었다. 한스가 늘 말한 대로, 일기예보가 아니라 실제 날씨를 봐야 날씨를 정확히 알 수 있었다. 또, 복잡한 종은 결코 오래 살아남지 못했다.

경기는 흥미진진했다. 몸집은 작은데 유연성과 강함을 겸비한 한 여자아이가 하얀 이를 드러낸 채, 야생 동물처럼 코트 위를 누비고 다녔다. 아, 이 신선한 공기, 얼마나 좋은 내음이 나던지.

어렸을 때, 로마르크는 부엌 탁자 위에 놓인 타원형 아연

대야에 들어가 목욕하면서, 처음으로 '자기가 사는 이곳 말고 다른 곳도 있을까?'하는 생각이 들어 어머니에게 물어본 적이 있었다. 어머니는 말없이 레인지에 큰 냄비로 데운 뜨거운 물과 오븐에 데운 따뜻한 물, 그리고 찬 수돗물을 섞어 놓은 목욕물 안에 들어가 있는, 그녀의 귓등과 발가락 사이를 거친 때밀이 수건으로 박박 문지르기만 했다. 땟물로 푸르스름한 목욕물 안에는 아버지가 출장 때 사다 준 작은 인디언 통나무 배가 동동 떠다니고 있었다. 로마르크가 그런 걸 물어본 게 몇 살 때였지? 아직 유치원에 다닐 때였다. 그 당시 아연 대야에 들어가 목욕하기에 로마르크의 몸집은 너무 컸다. 다리가 대야 밖으로 비어져 나와 있어 발에는 물기도 남아 있지 않았으니까. 긴 막대기 끝에 달린, 젖빛 유리로 만든 반짝이는 둥근 천장 전등을 쳐다보면서 그녀는 줄곧 그 생각만 하고 있었다. 하지만 어머니는 입을 다문 채 대답해 주지 않았다. 아니, 대답해 줄 기색도 보이지 않았다. 아무 말이 없었다. 그녀는 머릿속에서 맴도는 그 생각을 떨쳐버릴 수 없었다. 또 자신의 질문에 대한 답이 뭔지 상상할 수도 없었다. 이윽고 '학교에서 꼭 배우게 될 거야'하는 생각을 했다.

아이들이 코트를 바꾼 후 다시 제비뽑기를 했다. 뺨이 볼그스레해진 아이들은 숨을 헐떡거리며, 몇몇은 땀까지 흘리고 있었다. 모두 다시 코트로 나와 파이팅을 외쳤다. 그러고는 처음부터 다시 시작했다.

클라우디아는 많은 시간을 혼자 보냈다. 늘 친구를 사귀어보려고 애를 써봤지만, 친구는 생기지 않았다. 그래도 성적은 상위권에 들었다. 1학년 땐가 2학년 때, 생활기록부에 '클라우디아는 반 친구들에게 자신의 긍정적인 생각을 잘 관철하지 못합니다.'하고 평가가 쓰여 있었다. 쉽게 말해 클라우디아가 반 아이들한테 인기가 없다는 말이었다.

이따금 클라우디아는 울어서 벌게진 얼굴을 하고 집으로 돌아왔다. 그런 경우는 아이들이 클라우디아한테 또 뭔가 나쁜 짓을 했다는 의미였다. 아이들은 심심하면 클라우디아의 연필을 부러뜨리고 색 볼펜을 훔쳐가고 깁지 못할 정도로 스웨터에 큰 구멍을 내곤 했다. 하지만 클라우디아는 단 한 번도 그런 짓궂은 장난에 저항해 본 적이 없었다.

그날 금요일, 마지막 수업 바로 전 시간에도 클라우디아는 별 저항을 하지 않았다. 그 일을 마음에 담아 두고 있는 아이도 없었다. 그리고 수업이 시작되었다. 그런데 교탁에서, 그러니까 로마르크에게서 멀리 떨어진, 3번째 줄에 있는 클라우디아 자리만 덩그러니 비어 있었다. 잠시 후 클라우디아가 돌아왔다. 한 뼘 정도 열린 문 사이로 획 하고 들어오는 클라우디아는 몹시 초췌해 보였다. 무슨 일이 있는 게 분명했다. 울어서 부은 얼굴 위로 머리카락을 드리운 채 클라우디아는 모두가 쳐다보는 걸 무시하고, 힘겹게 자기 자리로 걸어가는데 누가 또 장난을 쳤던 모양이다. 갑자기 클라우디아가 꽥하고 소리를 질렀다. 바로 그 순간에 로마르크는 아이들을 등지고 서서 칠판에 판서하고 있었다. 찢어질 듯한 새된 소리에 그녀는 돌아섰다. 그러자 통로 쪽으로 밀려나 있는 클라우디아의 책상이며 바닥에 떨어져 있는 생물 교과서가 눈에 들어왔다. 돌연 클라우디아가 벌떡 일어나더니 교탁 앞에 서 있는 그녀에게 달려왔다. 어깨를 들썩이며 머리를 푹 숙이고 있던 그 아이가 '엄마'하고 흐느껴 부르면서 팔을 뻗어왔다. 근데 로마르크는 어쨌지? 단지 '무슨 일이지?' 하고 한 말이 그녀가 대꾸한 전부였다. 그렇게 그녀는 자기 딸 아이를 멀리 밀어내 버렸다. 그 아이는 대체 뭘 바랐던 걸까? 다시 바닥에 넘어진 클라우디아는 그대로 바닥에 엎드려 계속 울고 있었다. 맙소사, 교실 한복판에서, 그것도 실험대와 의자 사이에 있는 통로 바닥에 몸을 웅크리고 누워 있다니. 몸은 또 어찌나 떨고 있던지. 가까스로 가쁜 숨을 가라앉힌 클라우디아는 흘러내리는 눈물을 삼키는 바람에, 콜록콜록하다 이내 눈을 감고 입술을 꽉 깨물었다. 그러고는 흐느끼며 또다시 '엄마'하고 거듭 불렀다. 아직 어린 아이였는데. 클라우디아는 반 아이들 앞에서 로마르크를 엄마라고 불렀다. 그래, 당연히 그녀는 클라우디아 엄마였다. 그렇지만 그보다 먼저 선생이었다. 바닥에 누운 채 서글프게 울고 있는 클라우디아에게 다가가 위로해 주는 아이도 하나 없었다. 그녀도 그렇게 하지 않았다. 아니, 그렇게 할 수 없었다. 반 아이들 앞에서 그렇게 할 수 없었다. 그들이 있는 곳은 학교이고, 지금은 수업시간이었으니까. 게다가 그녀는 엄마가 아닌 선생 로마르크였으니까.

돌풍에 나뭇가지가 흔들거렸다. 아이들은 다리가 마비된 듯한 걸음걸이로 다시 경기장 코트를 바꾸었다. 벌써 핫팬츠를 입은 아이들도 서너 명 있었다. 훤히 보이는 그들의 맨 무릎은 꼭 어린아이 무릎 같았다. 무릎 부분 피부 아래로 보이는 둥그스름한 막에는 상처 하나 없고 장딴지도 매끈해 보였다. 이어 모래 속 깊숙이 찍힌 그들의 운동화 발자국 흔적에, 팽팽한 근육과 멀리 뻗은 팔에, 자연히 시선이 갔다. 또다시 공이 높이 솟아 날아가더니 엄청나게 먼 곳에 뚝하고 떨어졌다. 재빨리 누군가 달려가 공을 가져왔다. 시합이 다시 속개되었다. 아이들은 지치지도 않는 모양이었다. 이번엔 아주 세게 던진 공에 한 아이가 맞았다. 몹시 아픈 표정을 지으며 코트 밖으로 나간 그 아이는 옆 줄 바깥쪽에 서 있던 다른 한 아이를 껴안고 슬픔을 나누었다. 로마르크는 눈으로 공을 쫓다가 한 작은 무리의 사람들이 두 줄로 서서 학교 담 쪽에서 운동장으로 터벅터벅 걸어가는 것을 보았다. 구부정한 자세로, 그들은 본관 쪽을 향해 걸어가고 있었다. 강좌를 들으러 가는 연금 생활자들이었다. 금요일에는 정오부터 강좌가 시작되었다.

로마르크는 손뼉을 쳤다.

"잘했어요. 오늘은 여기까지에요."

무릎을 짚고 숨을 고르고 난 아이들은 다시 가지런히 줄을 맞추었다.

"다음 주에 만나요."

언젠가 다시.

볼프강이 보이지 않았다. 아마 어린 새끼 새 둥지나 저쪽 부화 기계실에 가 있을 게 분명했다. 태양은 구름 뒤로 모습을 감춰버렸다. 마당 왼쪽에는 사육동물 3인조가 있는 사육장이 있는데, 그곳 칸막이에서 뛰쳐나온 수컷 한 마리가 도도한 자태를 뽐내며 목장을 거닐고 있었다. 그 뒤를 회갈색 암컷 한 마리가 적당한 거리를 두고 따라다녔다. 그 둘은 하이힐이라도 신은 것처럼 살짝 뒤뚱거리며 거닐고 있었다. 흡사 걸어 다니는 두 개의 전등갓 같았다. 또 걸을 때 균형을 잡으려고 한시도 가만히 있지 않고, 목을 살짝 앞으로 내밀었다 움츠리곤 하는 모습이 흡사 눈에 보이지 않는 실에 매달린 꼭두각시 인형 같았다. 그렇게 쉴 새 없이 목을 움직이는 건 가장 먼저 목으로 몸통의 아주 작은 움직임조차 놓치지 않고 감지하고 있다는 신호였다.

이 사막의 새 두 마리는 주위의 모든 것을 주시하기도 하고 멍하니 먼 곳을 응시하기도 했다. 스텝 지역 동물인 그들에게 어울리는 행동이었다. 이곳은 꼭 스텝 지역 같아서 아프리카에서 기린과 타조뿐 아니라, 사람들도 이주해왔다. 하지만 여기 이 타조들은 이곳에서 태어났기 때문에 자신들의 고향을 한 번도 본 적이 없었다. 로마르크 역시 아직 아프리카엔 한 번도 가본 적이 없었다.

최근 뎀민[86]에 철갑상어 양식장이 생겨났다. 거기서 생산되는 캐비어는 러시아 시장으로 직수출되고 있었다. 어쨌든 일자리 20개가 새로 생겨났으니, 티끌 모아 태산 아니겠는가. 그리고 브란덴부르크 어딘가에는 작은 물소 떼가 습한 목초지에서 풀을 뜯고 있다는 소문도 돌았다. 이 모두가 외국에서 들여온 동물이었다. 그리고 마침내 수입 감자도 들어왔다.

이 척박한 땅에서도 타조들은 잘 살아갈 수 있었다. 기후가 그들이 살기에 적합했으니까. 다만 겨울에는 힘들었다.

---

86. "Demmin"은 메클렌부르크-포어포메른 주에 위치한 도시이다.

동물들을 집 밖에 놔두기에 이곳은 너무 추웠다. 그런데 동물들은 우리 안에 갇혀 있으려고 하지 않았다. 하루 이틀 정도는 갇혀 있지만 3일이 지나면 우리를 부수고 나오려고 발버둥을 쳤다. 그들은 갇혀 있는 걸 못 견디는 주금류[87]였으니.

또 다른 암컷 한 마리는 다리를 접어 파충류처럼 생긴 발끝으로 칸막이 사이에 웅크리고 앉더니 가슴을 바닥에 대고 모래 목욕을 하기 시작했다. 뱀처럼 바닥에 목을 비틀어 꼬고 짤막한 날개로 먼지투성이인 곡식 알갱이를 몸통에 마구 문질러댔다. 이제 하이힐이라도 신은 듯한 다른 두 마리 타조는, 볼프강이 모퉁이를 틀어놓은 울타리 가를 거닐고 있었다. 그러다 갑자기 수컷이 울타리 철망 가까이 가서 그 사이로 머리를 들이밀었다. 철망 사이 틈은 작은 두개골이 들어가기에 충분히 컸다. 새라는 동물은 개구멍을 찾아 그 안에 숨어 있기를 좋아했다. 하등 동물조차 자기 몸통의 힘과 크기를 잘 알고 있었다. 그러나 타조는 그렇지 못했다. 타조들은 철망이나 나무 틈을 보기만 하면, 안간힘을 다해 그 사이로 무리하게 머리를 들이밀기 바빴다. 그러한 행동은 어디든 기어들어가려는 타조의 본능에서 기인한 것

---

87. 조류에 속하는 동물로, 대표적으로 타조가 있다.

이었다. 그래서 타조에게 늘 공손하고 조심스럽게 다가가야 했다. 또 타조의 진흙투성이의 갈색 물렁물렁한 발가락, 길고 빳빳한 흰 털로 뒤덮여 있는 넓적다리, 지방질로 가득한 털구멍, 소름 돋은 것 같은 도톨도톨한 피부, 쉽게 잘 꺾이고 솜털 같은 검은 깃털 아래의 흰 속 깃털은 가히 특징적이라 할 만했다. 하지만 짤막한 날개는 별 쓸모가 없었다. 이따금 풀덤불 사이를 민첩하게 휙휙 왔다 갔다 하는 타조들이 어디로 뛸지도 늘 종잡을 수가 없었다. 타조라는 동물은 늘 어떤 대상을 호기심 있게 보다가도 곧바로 경계하는 습관이 있었다. 타조의 콧구멍과 머리에 나 있는 털, 반짝이는 커다란 검은 눈도 정말 아름다웠다. 특히 커다란 검은 눈은 작은 머리에 둥근 사과 두 개가 박혀 있는 것만 같았다. 게다가 눈썹은 길고 짙었다. 그리고 습관대로 눈은 주변을 주의 깊게 살피기도 하고 멍하니 먼 곳을 바라보기도 했다.

어디선가 손수레가 덜커덩거리자 타조는 이내 머리를 움츠리고 목을 길게 뻗었다. 그리고 위협의 신호로 흰 꼬리 깃털을 치켜세우며 경계태세를 취하는가 싶더니, 잔뜩 겁을 집어먹고 진흙투성이의 목초지로 뒤뚱거리며 재빨리 달아나 버렸다.

이때 건너편 축사에서 덜커덩하는 소리가 더 크게 들려왔다. 이윽고 축사 문이 열리고 어린 새끼 타조 떼가 앞다퉈 밖으로 성큼성큼 뛰쳐나왔다. 그 움직임이 말처럼 빨랐다. 또 흔들거리는 타조 목은 꼭 시계추 같았다. 밖으로 나온 새끼 타조 한 마리가 날개를 펼치자 옆에 있던 다른 새끼 타조들 모두 그를 따라 날개를 펼쳤다. 점점 비좁아지는, 동그랗게 둘러선 무리 안에서 새끼 타조들은 이리저리 뛰어다니며 마치 날려는 듯 짤막한 날개를 퍼드덕거렸다. 그 모습이 피루엣[88] 춤이라도 추는 것 같았다.

까옥까옥 우는 소리가 크게 들려왔다. 별안간 하늘에서 떨어져 내려온 듯한 까마귀 떼가 지나가고 있었다. 흡사 영화에서처럼 한 줄기 빛이 비치면서 별안간 사방이 환해지는 것 같았다. 눈을 뜨고 보기 어려울 만큼 선명하게 떠 있는 구름이 얼마나 아름답던지. 그 아래로 대지의 향기가 피어오르고, 타조들이 목초지를 춤추듯 뛰어다니고 있었다. 그 광경을 잉에 로마르크는 울타리 가장자리에 서서 마냥 바라보고 있었다.

---

88. 한쪽 발로 서서 또는 공중에서 360° 회전하는 동작을 일컫는다.

'기린의 목'은 환경 변화의 결과인가, DNA 변이 때문인가?

『기린은 왜 목이 길까?』라는 책 제목에서 자연히 우리는 기린의 긴 목을 떠올리고, 기린의 목이 처음부터 그렇게 길었을까 혹은 어쩌다 목이 그렇게 길어졌을까 하는 의문이 든다. 도대체 기린은 왜 목이 그리 긴 걸까? 자기 키보다 더 높은 곳에 있는 나뭇잎을 뜯어 먹으려 쉴 새 없이 목을 뻗은 결과일까? 아니면 DNA 변이 때문일까?

먼저 이 의문에 대한 대답부터 하자면, 오늘날의 기린 목은 환경 변화에 의한 적응이 DNA 변이로 이어져 길어졌다. 그러니까 예전에는 지금보다 목이 훨씬 짧은 기린이 있었다. 그들 가운데 생존을 위해 높은 나뭇가지에 달린 잎을 뜯어 먹으려 다른 기린들보다 목을 더 높이 뻗는 기린들이 생기고, 이기린들은 이른바 계속되는 '목 뻗기 운동'으로 목이 길어지게 되었다. 이렇게 길어진 목을 갖게 된 기린들의 DNA가 변이되어 그들의 후손들에게 전해지게 된 것이다.

독일 통일 후, 학교와 지역사회에서 일어나는 생존경쟁과 자연

도태

방금 든 기린의 예에서만 생존경쟁과 자연도태가 일어나는 것은 아니다. 이러한 일들은 주인공 잉에 로마르크가 30년 넘게 몸담고 있는 일터인 학교와 삶의 터전인 구동독 지역에서도 일어난다. 이 소설의 배경으로 등장하는 메클렌부르크-포어포메른 주에 위치한 찰스-다윈 김나지움은 통일 이후 이농, 실업, 쇠퇴 등에 의한 인구 감소로 학생 수가 급격하게 줄어들어 4년 후면 문을 닫게 된다. 또 이 학교가 있는 지역 사회도 기존 건물, 시설 등의 붕괴와 철거로 쇠퇴하여 점점 황폐해져간다. 이처럼 통일 후 학교와 지역사회가 인적, 환경적 변화를 겪고 있는 동안, 생존경쟁에서 밀려 도태된 자리에는 새로운 것들로 채워진다. 가령, 황폐해진 마을, 도시 구석구석에는 어마어마한 생명력을 자랑하는 잡초, 들꽃 같은 식물들이 싹을 틔워 세력을 확장해 나간다. 그런데 이 같은 생존경쟁과 자연도태라는 법칙은 지역사회에만 적용되는 것이 아니라, 아이들을 우등생, 열등생으로 선별하는 기준으로도 이용된다. 즉, 자연에서와 마찬가지로 학교에서도 생존경쟁에서 살아남는 아이들은 똑똑하거나 재능을 가진 아이들로, 도태되는 아이들은 우둔한 아이들로 분류하는 기준으로 말이다. 특히, 이런 기준을 신봉하는 사람은 다름 아닌 이 소설의 주인공 잉에 로마르크이다. 그녀는 도태의 대상이 되는 우둔한 아이들을 "다른 아이들이 앞으로 나아가는 것을 방해하는 낙오자이자 건강한 학급의 몸통에 붙어사는 기생충"(18쪽)이라 여기며, 그들을 학교에 붙잡아두려고 낙제할 때마다 번번이 새로운 기회를 주거나 격려할 것이 아니라 낙오자라는 것을 하루라도 빨리 깨닫게 하는 게 낫다는 입장이다. 왜냐하면 머지않아 그들은 낙오자, 기생충이라는 낙인에서 벗어나려고 더는 노력하지 않을 게 불을 보듯 뻔하기 때문이다. 다원주의적 자연법칙에서 볼 때, 이러한 현상들은 자연스럽다. 그래서 이 법칙을 신봉하는 로마르크는 학교와 지역사회의 쇠퇴와 변화, 그리고 아이들에게서 나타나는 낙오를 그저 냉정하게 관망할 뿐이다.

다원주의적 자연법칙에 반하는 삶을 꿈꾼다?

환경 변화에 적응한 것만이 생존경쟁에서 살아남아 진화해 나가고, 그렇지 못한 것들은 자연도태 된다고 굳게 믿는 로마르크 본인은 정작 지역사회와 학교의 변화에, 그리고 더 나아가 서독에서 밀려드는 자본주의적 방식에 잘 적응해나가지 못한다. 통일 후, 로마르크가 살고 있는 구동독 사회는 엄청난 변화를 겪고, 이는 구동독에 있는 모든 것에 영향을 미친다. 하지만 로마르크는 이런 변화가 달갑지 않다. 솔직히 말해, 달갑지 않은 걸 넘어 괴롭기까지 하다. 구동독에 살던 사람들이 고향을 떠나고, 그 때문에 학생 수가 급격히 줄어들어 몸담고 있는 학교는 폐교를 앞두고 있고, 새로운 자본주의적 사상과 유행이 들어와 기존의 삶의 방식을 흔들어 대니 그럴 만도 하다. 그러나 이런 변화의 소용돌이 속에서도 로마르크는 흔들림 없이 자신의 신념과 가치관, 생활 방식을 고수하며 살아간다. 가령, 교사는 교사로서의 위엄과 권위를 지녀야 하고, 학생들과는 늘 일정한 거리를 둬야 한다는 평소 생각을 버리지 않고, 우직하게 이러한 태도를 고수해나간다. 로마르크 자신이 갖고 있는 DNA 대로 말이다. 하지만 이는 곧 로마르크를 위기 상황으로 몰아넣는다. 30년 넘게 몸담고 있는 학교가 4년 후에 문을 닫게 될 상황에서, 줄곧 자기 계발을 거부해온 로마르크로서는 지금까지 지켜온 교사직을 더는 유지할 길이 없기 때문이다. 그렇게 새로운 환경과 '자기 변화'를 거부함으로써 '사회 부적응자'로 낙인찍힌 로마르크는 본인 자신이 생존경쟁에서 도태될 위기를 맞는다. 이런 위기감 때문이었을까? 그래서 로마르크는 — 소설의 후반부에 이르러 — '대체 누가 진화는 좋은 것이라고 했나? 진화는 진화일 뿐 그것 외엔 아무것도 아니었는데.'하고 다윈주의에 반하는 생각을 한 걸까? 아니다. 로마르크는 벌써 오래전부터 다윈주의에 반하는 듯한, — 소설의 초반부에 잠시 드러낸 바 있던 — 녹색 식물에 대한 동경을 품고 있었다. 즉 "인간들이 상피, 표피, 유조직으로 구성되어 있다면, 음식을 섭취하지 않아도, 장보러 가지 않아도, 일을 하지 않아도 된다. 그러니까 인간들은 아무 활동을 하지 않아도 된다. 그저 햇볕 아래 잠시 누워 물을 마시고 이산화탄소를 들이마시는 것만으로도 충분하다. 그러면 피부 안에 있는 엽록체가 모든 것을 해결해 줄 테니까."(106쪽)하는 생각을 말이다. 이런 생각을 갖고 있는 탓에, 로마르크는 자연에 반하는 삶을 살고 싶지 않았던 모양이다. 그래서 어쩌면 자기 계발인 '계속 교육'도 거부해 왔는지 모른다. 교육이라는 것 자체가 자연에 반하는 것이라고 생각했으므로. 또, 교육은 불완전한 존재로 태어나 환경에 적응하며 성장해나가는 인간들에게나 필요한 것이지, 자연적 본능에 따라 필요한 행동만 하는 동물들에겐 불필요한 것이라고 생각했으므로. 그렇다면 로마르크는 인간의 삶이 아니라, 동물의 삶을 동경했을까? 자신의 생존을 그저 자연의 선택에 내맡기는 동물의 운명을 말이다. 그리고 자연사적 관점에서, 본능에 따라 자연에 순응하며 사는 동물 종種이 생물학적·사회학적으로 복잡한 종보다 더 오래 살아남는다는 것을 믿어서였을까?

로마르크가 자신의 삶을 위해 어떤 선택을 하든, 그건 로마르크 본인의 문제이다. 다만, 본인도 늘 낙오자라 여기던 아이들 혹은 사람들처럼 새로운 변화에 적응하는 것을 거부하며 생존경쟁에서 도태되는 길을 걸으면서, 어떻게 다른 사람들을 그토록 신랄하게 평가할 수 있을까 하는 의문이 생긴다. 마치 자신은 그런 사람들 부류에 속하지 않는다는 듯이 말이다. 결국, 로마르크 자신도 그들 중 하나인데.

로마르크 주변 인간 구상의 여러 모습

이 소설에 등장하는 로마르크 주변 사람들은 크게 새로운 환경과 변화에 잘 적응하는 인물과 그렇지 못한 인물로 분류된다.

먼저, 동료 교사 카트너와 슈바네케는 새로운 환경에 가장 잘 적응하는 인물들이다. 서독 출신으로, 동독 사람들에게 민주주의를 가르치는 사명을 안고 찰스-다윈 김나지움으로 전근 온 카트너는 처음의 순수한 의도와 달리, 학교장이 된 후에는 학교와 동료 교사들의 미래를 손아귀에 쥐고 좌지우지하며 권력을 휘두른다. 그리고 긍정의 아이콘과도 같은 슈바네케는 사교적이고 에너지 넘치며 시대의 유행에 민감하고, 때로는 자신의 아픈 사생활까지 숨김없이 드러내며 상대방에게 연민과 격려를 구걸하기도 한다. 다음 인물은, 전직 소 사육 기술자였던 로마르크의 남편 볼프강이다. 그는 동물 생산업의 쇠퇴와 함께 한때 백수로 전락하기도 했으나, 시대 변화의 흐름을 타고 타조 사육사로 제2의 전성기를 맞이하며 유명 인사가 된다. 그러나 그는 사랑, 결혼 생활에 필요한 것은 열정이 아니라, 돈이나 취향이라고 생각하는 현실적인 인물이기도 하다.

반면, 옛 시절을 그리워하거나 혹은 자기 세계에 갇혀 외롭게 사는 인물들도 있다. 동료 교사 틸레가 그렇다. 새로운 변화에 적응하지 못하고 과거로 돌아가고 싶어 하는 공산주의자 틸레는, 새로운 세상에서 자신의 신념대로 행동하기엔 너무 나약한 인간이다. 그래서 그는 늘 불평만 해대는, 정작 아무것도 행동으로는 옮기지 못하는 '사회적 낙오자'로 평가된다. 로마르크의 이웃, 한스 또한 마찬가지 인물이다. 매일 거실 창가에 걸어둔 온도계를 체크하며, 고양이 엘리자베트를 삶의 동반자로 여기고 살아가는 그는 로마르크 이외에는 대화 상대도 변변히 없는, 사회와 사람들에게 소외되어 외롭게 사는 인간이다.

이처럼 로마르크 주변, 즉 학교, 가정, 이웃에는 통일 후 구동독 지역에 나타나는 사회적·환경적 변화에, 더 나아가 서구의 자본주의에 적응하거나 혹은 적응하지 못해 도태되는 인간 군상의 여러 모습이 존재한다.

교사 로마르크냐? 엄마 로마르크냐?

학교 안팎에서 늘 학생들에게 엄격하고 냉정하기로 유명한 로마르크는 클라우디아를 딸이라고 해서 다른 아이들과 다르게 대하지 않는다. 언젠가 어린 클라우디아의 담임을 맡았던 때, 로마르크는 교실에서 클라우디아가 반 아이들에게 괴롭힘과 왕따 당하는 모습을 목격하고도 외면해 버리고 말았다. 평소 공사公私 구분이 분명한 로마르크로서는 "엄마, 엄마"(345쪽) 하며 울부짖는 딸아이를 빤히 눈앞에 두고도, 자신이 클라우디아의 엄마라는 생각보다 선생이라는 생각에 앞서 손을 내밀지 않았다. 게다가 그녀는 자연계처럼 인간들도 강자-약자 관계가 존재하고, 또 이러한 관계에서 발생하는 괴롭힘과 왕따도 자연스럽다고 보았다. 이처럼 엄마인 로마르크에게 사랑도 관심도 제대로 받지 못하고 친구도 없이 늘 외롭고 쓸쓸한 어린 시절을 보낸 클라우디아는, 성인이 되자 결국 가족의 품을 떠나 먼 타국에서 독립적인 삶을 살아간다.

로마르크는 뒤늦게 딸과의 소원해진 관계에 아쉬움을 느끼는 듯 하지만, 이내 어쩔 수 없는 일로 치부해버린다. 그리고 클라우디아와의 서먹서먹한 관계도 순순히 받아들인다. 그러한 모녀관계 역시 과거 자기 행동의 결과물로, 더는 개선할 수 없다고 여기면서 말이다. 하지만 다른 한편으론, 그녀도 인간이기에 하나뿐인 딸의 빈자리에 허전한 마음이 들고 딸의 삶에 이방인으로 취급되는 데에 쓸쓸함을 느낀다.

뛰어난 심리 묘사, 그림으로 보는 재미

2011년 주어캄프 출판사에서 출간한 이 소설은 주인공 잉에 로마르크의 심리 흐름을 일터인 학교와 가정, 이웃 그리고 그곳에서 만나는 여러 인물들과 관련지어 3인칭 관찰자 시점에서 묘사하고 있다. 로마르크는 자기 신념대로 우직하게 독불장군 같이 사는 인물로, 새로운 변화와 주변 사람들을 냉정한 시선으로 바라보며 시니컬하게 평가하곤 한다. 그래서 독자들은 이 책을 읽어나가는 동안 로마르크의 냉소적인 표현들을 자주 접하고, 그녀에게 깊은 연민의 정을 느끼기도 한다. 또, 이 책의 흐름을 주도해나가는 그녀의 심적 갈등을 좇아가다보면, 한 인간이 얼마나 완고하고 나약할 수 있는지 엿볼 수 있다.

이 책의 또 다른 재미는, 소설가이자 출판 디자이너로 활동하는 저자가 직접 그린 공룡, 어류, 시조새 등 총 22개의 그림이 책 중간 중간에 들어 있어, 주인공이 이야기하는 대상을 눈으로 볼 수 있는 데 있다. 마치 그림책을 보듯, 삽입된 그림들을 감상하면서 소설을 읽어나갈 수 있다.

끝으로, 이 책의 한국어판 출간을 맡아 애써 준 갈무리 출판사와 한국어 번역을 재정적으로 지원해 준 괴테 인스티튜트(Goethe-Institut)에 진심으로 감사의 마음을 전한다. 그리고 번역 작업 중, 어려움에 부딪힐 때마다 유용한 자료와 자세한 설명을 제공해 준 나의 오랜 친구 안드레아 헨슬러(Andrea Hensler), 에델 프랑케(Edel Franke)에게 이 자리를 빌어 고마움을 전하고 싶다.

2017년 2월 서울에서
권상희